KB016742

안녕, 나나

초판 1쇄 펴냄 2015년 4월 20일
10쇄 펴냄 2024년 9월 6일

지은이 나윤아

펴낸이 고영은 박미숙
펴낸곳 뜨인돌출판(주) | 출판등록 1994.10.11.(제406-251002011000185호)
주소 10881 경기도 파주시 회동길 337-9
홈페이지 www.ddstone.com | 블로그 blog.naver.com/ddstone1994
페이스북 www.facebook.com/ddstone1994 | 인스타그램 @ddstone_books
대표전화 02-337-5252 | 팩스 031-947-5868

©2015 나윤아

ISBN 978-89-5807-577-6 03810

"안녕, 나나"

나윤아 지음

뜨인돌

프롤로그

땅이 물렁해지지는 않을까 걱정이 될 정도로 더운 여름이었다. 가만히 앉아만 있어도 더운데 비까지 내려서 습하기까지 했다. 조그마한 자취방에 붙어 있는 창문은 차라리 없는 게 낫지 않을까 싶을 정도로 작아서 환기도 제대로 시키지 못했다. 이대로 누워 있다가는 쥐도 새도 모르게 질식해 죽을 것만 같은 날씨였다. 사지 멀쩡한 여학생이 더위에 질식해 죽다니, 생각만 해도 쪽이 팔린 일이다.

연우는 비칠비칠 몸을 일으켰다. 운동으로 다져진 몸은 가느다랬지만 단단했다. 땀으로 축축한 그 몸 위에 연우는 도복을 걸쳤다. 가만히 누워 짜증만 내느니 차라리 학교 체육관이라도 가는 것이 낫지 싶었다. 본디 여름은 이열치열로 이겨 내는 것이 아닌가.

"날씨가 어떻게 이따위로 안 좋을 수가 있냐…."

현관 앞에 서자 습한 날씨 때문인지 도복에서 풍기는 땀 냄새가 더 심하게 느껴졌다. 만약 엄마가 있었다면 아무리 그래도 그렇지 계집애 옷이 이게 뭐냐고 잔소리를 했을 거다. 도복은 땀 냄새가 나야 제격이라고 아무리 얘기를 해도 듣지 않겠지.

연우는 투덜거리며 문을 열었다. 쏴아아— 하고 쏟아지는 빗소리가 귓가를 때렸다. 이래서야 우산을 써도 젖겠는데, 하며 걸어 나오는데 발치에 뭔가가 툭 하고 걸렸다. 응? 하고 쭉 내린 시선 끝에 새까만 머리통과 새하얀 몸뚱이가 들어찼다. 심장이 덜컹하고 내려앉는 것 같았다. 악 소리가 나오려는 것을 가까스로 집어삼키고 두어 걸음 후다닥 뒤로 물러났다. 페이스북에 한창 떠도는 범죄 괴담이 순간 머리를 스쳐 지나갔다. 변사체가 아닌가 하는 생각이 들면서 가슴이 섬뜩했다. 우산 끝으로 툭 건드려 보려는 찰나, 그 검은 머리통이 슬그머니 고개를 돌렸다. 느릿하게 마주쳐 오는 눈동자는 놀랄 만큼 빛깔이 연한 갈색이었다.

"안녕."

그렇게 말하는 얼굴은 생긋 웃고 있었지만 창백했다. 핏기라곤 찾아볼 수 없을 만큼 하얗게 질린 얼굴이었다. 그런 주제에 입술만큼은 불그스름해서 어딘가 묘한 분위기가 있었다. 비에 흠뻑 젖은 머리카락은 뺨과 목에 덕지덕지 붙어서 꼭 미역 같았다. 쪼그리고 앉은 허벅지와 정강이는 얼굴처럼 하얀 데다가 어딘지 곧 깨질 유리처럼 위태로워 보였다. 누구나 한 번쯤 눈길을 줄 만한 미인이었다. 그러나 놀란 가슴을 진정시키고 찬찬히 보니, 분명 익숙한 얼굴이었다. 그래, 나나였다.

"니 나나 아이가?"

당황한 나머지 사투리가 툭 튀어나왔다. 연우의 물음에 여자애는 다시 싱긋 웃으며 몸을 일으켰다.

"응. 나야."

너무 당당한 대답에 연우는 잠시 할 말을 잃었다. '니가 여긴 어쩐 일로?'라는 질문이 머릿속을 빙빙 돌았다. 나나는 연우가 뭔가를 말하기도 전에 멋대로 현관 손잡이를 돌렸다. 연우는 천천히 열리는 문을 반사적으로 다시 밀어서 쾅 닫았다. 다시 사투리가 나올까 봐 목소리를 큼큼 가다듬었다.

"여긴 무슨 일이야?"

"반장아, 너 혼자 살지?"

"그래. 대체 무슨 일인데?"

너무 의외의 인물을 너무 의외의 장소에서 예상치 못한 순간에 보게 되어서 연우는 조금 정신이 없었다. 나나가 자신의 집을 안다는 것 자체가 이상했다. 이 애와의 관계는 그저 같은 학교, 같은 반 학생에 불과했다. 친구라고 부르기에는 퍽 민망한 사이였다. 무엇보다 나나와 자신은 엮이려야 엮일 수 없는 다른 부류였다. 나나는 도도하고 고고한, 그러나 다들 은근히 무서워하는 불량아였고 연우 자신은 얌전하진 않더라도 나름대로 착실한 태권도 특기생이었다. 게다가 덤으로 반장까지 맡고 있었다. 물론, 학기 중에 몇 번 부딪친 적은 있지만 노는 물도, 생각하는 것도 아예 달랐다. 나나가 연우를 찾아온 것은 이래저래 이상한 일이었다.

나나는 당황한 기색이 역력한 연우의 얼굴을 빤히 보더니 다시 우아한 미소를 지었다.

"반장아, 며칠만 좀 신세 진다."

“뭐?” 하고 되물을 새도 없었다. 문이 열렸다 닫혔다. 나나는 제멋대로 집으로 들어가 버렸다. 연우는 당황한 나머지 잠시 동안 문밖에 멍하니 서 있었다. 저 건방진 계집애를 억지로 끌어내야 하는 건지 심각하게 고민이 되었다. 아무리 불량아라고 한들, 저 가늘디가는 여자애 하나를 경력 13년의 태권 소녀가 끌어내지 못할 리는 없다. 잘못하다가 저 마른 몸에 멍 자국이라도 남겨서 경기 출전을 못 하게 되는 게 걱정이라면 몰라도. 스포츠 특기생이 폭행 시비에 휘말릴 경우, 그 처사는 무척이나 엄했다.

“하—!”

기가 막히고 어이가 없어서 헛웃음이 다 나왔다. 연우는 최대한 말로 풀어서 상처 하나 내지 말고 내보내자고 마음먹고 문을 벌컥 열었다. 마구잡이로 벗어 놓은 젖은 운동화가 나동그라져 있었다. 그 바로 앞에는 질퍽하게 젖은 옷들이 지저분하게 널려 있었다. 변기 하나에 수도 하나 달랑 달린 작은 화장실에서 찰박찰박 씻는 소리가 들렸다. 욕이 목구멍까지 치밀어 올랐다. 연우는 짜증을 삭이며 천천히 숨을 골랐다.

‘일단 진정하고 다 씻고 나오면 차분하게 얘기하자.’

숨 막히도록 더운 여름의 그날, 그렇게 나나가 찾아왔다.

1.

밖은 아직 어두웠다. 실용성이라고는 눈곱만큼도 찾아볼 수 없는 원룸의 작은 창문으로도 날이 밝으려면 한참은 더 있어야 한다는 것을 알 수 있었다. 연우는 눈을 끔쩍거리며 핸드폰으로 시간을 확인했다. 새벽 4시 30분. 세 시간은 더 잘 수 있었다. 편한 쪽으로 몸을 돌려 누웠다. 그러나 잠이 오지 않았다. 저녁 훈련까지 모두 마치고 오는 날이면 온몸을 몽둥이로 두들겨 맞은 듯한 통증과 피로에 누가 업어 가도 모를 만큼 곤히 자던 연우였다. 잠든 지 4시간 반 만에 깬 것도 놀라운데 잠이 더 오질 않는다니.

연우는 혹시 어디가 아픈 게 아닐까 싶어 몸을 벌떡 일으켰다. 요기조기 몸을 만져 보고 이마도 짚어 보았지만, 특별히 불편한 곳은 없었다. 거참 이상하다, 생각하면서 다시 누우려던 찰나였다. 3월 4일. 그러고 보니 개학날이었다. 동시에 엄마의 기일이기도 했다.

"잠이 안 올 만도 하네…."

서울로 올라와서는 늘 훈련에만 빠져 살았다. 누가 보면 이미 국가대표 선수가 된 줄 알 정도였다. 엄마에 관한 일들을 지우려고 도망치듯 올라온 서울이었고, 그러려고 죽어라 훈련에만 매진했으니, 엄마의 기일을 생각하지 못한 것은 어쩌면 다행이었다. 그런데도 연우는 조금 놀랐다. 정말로 엄마를 하나씩 잊어가는구나, 싶어서.

'아빠가 전화를 하려나?'

아빠가 매달 한 번 전화를 하는 날은 10일이었지만, 엄마의 기일이니만큼 연락이 올지도 몰랐다. 어쩌면 1년 전 그날처럼, 꾹꾹 참아 오던 울분을 미처 다 숨기지 못하고 책망하듯 몇 마디 던질지도 모른다.

"아오, 짜증 나게 진짜…."

연우가 신경질적으로 머리를 헝클었다. 어차피 집에 더 있어 봤자 다운만 될 것 같았다. 며칠 전 이모가 재어 준 반찬을 대충 꺼내서 식은 밥과 비벼 먹고 나니 얼추 5시가 되었다. 대회 시즌엔 6시에도 체육관에 나가곤 했으니 좀 일찍 나가도 될 것 같았다. 연우는 건조대에 널려 있는 하얀 도복과 점퍼를 걸치고 가방을 멨다.

3월의 새벽은 생각보다 추웠다. 칼바람이 얼굴을 긁었다. 연우는 자꾸 굽어지는 몸을 꼿꼿하게 펴고 천천히 달리기 시작했다. 몸이 훈훈 달아오르기 시작할 때쯤 학교 근처의 공원이 보였다. 거기서 연우는 본격적으로 몸을 풀었다. 때 이른 새벽이건만 운동을 나온 사람들이 있었다. 다리 스트레칭을 하는데, 문득 저편에서 어딘지 익숙하게 느껴지는 실루엣이 눈에 들어왔다. 여자라면 누구나 다 꿈꾼다는 165 정도 되어 보이는 키에 기모가 들어간 야상으로 가려도 눈에 띄는 늘씬한 몸매. 연예인이랑 비교해도 손색이 없을 만큼 작은 머리통.

'쟤 나나 아니야?'

나나. 인형 같은 외모와 한번쯤 인상을 찌푸리게 만드는 소문으로 유명한 애였다. 한빛여고는 물론, 이 근방에서 나나를 모르는 애는 없었다. 서울에 인연이라고는 이모 하나뿐인 연우가 한빛여고 입학 한 달 만에 나나에 대해 알았을 정도니까.

연우는 그 실루엣이 조금 더 가까워지자 저건 분명 나나라고 확신했다. 배우를 꿈꾸고 있다는 소문이 나돌 만큼 곱상했다.

'새벽 댓바람부터 참 재수도 없지.'

연우는 정면에 있는 나무로 시선을 쓱 돌렸다. 태권도장 관장인 아버지를 닮아 고집도 있고 주관이 뚜렷한 성격 탓에, 그리고 아버지의 도장에 오던 애들 중 몇은 싹수가 노란 골목대장에게 당하다가 하나의 방책으로 단련을 선택한 애들이었기에 연우는 저런 부류 – 껍데기만 곱상했지, 알맹이는 하나 영양가 없을뿐더러, 괴상한 소문만 달고 다니면서 시시덕대는 녀석들 – 라면 딱 질색이었다. 엄마 기일 새벽녘에 이런 불쾌한 만남이라니. 자동적으로 인상이 써졌다.

눈이라도 마주치면 무슨 시비를 걸지 몰라서 그냥 모른 척, 다른 곳을 보고 있는데 갑자기 나나가 이쪽으로 성큼성큼 걸어왔다. 설마 나한테 오는 건 아니겠지, 했는데 살짝 내리깐 연우의 눈에 멀리서도 보였던 나나의 노란 스니커즈가 들어왔다.

"너, 한빛여고 맞지?"

누가 봐도 자신에게 하는 말인지라 연우는 어쩔 수 없이 고개를 들었다. 선천적으로 타고난 것이 분명한 나나의 연한 갈색 눈동자가 자신을 빤히 바라보고 있었다.

“어. 맞는데.”

“그래, 맨날 도복 아니면 트레이닝복만 입고 다니는 그 태권도 특기생! 맞지?”

“어. 근데 왜?”

나나는 누구를 오지게 패서 병원에 입원을 시켰다느니 하는 무서운 소문과는 달리 참 예쁘게도 생긋 웃었다. 오히려 연우가 더 당황해서 인상을 썼다. 나나는 연우가 그러거나 말거나 여전히 웃는 얼굴로 물었다.

“너 혹시 담배 있냐?”

“뭐?”

“담배. 이왕이면 목구멍 뚫리는 느낌 나는 걸로. 아이스 블라스트나 모히또 같은 거 있잖아.”

이게 말로만 듣던 담배 삥인가. 아는 거라곤 얼굴과 소문밖에 없는 이 가시나가 왜 나한테 와서 담배를 요구하는 거지?

연우는 이 의외의 상황이 너무 당혹스럽고 싫었다. 당당하다 못해 뻔뻔한 태도로 담배를 요구하다니. 자동차 매연보다 몸에 안 좋다는 담배를, 들은 거라고는 타르와 니코틴을 겸비한 수십 가지의 발암물질뿐인 그 종이 막대기를 그것도 미성년자가 같은 미성년자에게 요구하다니. 정말이지 얼굴 빼고는 볼 게 하나도 없는 애였다.

“나 운동분데.”

"알아. 너 태권도 특기생인 거 안다니까."

"운동하는 애들은 담배 안 피워."

귀찮다는 듯이 그렇게 얘기하자 나나는 묘한 표정을 지었다. 어쩌면 다른 애들처럼 자기에게 쫄지 않아서 그런 것일지도 모른다. 그러나 경력 13년의 태권 소녀가, 그것도 대쪽 같은 성격의 김연우가 이런저런 소문이 많다고는 해도 고작 또래인 여고생을 무서워할 리는 없었다.

나나는 연우를 몇 초간 가만히 바라보다가 겨우 할 말이 생각난 듯이 말했다.

"내 친구는 운동부인데도 피우는데."

'그거야 니 친구니까.'

연우가 속으로 빈정거렸다. 나나는 뭐 어쩔 수 없지, 하며 깔끔하게 손을 털었다. 그걸로 그냥 가 줬으면 좋았을 텐데 나나는 한마디를 붙였다.

"근데 넌 이 시간에 여기서 뭐하냐?"

담배를 피울 것도 아닌데 뭐하러 나왔냐는 투다.

"그러는 넌?"

단 한 번도 이야기를 나눠 본 적 없는, 그저 소문으로만 알고 있던 애와 이러고 있으니 어이가 없었다. 일부러 무시하는 듯이 팔을 휘휘 저으며 스트레칭을 하는데도 나나는 꼼짝하지 않았다.

"담배가 땡겨서."

그렇게 얘기하고는 픽 웃는데, 대수롭지 않은 말투와는 달리 좀 심란해 보이는 웃음이었다. 그래도 아무렴 자기만 할까. 불현듯 생각난 엄마의 그림자가 여전히 슬프고 무서워서 냅다 공원으로 도망 온 자신이 심란하기로는 더할 것이다. 부산에서 서울로, 서울의 작은 자취방에서 공원으로. 대체 얼마나 더 도망을 다녀야 이 신세를 면할까.

연우는 다시 기분이 급 우울해져서 공연히 땅바닥을 툭 찼다. 나나도 그즈음 몸을 일으켰다.

"야, 담배 꼰지르면 죽는다."

나나가 담배 피우는 거 알 사람은 다 안다. 굳이 자기가 말하지 않아도 이미 알고 있을 거였다. 그리고 솔직히 말하면, 힘이라곤 하나도 없어 보이는 저 가느다란 팔과 십자수나 놓아야 어울릴 것 같은 저 고운 손에 죽을 것 같지도 않았다. 하지만 연우는 더 대꾸하고 싶지 않아서 그냥 고개를 끄덕였다. 나나는 말을 건 적도 없는 사람처럼 무심하게 연우를 지나쳐 갔다. 연우는 그런 나나의 뒷모습을 한번 힐끔 쳐다보고는 다시 묵묵히 몸을 풀었다. 어슴푸레했던 하늘이 점차 환해졌다. 새로운 학기의 시작이자 엄마의 기일이 점차 밝아 오고 있었다.

운동으로 보낸 두 시간은 훌쩍 지나갔다. 연우는 교복을 입은 학생들이 슬슬 눈에 띄기 시작할 쯤, 아무렇게나 내려 두었던 가방을 둘러맸다. 교문 앞에는 방학 동안 머리를 물들이고 파마를 한 학생들을 잡아내기 위해서 주임 선생과 부장 선생이 서 있었다. 연우가 쓱 고개를 숙이고 지나가려는 찰나, 한번 화나면 물불 안 가린다는 2학년 부장이 한마디 했다.

"교복 입고 다니라고 몇 번을 말하냐, 엉?"

아차. 연우가 부장 선생과 교복 착용 문제로 부딪친 것은 이번뿐이 아니었다. 이 학교에 입학하던 날, 부장 선생은 첫 만남에서부터 트레이닝복 차림을 지적하면서 특기생으로 입학하면 교칙을 어겨도 되는 거냐며 으름장을 놓았다. 연우는 입학 첫날은 얌전히 교복으로 갈아입었지만, 그 후부터는 살살 피해 가면서 트레이닝복이나 도복 착용을 고집했다. 5살 때부터 도복을 평상복처럼 입고 자라온 데다가 다른 옷이라고 해 봤자 거의 트레이닝복이라서 치마를 입는 것이 여간 불편한 게 아니었다. 게다가 교실에 있는 시간보다 체육관에 있는 시간이 훨씬 길었으니 입었다 벗었다 하는 것은 체력 낭비, 시간 낭비였다.

연우는 한숨을 푹 쉬었다.

"교실보다 체육관에 더 오래 있잖아요. 교복 불편해서 못 입겠어요. 도복 안 되면 트레이닝복이라도 허락해 주세요."

"인마, 그럼 차라리 학교 체육복을 걸치던가."

"학교 체육복은 제 트레이닝복이나 도복이랑은 무게감부터가 달라요. 너무 무거워요. 솔직히 질도 별로고요."

말대꾸가 이어지자 부장 선생의 얼굴이 당장에 꾸겨졌다. 빨간 불이 켜졌으니 연우는 일단 한발 물러서기로 했다.

"죄송해요, 쌤. 갈아입을게요."

"그래 자식아. 너 인마 멀리서 보면 여자앤지 사내놈인지 분간이 안 간다. 알아?"

"아, 그 얘기가 또 왜 나와요."

"그니까 교복 잘 입으라고!"

"예에~ 올라가면 입을게요. 그럼 전 이만…."

부장 선생이 더 뭐라고 말을 하기 전에 연우는 다시 한 번 허리를 푹 숙였다가 일어났다. 그대로 내빼려고 하는데, 무시할 수 없는 한마디가 툭 튀어나왔다.

"내가 어쩌다 담임까지 맡아서 쟤를 커버해야 되냐, 어쩌다가."

담임이라는 말과 쟤를 커버한다는 말이 머릿속에서 뒤엉켰다. 연우는 후다닥 달려가려던 자세를 바로 세우고 부장 선생을 멀거니 바라보았다. 그러니까… 부장 쌤이 내 담임이란 건가, 지금?

매번 봄방학을 기점으로 해서 몇 반 담임이 누구더라 하는 소문이 돌기는 했다. 분명 연우가 배정받은 2학년 8반 담임의 정체도 소문이 났을 것이었다. 그럼에도 연우가 지금에서야 담임이 누구인지 알게 된 것은, 본인이 워낙 학교 일에 무심한 탓이었다. 교실보다 체육관에서 생활하는 시간이 훨씬 길었으니, 담임이 누가 되든 연우로서는 크게 신경 쓸 일이 아니었던 것이다. 그러나 부장 선생이라면 얘기가 달랐다.

"담임이라고요? 쌤이요? 내 담임?"

"아 시끄러!! 얼른 올라가! 가서 교복 입고 있어!"

대박. 연우는 부장 선생이 빤히 보건 말건 있는 대로 인상을 찌푸렸다. 이젠 교실에서 온종일 교복 입고 다니라는 소리만 듣겠네. 오늘은 진짜 뭐 되는 일이 없구나. 새벽 댓바람부터 엄마 생각이 나질 않나, 공원에서 나나를 만나질 않나, 부장 쌤이 담임이라는 청천벽력 같은 소식을 듣질 않나.

연우가 사색이 되어 다시 한 번 한숨을 폭 내쉬자 부장 선생이 당장에 눈을 부라렸다.

"인마, 내가 더 싫어, 내가! 신경 쓸 놈이 너 하나뿐인 줄 아냐? 응? 아,

얼른 들어가!!"

호통 소리가 마치 우울한 장송곡의 한 부분처럼 들렸다. 연우는 어깨를 축 늘어뜨린 채 기어가다시피 교실로 돌아갔다. 엄마가 떠난 날 이후로 그 어느 때보다 불쾌한 3월 4일이었다.

2.

새로 배정받은 2학년 8반에서 익숙한 얼굴은 1학년 때 같은 반이었던 강하나와 박인경뿐이었다. 베스트 프렌드니 뭐니 할 정도로 친한 사이는 아니었지만, 몇 번 밥도 같이 먹고 시시덕대며 떠들기도 했었다. 연우가 먼저 그 둘을 발견하고 다가서는데, 하나와 인경이도 연우를 보고는 알은체를 했다.

"어, 연우?"

"연우다!!"

"방학 잘 보냈냐? 어째 니들 좀 말랐다?"

어쩐지 얼굴이 좀 갸름해진 것 같아서 물으니, 하나와 인경이가 좋아 죽겠다는 듯이 활짝 웃었다.

"헐, 진짜? 대박. 사실 나랑 인경이랑 5킬로 뺐거든! 야- 역시 연우다. 보는 눈이 있네."

"야 박인경, 난 6킬로야."

"그래, 그래. 하나는 6킬로 뺐다. 연우 넌? 방학 잘 보냈어?"

인경이의 물음에 연우는 어색하게 웃었다. 방학이고 자시고 뭐 특별할 것도 없었다. 잠시라도 숨을 돌리려 치면, 엄마의 죽음이 떠올랐고 자신을 원망하듯 바라보던 아빠의 모습이 가슴을 사정없이 두드렸다. 그것을 떠올리지 않기 위해서 연우는 더욱 죽어라 훈련에 매진했다. 연우의 방학은 그랬다.

"운동하는 애들이 방학이라고 뭐 별다를 게 있겠냐. 죽어라 훈련하는 거지 뭐."

"에고, 하여튼 공부든 운동이든 쉬운 게 없어, 쉬운 게. 김연아도 봐, 우리 공부하는 거는 우스울 정도로 빙판에서 살았다잖냐."

하나가 혀끝을 찼다. 그러고 나자 어쩐지 서로 할 말이 별로 없었다. 연우는 하나와 인경이 사이에 제가 불쑥 끼어든 것 같은 느낌이 편치 않아서 억지로 다른 화제를 꺼냈다.

"야, 우리 담임 누군지 아냐?"

역시나 한바탕 담임에 대해 소문이 돌았던 것인지 하나와 인경이는 단번에 얼굴을 우그러뜨렸다.

"연우야, 니가 다시 상기시켜 주지 않아도 알고 있으니까 묻지 마라."

하나가 깊은 한숨을 내쉬었다. 인경이도 이미 각오했다는 듯이 따라서 한숨을 쉬었다.

"야, 담임 누구라고 소문 돌고 나서 2학년 8반 애들만큼 우울한 애들도 없었을 거다. 연우 너야 체육관에서 사니까 관심도 없었겠지만 다른 애들은 난리였어. 그때 아마 똘이 쌤이랑 부장 쌤 중에 한 명이 8반 담임이라고 소문나서 애들이 대체 둘 중 누구냐고 여기저기 물어보고 다니고 막 그랬지."

똘이는 또라이 이상순의 줄임말로, '법과 사회'를 담당하고 있는 이상순을 지칭했다. 연우는 담임으로 이상순이 나은지 아니면 부장 선생 강창혁이 나은지를 가늠해 보았다. 음, 역시 거기서 거기였다.

"뭐, 결국 담임은 2학년 부장 강창혁 쌤인 걸로 판명이 났지만."

인경이는 이미 자포자기한 사람처럼, 하지만 한편으로는 똘이 쌤은 아니라서 다행이라는 듯이 말했다. 하나는 인정하기 싫다는 듯이 입술을 댓 발 내밀었다.

"씨. 똘이나 부장이나 거기서 거기지 뭐. 아, 이젠 야자 튀는 것도 끝이다."

"그래도 똘이보단 부장이 낫지. 성질 괴팍한 건 똑같아도 적어도 강창쌤은 사랑이 있잖아, 사랑이."

경악하는 하나를 위로하려는 듯이 인경이가 담임을 변호했다. 그러나 하나는 대체 어디에 사랑이 있냐며 불만을 토로했다. 연우도 작게 한숨을 쉬었다. 사랑? 그래, 뭐 있을 수도 있다 치자. 그래도 부장은 좀 그렇다. 일단 자기만 보면 교복 좀 입고 다니라고 고래고래 소리치는 게 성가셨고, 쿨한 척하면서 은근히 오지라퍼인 게 영 찝찝했다. 학생부를 들춰보다가, 아니면 1학년 때 담임으로부터 전해 들어서 엄마가 죽었다는 사실이라도 알게 된다면 과격한 방법으로 은근히 신경을 써 주거나 아니면 집요하게 캐물을 텐데…. 생각만 해도 귀찮았다.

"연우야말로 죽었다. 1학년 때도 너 은근 많이 갈궜잖아."

인경이가 안타깝다는 듯 연우의 등을 도닥였다. 연우는 별수 없다는 듯이 어깨를 으쓱했다. 그때 갑자기 교실 문 앞에서 떠들썩한 소리가 들려왔다. 간간히 X팔, X신, 하는 상스러운 소리도 들렸다. 처음엔 누가 새 학기부터 교실 문 앞에서 싸움질을 하나 싶었는데, 가만히 들어 보니 까르르거리고 웃는 것이 친구들끼리 그러는 모양이었다. 곧 문이 드르륵 열리며 한 무리의 여자애들이 등장했다.

"야, 교실 분위기 봐. 존나 구려."

"야, 너 처음부터 가오 잡냐? 오글거려. 그만해."

"내버려 둬. 민정이 저거 허세 빼면 남는 것도 없어. 원래 별거 없는 애들일수록 지랄엔 능통한 거야."

"시끄러워! 입 다물어, 김영아."

쫙 줄인 교복, 피스를 붙여서 치렁치렁한 머리카락, 대학생인지 고등학생인지 구분이 안 가는 진한 화장, 담배 냄새와 섞인 향수 냄새, 말끝마다 욕이 붙는 거친 말투, 거만하고 빈정대는 표정까지. 입학하면서부터 자연스럽게 기피 대상 1위가 된 것이 저 무리였다. 그러니까 어딜 가든 있기 마련인 일진놀이에 푹 빠진 유치한 애들 말이다.

연우는 속으로 한숨을 푹 쉬었다. 제일 싫어하는 부류였다. 다른 애들은 저런 촌스러운 무리들을 퍽 무서워했지만, 어릴 적부터 아빠가 운영하는 도장에서 언니 오빠들에게 신나게 터져 가면서 훈련을 받아 온 연우는 허세로 뭉친 날라리 계집애들이 어설프게 날리는 주먹이나 발길질, 겉멋 든 욕설 따위는 전혀 무섭지 않았다. 선배들의 대련을 빙자한 폭력에 비하면 저 고사리 같은 손과 발에서 나오는 주먹질이나 발길질 따위는 그저 성가시고 불쾌할 뿐이었다. 저런 애들이 일부러 씹어뱉듯이 내뱉는 욕설은 가끔 코치들이 열받아서 내지르는 호통과 쌍욕에 비하면 간지러운 수준이었다. 연우한테 저런 애들은 맑은 물 흐리는 미꾸라지, 심지어 추어탕도 끓여 먹을 수 없는 품종의 딱 그 정도였다. 연우는 조용히 시선을 돌렸다.

"민찡, 영아찡~ 우리 여기 앉자!"

무리 중 한 명이 가방을 내려놓은 자리는 이미 다른 아이들이 짐을 푼 뒷자리였다. 그러나 그 무리는 일말의 망설임도 없이 이미 임자 있는 자리에 후드득 가방을 떨쳐 놓았다. 자리의 본래 주인은 똥 씹은 얼굴을 하면서도 슬그머니 자리에서 일어났다. 소란스러운 그 애들이 왁자지껄 떠들며 자리에 앉았을 때, 교실 앞문이 거칠게 드르륵 열렸다. 굳게 다문 입술과 부리부리한 눈매가 어쩐지 주먹계의 거물을 연상시키는 강창혁이 저벅저벅 걸어 들어왔다. "정말이잖아!" 하나가 작은 목소리로 중얼거렸다. 소리 없는 비명이 여기저기에서 들려오는 것 같았다.

강창혁은 'Love is the most important thing to us'라고 쓰인 두꺼운 단소로 손을 툭툭 두드리며 교실 안을 휘 둘러보았다.

"허어~ 왜 나까지 담임을 주나 했는데 딱 보니까 답 나오네. 여기 사랑해야 할 녀석들이 많구나, 많아."

뒷자리를 차지한 일진놀이 패거리들이 와락 얼굴을 구겼다. 쌤은 그러거나 말거나 다른 아이들에게로 시선을 돌렸다. 그 시선이 딱 멈춘 것은 연우에게서였다. 미동 없던 얼굴이 단박에 구겨졌다. 가뜩이나 험악한 인상이 이젠 살이 떨릴 정도로 흉악해졌다.

"야! 김연우! 너 아직도 교복 안 입었어?!"

아참. 하나와 인경이를 만나는 바람에 교복으로 갈아입으라던 말을 싹 잊고 말았다.

"진짜 1교시 전에 갈아입을게요. 깜빡했어요."

강창혁은 처리할 일이 많은 게 한이라는 것처럼 한숨을 쉬었다. 더 닦달을 하면 바로 화장실에 가서 갈아입고 와야지, 하고 생각하던 찰나에 강창혁이 새 학년, 새 학기를 여는 말을 시작했다.

"너무 오랜만에 담임을 맡아서 감이 좀 떨어지긴 하지만 그래도 뭐, 1년 동안 잘해 보자. 다들 알겠지만 '윤리와 사상'의 강창혁이다. 우리 반 모토는 사랑이니까 서로 사랑하면서 살자. 제자는 스승을, 스승은 제자를, 그리고 친구는 친구를 사랑하면 서로 얼굴 붉힐 일 없을 거다."

강창혁이 어느 모로 보아도 사랑과는 전혀 어울리지 않는 얼굴을 가지고 진지한 서두를 이어가고 있을 때, 교실 앞문이 덜그럭거렸다. 담임의 강한 포스에 조용하기만 했던 교실 분위기가 갑자기 어그러졌다. 모두의 시선이 앞문으로 쏠렸다. 그 눈빛에는 첫날부터 대담하게 지각을 한 애에 대한 기대감, 내지는 긴장감이 서려 있었다.

교실 문이 드르륵 열렸다. 아직 서늘한 3월의 바람이 훅 밀려들었다. 그리고 스타킹도 신지 않은 새하얀 다리가 저벅저벅, 안으로 걸어 들어왔다. 실내화가 아니라 때 이른 노란색 스니커즈 운동화를 신은 그 하얀 다리는 만지면 꼭 부서질 것처럼 투명하고 가늘어서 연우는 저도 모르게 슬그머니 고개를 들었다. 연우의 시선 끝에는 위험인물 1순위로 소문이 자자한 그 애, 오늘 새벽녘 뜬금없이 공원에서 마주쳤던 그 애가 서 있었다.

"어, 나나다!"

날라리 무리 중 한 명이 반갑게 소리쳤다. 날개 뼈에 닿는 검은 머리카락을 구불구불 파마까지 해서 늘어뜨린 그 하얀 계집애는 느긋하고 온화하게 미소를 지었다. 공원에서 만났던 그때는 아직 해가 완전히 뜨지 않아서 어슴푸레했었다. 밝디밝은 형광등 아래에서 나나의 얼굴은 꼭 조각한 듯이 예뻤다. 이전에 멀리서 스치듯 보았을 때와 푸르스름한 어둠 아래에서는 미처 몰랐는데 정말로 잡지 화보에서 바로 튀어나온 것 같았다. 교복을 줄여 입은 것은 다른 날라리와 마찬가지였지만 태가 달랐다. 누가 입어도 그냥 단지 교복일 뿐인 어두운 갈색 스커트와 새하얀 상의는 꼭 오피스룩이나 예쁘게 꾸며 입은 스쿨룩처럼 보였다. 눈은 크고 반짝거렸으며 속눈썹은 연필도 올릴 수 있을 만큼 길었다. 무엇보다 그 여유만만하고 온화한 표정. 적어도 일진놀이에 심취한 위험한 여자애로는 보이지 않았다.

나나는 연우의 곁을 스쳐 지나갔다. 희미한 담배 냄새가 코를 스쳤다. 문득 공원에서 갑자기 담배를 달라던 모습이 떠올랐다. 목구멍이 뻥 뚫리는 느낌, 이라고 말하던 목소리까지도.

"얼씨구, 첫날부터 지각한 주제에 당당하다? 심지어 앞문으로 들어왔다 이거지?"

강창혁이 단소로 교탁을 탁탁 두드리며 삐딱하게 말했다. 나나는 조금의 미동도 없는 미소를 차분하게 유지하며 나긋하게 대답했다.

"아, 죄송해요. 벌써 오셨을 줄 몰랐어요. 내일부터 지각 안 할게요."
"그래. 첫날이니까 사랑으로 봐준다. 사랑을 배신하지 마라."
강창혁의 말에 연우는 들키지 않을 만큼 작게 인상을 썼다. 남자들이란. 하여튼 예쁘면 사족을 못 쓰는 건 선생이고 뭐고 똑같다니까. 나한테는 소리도 빽빽 지르고 도복 입는 것도 안 봐줬으면서.
강창혁은 미처 마무리하지 못한 말을 이어갔다.
"여튼 다시 한 번 말하지만 사랑이다, 사랑. 그런 의미에서 인사 한번 하자. 2학년 8반 사랑한다. 이상, 1교시 준비해라."
강창혁이 그 말을 남기고 교실에서 나가기 무섭게 하나가 연우의 옆구리를 쿡 찔렀다. 연우가 '뭐' 하는 표정으로 보자 하나는 혀를 쭉 빼 보이며 웩– 했다.
"2학년 8반 사랑한다. 우웩–!"
그 말투가 담임과 제법 똑같아서 연우는 저도 모르게 푸핫 웃었다. 그때 닫혔던 교실 문이 다시 드륵 열렸다. 담임이었다. 지레 깜짝 놀란 하나가 싸하게 굳은 얼굴로 강창혁을 멀거니 바라보았다. 그러나 강창혁은 자기 흉내를 내는 소리는 듣지 못했는지, 하나 쪽은 쳐다보지도 않았다.
"아, 그리고 학급 임원들은 다음 주에 뽑는다. 수시 전형에 임원 경력 있으면 유리하니까 귀찮게만 생각하지 말고 고려해 봐라."
그러고는 다시 밖으로 나가는데, 교실 뒤쪽에서 쌍– 하고 성질을 부리는 소리가 들렸다. 고등학생씩이나 돼서 일진놀이를 하고 있는 그 애들 중 한 명이 툭 뱉은 소리였다. 힐끔 돌아보니 나나를 중심으로 그 애들이 모여 서서 강창혁을 욕하고 있었다. 연우는 반사적으로 인상을 썼다.

강창혁이 달갑지 않은 것은 마찬가지였지만, 저 무리가 더 싫었다. 특히 나나는 곱상한 얼굴만 믿고 나대는 것 같아서 진짜 별로였다.

'집이고 학교고 마음 편할 구석이 없네, 진짜.'

속으로 투덜거리며 연우는 너덜너덜한 샌드백이 걸려 있는 태권도부를 생각했다. 숨 막히는 열기와 터질 것처럼 고통스럽게 뛰어 대는 심장 박동을 떠올리니, 조금 기분이 나아지는 것 같기도 했다.

3.

연우는 관장인 아빠의 영향으로 어릴 적부터 발차기를 참 좋아했다. 아니, 꼭 발차기나 태권도가 아니더라도 몸으로 하는 것들을 좋아했다. 또래 여자애들이 옹기종기 모여 앉아 소꿉놀이나 공기놀이를 하면서 까르르 까르르 웃어 댈 때, 연우는 도장에 다니는 오빠들과 함께 온 동네를 뛰어다녔다. 그러한 천성은 열여덟 살 숙녀가 되어서도 그대로여서, 아니 부산에서 서울로 올라오면서 더 심해져서 요즘은 체육관과 태권도 부실을 제집처럼 오가곤 했다. 더구나 최근엔 교실에 꼴도 보기 싫은 무리가 있다는 것을 핑계로 더 자주 들락날락했다. 하지만 체육관과 부실 출입이 잦아진 것은 나나네 패거리 때문만은 아니었다. 한 달에 한 번 아버지와 통화를 해야 할 날이 다가오고 있다는 것이 또 다른 이유였다.

연우는 아빠의 목소리를 들을 때마다 목에 생선 한 마리가 통째로 걸린 것 같은 느낌이 들었다. 비릿한 냄새가 속에서 꾸역꾸역 올라오는 것 같았다.

"김연우, 살살해라! 지금 샌드백이 터지든가 니 발목이 나가든가 둘 중 하나거든?!"

연우가 샌드백을 발로 퍽퍽 차는 것을 보고 있던 박 코치가 결국은 한 소리를 했다. 연우는 그 소리가 어떤 신호라도 되는 것처럼 마지막으로 돌려차기를 크게 한 방 박아 넣고서는 자리에 털썩 주저앉았다. 발등이 발갛게 부어올랐다.

'아파.'

연우는 이를 악다물었다. 실컷 찰 때는 잊고 있었던 통증이 살살 올라왔다. 턱까지 차오른 숨은 한계까지 몰려 있었다. 너무 힘들어서 아빠의 전화 따위는 생각나지 않았다.

"야, 너 그러다 국가대표 선발 가기도 전에 죽겠다. 이만 올라가라."

박 코치가 특단의 조치를 내리기라도 하듯이 엄중하게 말했다. 연우는 괜찮다고 말하려고 했으나 입 밖으로 나오는 것은 헉헉 대는 숨소리뿐이었다.

교실로 터덜터덜 올라가면서 연우는 뭐든 좋으니까 아빠도 엄마도 생각나지 않게 해 줬으면 좋겠다고 바랐다. 아빠도 엄마의 흔적도 없는 서울에서까지 이렇게 괴로우면 난 더 어디로 도망가야 하는 거냐고 누군가에게 소리라도 치고 싶은 기분이었다. 그 순간, 뒤에서 누군가가 연우의 등을 쿡 찔렀다.

"연습 끝났는데 재깍 교복 안 입고 뭐하냐."

강창혁이었다. 연우가 입술을 삐죽 내밀자, 강창혁이 단소로 이마를 콩

하고 쳤다.

"아! 왜요."

"눈빛에 사랑이 없어서."

이번엔 눈을 확 찡그렸다. 분명 건방지다고 호통이 날아와야 할 터인데 이상하게도 담임은 성난 기색이 없었다.

대신 교무실 출동령이 내렸다. 연우는 싫은 표정을 하면서도 하는 수 없이 뒤를 쫄래쫄래 따랐다. 무슨 말을 하려나 싶었는데, 담임이 툭 던진 말은 전혀 생각지 못한 것이었다.

"야, 연우. 너 반장 할래?"

순간, 연우는 남아 있던 우울함이 싹 달아나는 것을 느꼈다. 그렇다고 환희가 찾아온 건 아니었다. 단지 어이가 없고, 황당하고, 기가 막혔을 뿐이었다.

"저 태권도 특기생인데요."

연우가 품이 넓은 도복 소매를 팔랑팔랑 흔들어 보이며 대꾸했다. 강창혁이 픽 웃었다.

"알아, 인마."

"저 교실에 있는 시간보다 태권도부에서 보내는 시간이 더 긴데요."

"것도 알아, 인마."

"근데 무슨 반장을 해요."

이번엔 연우가 헛헛하게 웃었다.

담임은 갑자기 서랍을 열더니 그 안에서 막대사탕 깡통을 꺼내 들었다. 미운 놈 사탕 하나 더 주겠다는 건가 생각하고 있는데 깡통을 엎었다. 작은 네모로 꾸깃꾸깃 접힌 종이가 한가득 쏟아져 나왔다.

"이게 뭐예요?"

"사전조사다, 사전조사."

"뭔 사전조사요?"

"반장 선출 사전조사."

아무래도 담임은 연우가, 체육관에 가 있는 사이에 뭔가 일을 벌인 모양이었다. 연우는 종이 하나를 들어 펼쳤다. 거기엔 '반장으로 추천하고 싶은 사람 (자기가 하고 싶으면 본인 이름 기입) / 이유'라고 쓰여 있었다. 친절하게 이름을 표시할 수 있는 네모 칸까지 있었다. 연우가 편 종이에는 아무것도 쓰여 있지 않았다. 연우는 하나를 더 펼쳤다.

[김주현 / 공부를 잘한다.]

"좋네요. 김주현."

연우가 중얼거렸다. 얼굴은 잘 기억나지 않지만 전교 1등을 한다는 얘기를 들은 적이 있는 것 같다.

강창혁은 고개를 설레설레 저으면서 다른 서랍에서 종이 한 뭉치를 더 꺼냈다.

"이거 다 펴 봐."

내키지 않는 걸 억지로 삼키고 한 장을 펼치자 익숙한 이름이 보였다.

[김연우 / 체육대회 우승은 따 놓은 당상.]

처음엔 픽 하고 웃었다. 체육대회 우승. 재밌는 발상이라고 생각했다. 그러나 두 번째 쪽지부터는 억지로 웃으려 해도 웃음이 나오지 않았다.

[김연우 / 카리스마 짱.]

[김연우 / 나나네 애들 안 무서워할 것 같음.]

[김연우 / 나나 패거리 조용히 시킬 수 있을 듯.]

쪽지의 내용은 다양한 듯 하면서도 대체로 일관됐다. 나나네 무리에 대항할 수 있겠다, 교실의 평화를 지킬 수 있을 것 같다….

나를 무슨 정의의 사도쯤으로 생각하는 걸까. 쪽지 내용에 놀란 연우를 향해 강창혁이 씩 웃었다.

"너 반장. 김주현 부반장."

선생님이 미친 게 아닌가, 하고 연우는 진심으로 생각했다.

"못 해요, 저. 운동부 애들이 조회, 종례 때만 잠깐 얼굴 비칠 때도 있는 거, 1학년 때 저희 담임쌤이 얘기 안 해요?"

"어, 하더라. 근데 난 그거면 돼. 반장 할 일이 조회, 종례 때 있지 뭐. 나머진 너보다 훨씬 일처리 잘하는 김주현 시키면 되거든."

"아, 그냥 김주현 시키세요."

"내가 사랑이 중요하다고 했잖냐, 사랑이. 반 애들이 널 그렇게 사랑해서 반장으로 추천을 하잖냐. 내가 권력 남용으로 김주현이 반장 시키게 생겼냐, 지금. 러브 이즈 더 모스트 임폴턴트 띵 투 어스. 오케이?"

뭐 이런 되지도 않는…. 연우가 이를 바득 갈았다. 사랑 같은 소리 하시네. 우리 반 애들은 나나네 무리에 겁을 먹고는 어디선가 들어본 듯한 '태권도 특기생'이라는 꼬리표와 자신의 새하얀 도복을 급하게 매치시켰을 터였다.

연우가 제발 좀 봐 달라는 듯이 바라보자 강창혁은 방금까지 장난기가 묻어나던 삐딱한 표정을 치우고 미간을 찌푸렸다.

"얌마, 김연우. 김주현이가 요 녀석들 지각 체크나 제대로 할 수 있을 것 같으냐?"

'요 녀석들' 하고 가리킨 것은 출석부였다. 정확히는 출석부에서도 나나 패거리의 사진들이었다. 사진 속의 얼굴들은 하나같이 허옇게 비비를 바르고 쥐라도 잡아먹은 양, 시뻘겋게 틴트를 칠한 채 삐딱하게 눈을 치뜨고 있었다. 그 때문인지 사진 아래에 쓰인 '나한얼, 박민진, 김영아, 이현아, 최송화'라는 글자도 비뚤어져 보였다.

연우는 힐끔 출석부를 들여다보다가 '나한얼'이라는 이름에서 잠시 시선을 멈췄다. 그러고 보니 나나라는 이름이 없네. 슬그머니 사진을 보자 연예인 프로필 사진이라도 되는 양, 이목구비가 뚜렷한 예쁜 여자애 얼굴이 눈에 들어왔다.

'어? 나나가 본명이 아니었네?'

교복에 명찰도 안 달고 다니는 애라 여태 몰랐다. 그런데 나한얼은 좀 아니지 싶었다. 얼굴과는 어울리지 않는 남자애 같은 이름이었다.

연우는 김주현의 사진도 찾았다. 도무지 고등학생 같은 구석이라고는 찾아볼 수 없는 나나네 패거리들의 사진과는 달리, 김주현은 사진에서마저 딱 보기에도 얌전하고 조용한 인상이었다. 나나네를 상대하다가는 상처를 왕창 받을 타입임에 분명했다. 어쩌면 밤에 이불을 뒤집어쓰고 엉엉 울지도 모르는 타입.

연우는 달리 대답을 못 하고 입술만 삐죽거렸다. 강창혁은 요 녀석들이 교칙 어기는 걸 다 봐줄 수도 없고, 자기가 매번 나서서 단속할 수도 없다며 어떻게 하는 게 좋겠냐고 되려 물었다. 속이 빤히 보여서 한숨이 나왔다.

"쌤, 운동부 애들이 시비에 휘말려서 좋을 거 없다구요. 얘네 지각 체크하고 지각비 걷고, 가정통신문이나 설문지 돌려받으려다가 시비 붙으면 어떻게 해요."

"시비 붙을 거 같으면 나한테 얘기하면 되잖냐. 어쨌든 넌 공평하게 체크할 건 할 거 아니냐. 마음의 부담도 덜할 거고. 그 외 다른 건 웬만해선 부반장 시킬게. 알겠지?"

나오는 것은 한숨뿐이었다. 연우는 이러지도 저러지도 못하고 근심 어린 얼굴을 마른 손으로 쓱 쓸었다. 그것으로 반장 확정이었다. 만일 반장이라는 별 같잖은 감투 때문에 훈련에 방해가 된다거나 나나네 패거리랑 시비가 붙게 되면 모든 책임을 다 담임에게 넘기리라고 연우는 몇 번을 다짐했다.

강창혁은 흡족한 표정을 지으면서 연우의 등을 도닥였다.

"대신에 내가 너 도복 입고 다니는 거 어느 정도는 묵인해 준다."

아, 예, 거참 눈물 나게 감사하네요. 연우는 속으로 빈정거렸다. 반쯤 포기한 심정이었지만 마음 한구석에는 아직 반장 선거를 하지 않았으니 어떻게 될지는 모르는 일이라는 기대감이 남아 있었다.

3교시 '윤리와 사상' 시간이 되기가 무섭게 강창혁은 반장 선거를 시작했다. 칠판에는 묻지도 따지지도 않고 커다랗게 '김주현', '김연우'를 썼다. 하나와 인경이가 왜 니가 반장 후보냐는 눈으로 획 돌아보았지만, 연우도 딱히 할 말이 없었다. 아직 이름도 제대로 모르는 반 애들이 추천한 걸 어쩌겠는가.

"자, 사전투표에서 김주현, 김연우가 추천이 제일 많이 들어왔다. 또 반장 하고 싶은 사람?"

어릴 때야 반장을 하겠다고 나서는 애들이 제법 많았지만 고등학생쯤 되면 그 감투가 별로 매력적으로 느껴지지가 않는다. 수시 원서에 한 줄 첨가할 것이 생긴다는 것 정도를 빼고는.

연우는 후보가 더 생길 것 같지 않자 하나와 인경이에게 당부의 말을 전했다.

"나 뽑지 말고 김주현 뽑아. 김주현."

하나와 인경이가 갈등하는 듯한 눈으로 연우를 바라보았다.

"그래도 김주현보단 니가 낫지. 쟤 1학년 때도 나나네 애들이랑 같은 반이었는데 그때도 반장 하느라 고생했대. 나나네 애들 봐준다고 반 애들한테 욕먹고, 또 공평하게 한다고 하다가 나나네한테 털리고. 딱 봐도 휘둘릴 타입이잖아. 사전투표에서 나나네 애들도 쟤 추천했을걸?"

인경이가 아무래도 김주현은 안 되겠다는 듯이 고개를 슬슬 저었다. 그런 말을 들으니 무작정 김주현을 뽑으라고 하기에는 마음이 좀 뭐했다. 슬쩍 김주현을 보니 손톱까지 오독오독 씹어 대고 몸도 잔뜩 웅크린 게 어지간히 가슴이 조이는 모양이었다.

추가 후보자가 나오지 않자, 선거는 그대로 진행됐다. 연우는 새하얀 용지를 받아들고는 잠깐 한숨을 쉬었다. 쓰라면 당연히 김주현 이름을 쓸 생각이었는데, 딱 봐도 착실하고 착해 보이는 애가 저렇게까지 긴장하는 모습을 보니 선뜻 적을 수가 없었다.

연우가 빨리 이름을 적지 못하고 고민하는 순간에 나나네 애들은 저희들끼리 시시덕대느라 소란스러웠다. 뭐가 그렇게 좋은지 낄낄거리고 난리가 났다. 연우가 못마땅한 시선을 휙 던지는데 갑자기 그 애들 중 얼굴이 하얗고 단발머리가 잘 어울리는, 귀여운 얼굴의 김영아가 자리에서 벌떡 일어났다.

"김주현을 반장으로! 김주현! 김주현!"

"아하하하, 아 대박~ 짱 웃겨, 김영아."

"미친년아 앉아. 내가 다 쪽팔려~."

이젠 아예 대놓고 김주현 공세다. 누가 봐도 지들이 1학년 때 잘 구슬려서 – 달리 말하면 협박해서 – 편하게 이용해 먹던 김주현을 다시 반장으로 앉혀서 한 학기 동안 교칙을 잘 피해 다니겠다는 심보였다. 그 못돼 먹은 심보를 담임도 모르지 않았는지, 흉악한 인상을 만드는 주범 중 하나인 짙은 눈썹을 바짝 치켜세웠다.

"조용히 못 하냐! 김영아, 너 한 번만 더 입 열면 이틀 전에 핸드폰 뺏긴 거 일주일 더 연장한다."

강창혁의 말에 김영아가 네, 네 하고 건성으로 대답하며 자리에 앉았다. 그 꼴을 보고 있자니 김주현의 이름을 적는 것이 더 망설여졌다. 연우는 두어 번 더 볼펜을 눌렀다 뗐다를 반복하다가 결국은 제 이름을 서걱서걱 적었다. 잠시 기다리자 뒤에서부터 종이를 걷으러 왔다. 연우가 제 이름이 적힌 종이를 여러 번 접어 건네자 새하얀 손이 그것을 받았다. 살짝 닿은 손끝이 꼭 광고에 나오는 모델의 손처럼 곱고 하얘서 무심코 위를 올려다보았다. 얼굴에 여드름 자국 하나 없는, 모공조차 자취를 감춘 매끈한 얼굴이 눈에 한가득 찼다.

'재수 없게 괜히 봤네, 괜히 봤어.'

슬쩍 인상이 써지는 것을 차마 감추지 못하고 연우는 고개를 휙 내렸다. 그런데 나나는 어쩐 일인지 연우의 책상 앞에서 잠시 그대로 서 있었다. 이 계집애가 왜 이러나 생각하며 선 곳을 흘끗 쳐다보는데 나나의 가느다란 팔목에 붙은 파스가 문득 눈에 들어왔다. 어디선가 싸움질하다 온 티를 내는구나.

나나는 연우의 노골적인 시선에도 개의치 않고 투표용지 하나를 떨어뜨린 척, 맨바닥을 손으로 훑고 일어서면서 연우의 귓가에 빠르게 중얼거렸다.

"야, 너 전화 온다. '아빠'한테."

마치 봄바람처럼 달큰한 목소리였는데도 순간 팔에 오소소 소름이 돋았다. 재빨리 핸드폰을 확인하자 액정에 '아빠'라는 글자가 보였다. 무음으로 돌려놔서 전화가 오는 줄도 몰랐다.

등을 툭툭 치고 성큼성큼 걸어가는 나나의 등을 연우는 잠깐 동안 멍한 눈으로 바라보았다. 아빠라는 단어를 유난히 강조해서 말한 것처럼 느낀 것은 내 착각이겠지. 껍데기만 훌륭한 저 철딱서니가 나에 대해 뭘 안다고….

연우는 다시 한 번 핸드폰을 바라보았다. 곧 전화가 끊겼다. 초조한 마음이 몰려왔다. 담임의 갑작스러운 반장 권유 덕에 잠시나마 잊고 있었던 아빠의 전화는, 어떻게 그걸 잊을 수 있느냐고 항의라도 하듯이 마음을 헤집었다.

한 달에 한 번 있는 이 통화가 늘 부담스러웠다. 그러나 이마저도 연락을 받지 않으면 아빠가 당장에 서울로 올라올 것 같았고, 부산에 아빠만 남겨 두고 도망쳐 온 주제에 한 달에 한 번도 연락을 받지 않는 것은 정말로 딸 된 도리가 아닌 것 같았다. 연우는 한숨을 푹푹 쉬며 핸드폰을 문질렀다. 아까처럼 가슴이 잔뜩 옥죄여 왔다.

4.

며칠 전 있었던 반장 선거의 개표 결과는 강창혁과 다수의 반 아이들이 원하는 대로 됐다. 초중고 학창 시절을 겪으면서 해 본 임원직이라고는 체육부장뿐이었는데, 졸지에 서울에서 반장 감투를 쓰게 된 것이 퍽 어색했다. 때문인지 연우는 오늘도 부반장인 김주현이 출석부를 들고 제 앞에 찾아올 때까지 반장의 임무를 까맣게 잊어버리고 있었다.

"저… 연우야."

김주현이 조심스러운 목소리로 제 이름을 부를 때서야 연우는 겨우 할 일을 떠올렸다.

"아, 맞다. 지각 체크."

"응. 선생님이 8시 35분 이후로 다 체크하래."

시계를 보니 35분이었다. 김주현은 아마 적어도 5분 전부터 출석부를 갖다 줘야 하나 말아야 하나 하고 고민했을 것이다. 엊그제도 그렇게 망설이는 모습을 본 적이 있다.

"알았어. 고마워."

연우는 일단 웃으며 출석부를 건네받았다. 그제야 김주현도 한결 마음이 편해진 표정을 지었다. 팔자에도 없는 지각 체크를 하려니 여간 귀찮은 게 아니었다.

연우는 한숨을 한번 내쉬고는 교실을 훑어보았다. 무슨 일인지 하나가 자리에 없었다. 연우는 잠시 망설이다가 하나의 이름에 지각 표시를 그었다. 그다음은 나나네 패거리였다. 그 애들은 대체 무슨 배짱인지 거의 매번 지각을 했다.

"대학생들 나셨지, 아주. 생각은 하고 학교를 다니나 모르겠네."

연우는 작은 목소리로 빈정거리면서 거침없이 나나네 패거리 이름에 지각 표시를 했다. 특별히 나나 이름 옆에는 아주 진하게 표시했다. 그 옆에는 어제와 그제 결석을 했다는 표시도 진하게 되어 있었다.

'오늘도 결석하려나? 하여튼 얼굴 빼고는 볼 게 없는 애야, 진짜.'

별별 소문이 무성한 나나는 아무리 생각해도 제일 마음에 안 드는 타입이다. 지각에 결석을 밥 먹듯이 하고, 툭하면 누구를 폭행했다느니 삥을 뜯었다느니 하는 유치한 소문을 달고 다니고. 게다가 "야, 너 전화 온다. '아빠'한테"라던 그 무신경한 참견은 싫은 마음을 더 키웠다. 그 참견 덕에 다시 불쾌한 기분을 맛보아야 하지 않았던가.

연우는 새삼 떠오른 며칠 전의 기억이 달갑지 않아서 살짝 인상을 썼다. 그날, 아빠에게서 다시 전화가 온 것은 야간 연습까지 모두 마치고 집에 돌아갈 즈음이었다.

우여곡절 끝에 반장이 되어 버린 그날은 치마를 입을 때처럼 기분이 영 불편했다. 아빠와의 통화를 마지막까지 뒤로 미룬 것에는 그런 불편한 기분도 일조를 했다. 그러나 모든 훈련을 마치고 집에 돌아갈 때쯤 걸려 온 전화마저도 받지 않을 수는 없었다.

"여보세요."

긴장한 티를 내지 않으려고 노력했지만, 목소리의 끝이 살짝 갈라졌다. 핸드폰을 사이에 두고 잠시 침묵이 흘렀다. 아빠는 덤덤한 척하는 목소리로 "연우가? 여태 전화가 없어서 까먹은 줄 알았다" 하고 말했다. 하지만 불편한 기색을 숨기려는 듯한 느릿한 그 목소리는 끝에 가서 항상 노골적으로 떨렸다.

"죄송해요. 좀 바빴어요. 막 전화하려던 참이었어요."

"그랬나? 니 그 학교생활은 잘하고 있나?"

아빠의 목소리에는 다정한 척, 부드러운 척이 담겨 있었지만 안쓰러울 정도로 어색했다. 차라리 엄마의 사고 직후, "왜 엄마를 불렀냐"고 악을 쓰던 아빠의 목소리가 더 낫게 여겨질 정도였다.

"네, 잘하고 있어요. 태권도도 많이 늘었고요."

그리고 반장도 맡게 됐어요. 연우는 그 말은 꿀꺽 삼켰다. 대화가 길어지는 게 싫었다. 아빠와 이야기할 때면 꼭 체한 듯 가슴이 답답하고 부담스러웠다.

"그래, 잘했다. 밥은 묵고 다니나? 뭐 필요한 건 없드나? 돈 더 보낼까?"

"괜찮아요. 지금도 많이 보내 주시잖아요. 필요한 일 생기면 연락드릴게요."

아빠는 친구는 많냐는 둥, 건강은 어떠냐는 둥 몇 가지를 더 묻고 나서는 더 이상 할 말이 없는지 조용히 한숨을 쉬었다. 연우는 꼭 그 순간을 기다렸던 것처럼 "그럼, 또 연락드릴게요" 하고 말했다. 짧게 "그래" 하고 대답하는 아빠의 목소리는 마치 녹슨 갈고리로 마른 우물 바닥을 긁는 듯했다. 다음 연락은 또 다음 달이 될 것이었다.

한 달에 한 번 있는 부녀간의 대화였지만, 내용은 늘 똑같았다. 아빠는 꼭 외우기라도 한 것처럼 똑같은 걸 물었고 연우는 일상에 변화 따위는 없다는 듯이 늘 같은 내용으로 대답했다. 지극히 의무적이고 대단히 표면적인 대화였다. 아빠와 연우 사이엔 이것밖에는 남아 있지 않았다.

"또 기분 잡쳤네."

연우는 출석부를 탁 내려놓았다. 며칠 된 일이라지만 떠올리는 것만으로도 우울해졌다. 할 수만 있다면 우리 가족 같은 건 영원히 생각나지 않았으면 좋겠다. 어떤 영화의 제목처럼 머릿속에 지우개가 있어서 엄마도 아빠도 벅벅 지워 버릴 수 있었으면 하고 바랐다. 물론 가능할 리가 없었다.

'큰 사고를 당해서 기억상실증에 걸리지 않는 이상은.'

그렇다고 영화에서처럼 생명을 담보로 덤프트럭에 뛰어들 만큼 정신적으로 쇠약한 상태는 아니었다. 그러니 숨 막혀 죽기 전에 도망이라도 칠 수밖에. 연우는 쓰게 웃었다.

달갑지 않은 잡스런 생각이 끝나자 10분이 지나 있었다. 45분 이후부터는 지각비 500원이 추가였다. 슬슬 그것도 표시하려고 펜을 드는데 교실 문이 요란스럽게 열렸다. 하나가 급하게 뛰어 들어왔다.

"야야야! 연우야! 45분 아직 안 지났다!"

"지각비 500원 추가될 뻔했어. 빨리 앉아."

간신히 추가 저립을 막은 하나는 서둘러 자리에 앉았다. 하나의 엉덩이가 의자에 닿기가 무섭게 다시 교실 문이 덜컹거렸다. 방금 전의 요란했던 하나와는 달리 조금도 서두르는 기색 없이 느릿하고 차분하게 교실로 들어온 지각생은 이틀을 내리 결석한 나나였다.

연우는 반사적으로 눈을 찌푸렸다. 그 애는 이전처럼 불쾌하기 짝이 없는 희미한 담배 냄새와 도무지 영문을 알 수 없는 나긋한 표정을 하고는 천천히 제 자리에 앉았다. 지각이고 뭐고 전혀 신경 쓰지 않는 태도였다. 연우는 어쩐지 그게 너무 약이 올랐다. 아빠한테 전화 왔다는 말 한마디로 제 속을 뒤집어 놓고는 아무렇지 않은 듯 태연한 표정을 짓는 데 열이 받았다.

저도 모르게 나나를 뚫어져라 째려보고 있는데 갑자기 나나가 눈을 마주쳐 왔다.

"뭐?"

성가시다는 듯 물었지만 얼굴 표정만큼은 방금처럼 여유로웠다. 그게 퍽 아니꼬워서 눈을 부라리려는 찰나, 평소와 다른 모습이 감지되었다. 평소라면 각질 하나 일어나지 않은 채로 붉은빛을 띠고 있을 그 애의 입술과 입가에 피딱지가 앉아 있었다. 자세히 보니 뺨이 약간 부어 있고 앞머리로 살짝 가려진 반듯한 이마에는 작은 거즈가 붙어 있었다. 어디서 사나운 들고양이처럼 주먹질을 하고 왔을 게 뻔했다. 연우는 저도 모르게 쯧, 하고 혀를 찼다.

"너 지각이야. 점심시간 전까지 지각비 내."

"이따가 최송화 오면 걔한테 내 것까지 받아."

최송화라면 나나네 패거리 중 한 명이다. 이제는 친구들 삥도 뜯는 모양이었다. 마음속에서 혐오감 같은 것이 올라왔다.

"너, 니 친구한테도 삥 뜯냐?"

연우는 나나가 잠시 아무런 말도 하지 않고 자기를 바라보다가 씩 웃는 것을 보고서야 아차 싶었다. 나나는 재미있다는 듯이 말했다.

"반장이 보기보다 싸가지가 없네."

"…."

대꾸할 말이 없었다. 나나가 다리를 획 꼬았다.

"내가 언제 삥 뜯는데? 나 지금 돈 없으니까 걔한테 빌린다고."

"그거나 그거나."

연우 자신이 생각해도 말투나 표정이 영 별로였다. 나나는 이제 좀 불쾌하다는 듯이 눈을 치떴지만, 뭐라고 쏘아붙이기도 귀찮은 것처럼 곧 "그럼 내일 받든가" 하더니 책상에 푹 엎드렸다. 잠깐이나마 살벌했던 분위기가 순식간에 종료되었다. 혹시 싸움이 나지 않을까 하고 기대, 내지는 긴장감이 어린 얼굴로 힐끔거리던 반 아이들도 다시 제 할 일에 몰두했다. 잠시 후 강창혁이 들어와서 출석부와 나나를 교무실로 수거해 갔다. 고분고분하게 담임을 따라가는 나나의 뒷모습이 유난히 가늘어 보이는 것은 미성숙함의 증거로 남아 있던 피딱지와 부은 뺨, 작은 거즈 때문이리라고 연우는 생각했다.

*

그래, 이틀 연속 무단결석을 하고 돌아온 가녀린 계집애가 상처까지 달고 있으면 아무래도 신경이 쓰이는 것이 당연했다.

'아, 엄청 거슬리네.'

연우가 속으로 중얼거리며 체육복으로 갈아입는데 갑자기 악 소리가 들렸다. 나나였다. 배를 부여잡고 있는 것으로 보아서는 그 부분이 아픈 것 같았다. 나나의 주위로 그 패거리들이 몰려서는 어떡해, 어떡해, 하고 앓는 소리를 냈다. 연우는 속으로 중얼거렸다. '어떻게 하긴 뭘 어떻게 해. 양호실 가면 되지.' 하지만 나나가 쉽게 일어나지 못하고 끙끙 앓는 소리를 내자 신경이 안 쓰일 수가 없었다. 더구나 이제 종 치기 3분 전이었다. 교실 문을 잠그고 운동장으로 나가야 하는데 나나 패거리가 교실에서 죽치고 있어서 문을 잠글 수도 없었다.

결국 연우는 내키지 않는 표정으로 그 무리 곁에 다가갔다.

"왜 그래?"

먼저 고개를 돌린 것은 아까 나나가 삥을 뜯으려고 했던 최송화였다. 최송화는 연우가 말을 건 것이 의외였는지 아니면 기분이 나빴는지 눈을 살짝 치켜뜨고는 차갑게 말했다.

"보면 모르냐? 나나 지금 배 아프다고."

"아무래도 나나 못 나갈 것 같으니까 키 우리한테 주고 먼저 나가."

김영아가 끼어들었다. 연우는 김영아의 말을 무시하고 나나를 바라보았다. 허리를 웅크리고 어깨를 바들바들 떠는 게 진짜 아픈 것 같기는 했지만 그래도 이 무리 전부를 교실에 두고 나갈 수는 없었다. 널리 퍼진 나나와 그 패거리의 소문 중에는 파우치부터 지갑, 넷북에 이르는 다양한 품목의 절도에 대한 것도 있었다.

"야, 나나. 못 나가겠으면 양호실 가든지."

나나는 대답이 없었다. 그 자세 그대로 몸을 웅크린 채였다. 아무래도 안 되겠다 싶어서 그 애의 어깨를 툭툭 두드리는데, 갑자기 나나가 확 허리를 세웠다. 아무런 예고 없이 또렷하게 마주쳐 온 연갈색 눈동자가 반짝반짝 빛났다. 우는 것도 아니었는데 이 애는 항상 눈에 물기가 있었다. 나나는 연우가 독특한 눈 색깔과 촉촉한 물기에 감탄할 틈도 주지 않고 장난처럼 씩 웃었다.

"생리통이야."

아, 그래. 생리통. 나도 한 달에 한 번 겪는 그 귀찮고 불편하고 아프기까지 한 그거 말이지.

연우가 저도 모르게 고개를 끄덕였다. 나나는 방금까지 수그리고 있던 게 거짓말이었던 것처럼 귀찮다는 표정으로, 진통제만 던져 주는 아줌마한테 가느니 그냥 운동장에 나가겠다고 했다. 나나가 나가고 패거리들도 군말 없이 그 뒤를 따랐다. 연우는 묵묵히 교실 문을 걸었다.

체육 선생은 연우네 반만 진도가 앞서고 있으니, 오늘 하루는 피구 게임을 하라고 성의 없는 지시를 내렸다. 엇그제 소개팅을 나간다고 잔뜩 들떠 있던 노총각의 얼굴이 오늘따라 파리한 데다가 저 열혈선생이 피구 게임 따위를 시키는 것으로 봐서는 분명 소개팅이 참혹하게 끝났을 거라고 아이들은 수군댔다.

"김연우 우리 팀!"

하나가 연우의 팔짱을 끼며 잽싸게 소리쳤다. 그 말을 시작으로 아이들은 급하게 팀을 나눴다.

누구도 의도한 것은 아니었지만, 팀은 기이한 모양으로 나누어졌다. 반장 팀과 나나 팀. 얌전하고, 평범하고, 무난한 인상의 특별히 말썽 없는 아이들이 주로 반장 팀에 들어왔고 나나 팀에는 당연히 나나네 패거리와 은근히 그 패거리를 동경하고 거기 끼고 싶어 하는 아이들이 들어갔다. 물론, 반장 팀에 들어가고 싶지만 나나네의 강요로 어쩔 수 없이 나나 팀으로 들어간 아이들도 있었다.

"야! 지는 팀이 점심시간에 급식 먹고 떡튀순 세트 쏘기!"

누구도 동의하지 않은 룰을 제안한 것은 나나 패거리의 김영아였다. 갑작스러운 점심 간식 내기 발언에 연우 팀 아이들의 표정이 굳었다. 하나랑 인경이가 저 싸가지 좀 어떻게 해 보라고 연우를 자꾸 부추겼다.

"야, 그거 너네 쪽 애들한테 다 물어본 거냐?"

마지못해 연우가 묻자, 김영아는 정색을 하며 연우를 쏘아보았다.

"뭘 물어봐, 씨발. 딱 보면 견적 나오는데."

수 틀리면 욕하는 게 습관이지, 아주.

연우는 눈을 찡그리며 아무런 대꾸도 하지 않았다. 갑자기 주변이 조용해지자 아무래도 좀 민망했는지 김영아는 "아오, 썅. 짜증 나게" 하고 다 들리게 중얼거리더니 저희 팀 쪽을 향해 고개를 휙 돌렸다. "야, 내기 괜찮지? 박민진하고 이현아가 피구 졸라 잘해. 우리가 걔네 바른다고."

나나 팀은 어차피 그 애들한테 잘 보이려고 들어간 애들이 다수였기 때문에 다들 활기차게 오케이를 했다. 김영아가 득의양양한 표정으로 연우를 보았다. 김연우는 우리 팀 의견도 물어봐야 한다면서 팀 아이들을 돌아보았지만, 누가 반대하는지를 꼭 지켜보고야 말겠다는 듯이 눈을 부라린 나나네 패거리를 앞에 두고 싫다고 얘기할 수 있는 애들은 없었다.

"다들 좋다잖아. 하여튼 반장이라고 졸라 나대요."

김영아가 큰소리를 뻥뻥 쳤다. 연우는 내심 약이 올랐지만 어쩔 수 없었다. 묘한 긴장감과 불쾌감 속에서 피구 게임이 시작되었다.

김영아가 뭘 믿고 자신만만하게 내기를 걸었나 싶었는데, 박민진하고 이현아가 피구를 잘한다는 말이 헛말은 아니었다.

"앗싸~! 김주현 아웃!"

박민진이 눈을 한껏 부라리며 소리를 질렀다. 퍽 소리가 제법 컸는데, 역시 공 맞은 데가 꽤 아팠는지 김주현이 허벅지를 문지르며 라인 밖으로 나갔다. 표정은 꼭 울 것 같았다. 뒤이어 하나가 아웃 됐고, 소라, 성경이가 연달아 공에 맞았다. 연우는 이러다가 떡튀순 세트를 사게 될 것 같아서 불안했다. 제일 싫어하는 부류의 애들한테 간식까지 사고 싶은 마음은 눈곱만큼도 없었다.

연우는 딱딱하게 굳은 얼굴을 하고서 공을 가로챘다. 어디 한번 맛 좀 봐라, 하는 심정으로 온 힘을 다해 던진 공은 남자애들이 던질 때와 비슷한 속도로 휙 날아갔다.

퍽!

"아 썅!"

공은 겨냥한 대로 이현아의 어깨를 맞혔다. 이현아는 귀여운 얼굴과는 어울리지 않는 욕설을 쏟아 내며 발을 쾅쾅 굴렀다.

"반장년 죽었어. 야, 공 나한테 넘겨!"

위협적으로 부라리는 눈이 제법 매서웠으나 연우는 속으로 콧방귀를 뀌었다. 죽기는 뭘 죽어, 웃기고 있네. 기껏해야 담배나 굴려 봤을 저 빼빼 마른 손가락과 부실한 몸으로 죽이기는 뭘 죽이겠다는 말이냐.

이현아가 나가고 나자, 나나네 팀 애들은 짜기라도 한 듯이 바깥으로 나가 있는 이현아에게 패스를 했다. 이현아는 씩씩거리며 연우에게로 공을 던졌으나, 연우는 쉽게 공을 잡았다.

"김연우 파이팅!"

공을 맞고 나간 하나가 고소하다는 표정을 숨기지 못하고 소리를 질렀다. 연우는 여전히 딱딱한 표정으로 재빠르게 공을 던졌다. 이번에는 박민진을 맞히려고 했는데, 그 애가 잽싸게 공을 피하는 바람에 공은 나나를 향해 날아갔다. 후한이 두려워 나나한테는 아무도 공을 던지지 않았던 터라 나나는 완전히 방심하고 있었다. 사실 연우도 어지간해서는 나나를 맞히고 싶지 않았다. 나중에 시비를 걸 것이 무서워서가 아니라, 보란 듯이 자리 잡은 얼굴의 상처들과 교실에서 배를 부여잡고 있던 모습이 생각났기 때문이다. 나나가 아무리 밉상이라도 그런 치사한 수로 저 애를 괴롭히고 싶지는 않았다. 그러나 공은 연우의 의사와는 달리 나나의 배를 정통으로 맞혔다.

"아!"

나나의 새하얀 얼굴이 더욱 창백해졌다.

'아니, 명색이 쌈박질하고 다니는 날라리면 저 정도는 피해 줘야 하는 거 아니야? 근육과 파워가 없으면 민첩성이라도 있어야 할 것 아니냐고. 몇 대 일로 싸웠다느니 하는 그 개뺑 같은 소문을 달고 다닐 거면 하다 못해 재빠르기라도 할 것이지.'

연우가 속으로 투덜거리며 바닥에 주저앉은 나나에게로 다가갔다. 이미 나나는 패거리들에게 둘러싸여 있었다.

"그러니까 내가 아까 양호실 가라고 했잖아. 아픈 애가 무슨 피구를 하겠다고."

미안한 마음이 없지는 않았지만, 말이 곱게 나가질 않았다. 빈정거리는 말투가 퍽 거슬렸는지 나나가 화난 얼굴로 벌떡 일어났다. 싸가지 없게 치뜬 눈매와 당장 욕설이라도 뱉어 낼 듯이 악다문 입술이 얄미웠지만, 나나는 그마저도 예뻤다.

"뭐 이딴 년이!"

웬만해서는 나긋하고 오만한 미소를 잃지 않는 나나가 버럭 소리를 질렀다. 그러나 차마 말을 다 끝내지 못하고 비틀, 하더니 연우 쪽으로 푹 고꾸라졌다. 당황한 연우가 얼떨결에 나나의 어깨를 붙들었다. 질끈 눈을 감은 나나의 얼굴은 이젠 꼭 백지장 같았다. 뭔가 이상하다 싶어서 나나의 얼굴을 가만히 살펴보는데, 반듯한 이마에 땀이 송골송골 맺혀 있었다. 박민진과 이현아를 앞세우고 뒤에서 멀뚱히 서 있기만 했던 나나의 이마에 이렇게 땀이 맺혀 있다는 것이 이상했다.

"야, 너 괜찮아?"

"아, 꺼지라고 그냥."

제가 손을 놓으면 바닥으로 곤두박질칠 것처럼 질려 있는 주제에 말은 잘한다.

"거기 무슨 일이냐?"

멀리서 게임을 지켜보던 체육 선생이 무슨 일이 일어났다는 것을 감지하고 다가왔다. 그러고는 허옇게 질린 나나의 얼굴을 보더니 누가 이렇게 공을 세게 던졌냐며 버럭 화를 냈다. 나나네 패거리가 마치 죽일 듯한 기세로 연우를 노려보았다. 연우는 어쩐지 좀 억울한 기분이 들었지만 자기 때문에 벌어진 일을 모른 척할 마음은 없었다.

"제가 던졌어요. 저렇게 아파할 줄은 몰랐는데…."

"야, 너는 국가대표 준비하는 특기생이 그렇게 힘껏 던지면 쓰냐? 얼른 애 데리고 양호실 가서 파스라도 붙여 줘."

졸지에 나나를 떠맡게 된 연우는 싫은 기색을 언뜻 내비쳤다. 하지만 식은땀이 송골송골 맺혀 있는 하얀 이마까지 모른 체할 수는 없었다.

통증이 꽤 심한지 양호실을 가는 동안 나나는 한마디도 하지 않았다. 차라리 그게 나은 것도 같았다. 적당히 아팠다면 여전히 입이 살아서는 꺼지라느니, 너 때문이라느니 듣기 싫은 소리를 늘어놓았을지 모르니까.

"공에 맞은 게 아파서 그런 거냐, 아니면 생리통이 심해서 그런 거냐?"

나나는 잔뜩 찡그린 얼굴을 더욱 우그러뜨릴 뿐 달리 대답하지 않았다. 그렇게까지 아픈가 싶어서 연우도 더 묻지 않고 양호실 문을 열었다. 양호 교사는 창백한 얼굴로 배를 부여잡은 나나를 휙 훑어보고는 "생리통이지?" 하고 물었다. 그러더니 대답도 듣지 않고 진통제를 건넸다. 나나는 그것을 채듯이 받아들고는 주섬주섬 침대 위로 올라가서 누웠다.

"너 약 안 먹어?"

연우가 이상하다는 듯이 물었다. 그 순간 나나의 얼굴이 기묘했다. 짧은 순간이었지만 잠시 마주친 눈빛은 연우를 책망하는 것 같은 일렁임을 담고 있었고, 석고상처럼 딱딱하게 굳은 표정은 많이 화가 난 것 같기도 했다. 그 표정이 어쩐지 심장을 쿡쿡 찌르는 것 같아서 연우는 저도 모르게 입을 다물었다.

'그냥 가야 하나, 아니면 여기 있어야 하나.'

연우는 그 자리가 못 견디게 불편했다. 아니, 솔직히 말하면 나나는 불쾌한 존재였다. 나나도 나를 그렇게 여기고 있을 테지. 함께 있는 게 피차 좋을 게 없었다. 그럼에도 연우는 평소의 여유와 빈정대는 듯한 미소가 사라진 나나의 얼굴이 자꾸 신경 쓰여서 쉽게 자리를 뜰 수가 없었다. 방금 전 기묘했던 그 표정도.

한동안 멍하게 서 있던 연우는 그래도 아픈 사람을 놓고 가는 건 아니겠다 싶어서 잠깐이라도 있다 가기로 마음먹고 옆 침대에 풀썩 앉았다. 이참에 남은 시간 동안 땡땡이치자는 잔꾀도 좀 있었다. 맨날 하는 게 운동인데 드물게 참여하는 학교 수업에서까지 하고 싶지는 않았다.

피곤했는지 나나는 그새 잠이 들어 있었다. 아픈 와중에도 참 잘 잔다는 생각이 들어서 연우는 나나의 얼굴을 빤히 바라보았다.

'그냥 이렇게만 보면 쌈박질이나 하고 다닐 것 같지는 않은데.'

까칠하기 그지없는 애가 새근새근 잠을 자는 모습을 가만히 지켜보고 있으려니, 조금 마음이 풀어졌다. 매번 도도한 얼굴로 다른 사람들을 꼭 아랫것들 보듯이 하던 애의 앓다가 잠든 모습은 약간이지만 측은지심을 불러 일으켰다. 있지도 않은 여동생의 느낌이 꼭 이러할 것 같았다.

"아~ 모르겠다."

연우는 자리에서 벌떡 일어났다. 잠깐이라도 곁에 있어 줬으니 이젠 나가 봐도 되겠지. 그때, 나나가 옆으로 돌아누웠다. 체구에 비해 너무 큰 체육복이 슬쩍 말려 올라갔다. 연우의 눈에 얼굴만큼이나 하얀 배가 들어왔다.

"속에 나시라도 입을…. 어?"

슬쩍 드러난 배꼽 위로 눈결같이 하얀 나나의 피부와는 전혀 어울리지 않는 자국이 힐끔 보였다. 노랗고 붉은 자국이었다. 심상치 않은 기분이 들어서 연우는 망설임 없이 체육복을 슬쩍 들췄다.

배꼽 위로는 엉망이었다. 며칠은 되어 보이는 보라색 피멍이 배와 허리를 가득 메우고 있었다. 썩어 들어가고 있는 것은 아닌지 걱정이 될 정도였다.

연우가 훈련 중 선배들한테 대련을 빙자하여 얻어 터졌을 때 났던 상처보다도 심했다. 누가 작정하고 막무가내로 패지 않고서는 이런 멍이 생길 수가 없었다. 혹시 갈비뼈라도 부러진 것은 아닐까. 아니, 만약 그랬다면 당장에 응급실로 실려 갔겠지. 근데 작정하고 맞지 않고서는 생길 것 같지 않은 이 상처는 대체 어떻게….

연우는 저도 모르게 나나의 홀쭉한 배를 손으로 슬쩍 눌러 보다가 끄응, 하고 앓는 소리를 듣고서야 후다닥 손을 떼었다. 연우는 나나의 체육복을 다시 아래로 내리고 이불까지 덮어 주었다. 침대 모서리에는 아까 나나가 받은 진통제가 포장도 뜯지 않은 채로 남아 있었다.

'생리통이 아니었어.'

연우는 자꾸만 불쑥불쑥 올라오는 궁금증을 억지로 눌렀다.

아까 잠깐 마주쳤던 나나의 눈빛과 이래저래 심경을 복잡하게 만드는 표정으로 보아서 나나에겐 이 상처가 비밀일 것 같았다. 자기가 서울로 올라온 것이 사실은 도망쳐 온 것이었듯이. 물론, 단순한 싸움질 끝에 생긴 상처일 가능성도 여전히 남아 있다.

연우는 직감적으로 나나의 상처에 대해서 관심을 끊어야겠다고 생각했다. 영문을 알 수 없는 상처를 무시하고 양호실 밖으로 나오는 것은 그리 어렵지 않았다. 나나와 연우의 관계는 이때까지만 해도 딱 그 정도였던 것이다.

5.

모처럼 훈련이 없는 토요일이었다. 부산에서의 일이 생각나지만 않는다면 연우도 오늘은 집에서 푹 쉴 참이었다. 제일 좋아하는 양념치킨 한 마리를 시켜 놓고, 좋아하는 느와르 영화를 한 편 보면서. 차선책도 세워 놓았다. 만일, 오늘도 엄마의 일이 생각나서 기분이 엉망이 된다면 눈물이 쏙 빠지도록 매운 음식을 시켜 놓고 펑펑 울 수 있을 만큼 슬픈 영화를 다운받아 볼 것이다. 아니면 잡생각이 안 들 만큼 몸을 혹사시키든지.

다행스럽게도 오늘은 아침부터 기분이 상쾌했다. 일부러 엄마의 일이 생각날 만한 것들은 죄다 부산에 놓고 왔으니 시작부터 상쾌한 이 아침에 어지간해서는 그 일이 생각날 리 없었다.

연우는 치킨집이 문을 열 시간이 되자마자 주문을 했다. 그런데 포장을 개봉하고 닭다리를 집어 드는 순간 – 영화는 진작에 틀어 놓고 있었다. – 딩동, 하고 달갑지 않은 소리가 들렸다.

"올 사람이 없는데…."

혹시 주인 아주머니가 또 잔소리할 게 생겼나. 연우는 현관문의 허술한 잠금장치를 휘적휘적 풀며 물었다.

"누구세요?"

"어, 연우야… 나…."

대답은 잠깐의 침묵 뒤에 들려왔다. 조심스럽고 살가운 억양의 목소리는 어딘지 익숙하게 들렸다. 그러나 오랜만에 상쾌하게 시작한 아침이었기에 연우는 크게 신경 쓰지 않고 문을 열었다. 강아지처럼 살짝 쳐진 주름진 눈매와 진득할 만큼 새까만 눈동자가 자신을 쳐다보고 있었다.

"이모야."

이모야. 하고 뚝 떨어진 대답과 동시에 살짝 들떠 있던 연우의 마음도 순식간에 땅으로 곤두박질쳤다. 익숙한 목소리다 싶었는데 이모였구나. 생각 같아서는 도로 문을 쾅 닫고, 아무리 문을 두들겨도 없는 척, 모른척하고 싶었다.

"어… 안녕하세요."

"그래, 잘 지냈니?"

"네. 여긴 어쩐 일로 오셨어요?"

어쩐 일로 오셨냐는 말에 이모는 조금 섭섭한 얼굴을 했다. 그 표정마저도 엄마와 닮아서 연우는 가슴이 덜컹했다.

"나 들어가도 괜찮지?"

"아, 예. 방금 치킨 시켰어요. 들어와서 드세요, 이모."

마음에도 없는 말을 하는 건 어려웠다. 표정이 굳어 있을 테였지만, 이모는 모른 척 안으로 들어왔다. 양손에 바리바리 싸들고 온 반찬을 아무 말 없이 냉장고에 그득히 채워 넣은 다음에서야 이모는 바닥에 앉았다.

엄마의 딸과 엄마의 동생이 한 자리에 앉아서 치킨을 먹는 광경은 사실은 이상할 것 없는 그림이었는데도, 어쩐지 못할 짓을 하는 양 거북하기 짝이 없었다.

"여자애 혼자 사는 집이 왜 이렇게 휑하니."

이모가 꼭 나무라듯이 말했다. 연우는 어색하게 웃었다.

"옷도 저게 다 뭐야, 남자애같이. 냉장고도 텅텅 비었고. 이게 어디 열여덟 살 여고생이 사는 집이니? 누가 보면 한 3년 아무것도 안 하고 산 백순 줄 알겠다."

이모의 잔소리는 꼭 엄마 같았다. 내용보다도 말투와 표정이 그랬다. 처음엔 빈정거리듯이 시작한 목소리가 끝물에 가서는 속이 상해 죽겠다는 것처럼 흐려지고 얇아졌다. 원래 살짝 쳐진 눈매는 이럴 때만큼은 꼭 뾰족하게 올라갔다. 연우는 다시 엄마를 기억했다.

엄마는 한눈에 보아도 귀여운 인상이었다. 스물다섯에 부산 청년에게 시집을 와서 20년 동안 딸 하나 낳고 살았지만, 그 세월이 지나도 엄마는 여전히 귀여운 인상을 가지고 있었다. 그러나 작고 아기자기한 외모와 몸집과는 달리 엄마는 유능한 커리어우먼이었다. 부산에서 시작한 직장 생활 동안에 엄마는 임신도 했고 출산도 했고, 가끔은 가족 여행도 떠났다. 그러면서도 고학력과 깔끔한 실적을 바탕으로 승진을 거듭했다.

매사 똑소리 나는 엄마는 늘 바빴다. 가정에 무심한 사람은 아니었지만, "미안하다, 바빠서 갈 수가 없어"라는 말을 입에 붙이고 살았다. 초등

학교 고학년쯤 되면서부터는 그런 엄마의 사정을 충분히 이해할 수 있었기에 연우는 참관일에 오라던가, 학부모 회의에 참여하라던가 하는 소리는 잘 하지 않았다. 하지만 그 대회 날은 달랐다. 시 대회였고, 우승한 도장과 선수에게는 시의원 표창이 주어지는 명예로운 경기였다. 도장에 다니는 다른 아이들의 부모들은 모두 제 자식이 벌써 우승이라도 한 양 화려한 꽃다발을 안고 관중석에 앉았다. 심지어 도장에서 제일 실력이 변변찮은 애의 가족까지도 눈이 돌아갈 만큼 화려한 꽃다발을 가지고 왔다. 가장 유력한 우승 후보로 손꼽힌 연우는 바쁜 엄마와 관장 아버지를 둔 죄로 경기 동안 꽃다발은커녕 비쩍 마른 나뭇가지 하나도 쥐어 보질 못했다.

"너네 엄마는 또 안 오나?"

그렇잖아도 불만스럽던 마음에 결정적으로 불을 지폈던 것은 친구가 지나가면서 무심코 던진 그 말이었다. 그 말을 듣는데, 마음속에서 '그래. 아무리 바빠도 엄마라면 얼굴이라도 한번 비쳐야 하는 게 아닌가?' 하는 생각이 들었던 것이다. 꽃다발을 안지 못한 팔이 유난히 허전하게 느껴졌다. 그날 딩동 하고 도착한 문자가 [못 가서 미안하구나. 힘내라 우리 딸. 파이팅!]이라는 살가운 내용이었다는 것은 이미 잊었다.

연우는 화나고 답답한 기분으로 엄마에게 전화를 했다. 앞으로 두어 시간 후면 도장 단위의 경쟁이 끝나고 가장 중요한 개인전이 있을 터였다. 엄마가 그때까지라도 와 준다면 앞으로 한 5년쯤 자신에게 신경을 못 써 준다고 해도 이해해 줄 마음이 있었다.

엄마의 목소리는 조금 피곤하게 들렸다. 아무리 바빠도 그렇지 좀 너무한 거 아니냐는 투정을 가만히 듣더니, 엄마는 미안한 기색이 잔뜩 서린 어투로 조근조근 말했다.

"그래, 우리 딸. 많이 서운하겠네. 엄마가 한두 시간 정도 뜨는데 잠깐이라도 들를게."

연우는 그것이 엄마의 마지막 목소리가 될 거라고는 전혀 예상하지 못했다. 아침부터 조금씩 내리던 비가 이제는 무섭게 쏟아지고 있다는 사실조차 몰랐다. 대회장으로 향하는 모퉁이 길에서 엄마의 차바퀴가 미끄러질 거라는 상상은 연우가 할 수 있는 범위의 것이 아니었다. 연우는 그저 기분 좋게 만족스러운 웃음을 지으며 도복 깃을 정갈하게 다듬었을 뿐이었다. 엄마가 자신의 전화를 받고 대회장에 오다가 사고를 당했다는 사실은 경기가 모두 끝나고 나서야 알게 되었다.

슬픔을 묵묵히 억누르던 아빠는 엄마의 발인 날 결국 관을 붙들고 오열했다. 미안하다고 미안하다고 거듭 외치던 아빠는 같이 관을 붙들고 엉엉 울던 딸에게 가슴속 깊은 곳에 꽁꽁 감춰 두었던 본심을 찢어질 듯한 고성으로 토해 냈다.

"와 엄마를 불렀노, 와! 와!! 이게 다 니 때문에…!!!"

연우는 놀란 토끼 눈을 하고 아빠를 멍하니 바라보았다. 부산 사나이는 눈물을 흘리지 않는다며 아무리 슬픈 영화를 보아도 눈 하나 꿈쩍하지 않던 아빠가, 엄마가 아무리 애교를 피워도 그 앞에서는 무뚝뚝 그 자체였다가 뒤에서 슬쩍 입꼬리를 올리던 그런 아빠가 난생처음 보는 고통스러운 얼굴로 나를 원망하고 있었다.

'나 때문에? 내가 엄마를 불러서…?'

일부러 생각하려고 하지 않았던 것일 수도, 아니면 너무 경황이 없어서 생각나지 않았던 것일 수도 있었다. 그러나 아빠의 눈을 마주한 순간 연우는 피할 수 없는 진실에 부딪혔다. 이모도, 할머니도, 그 누구도 차마 말하지 못했던 것을 아빠가 정확하게 알려 주었다. 그래, 내가 엄마를 부르지 않았다면 엄마는 지금도 여전히 우리 곁에 있을 것이다.

그 사실을 깨닫는 순간 연우는 엄마를 추억할 수도, 아빠를 볼 수도 없었다. 숨이 턱턱 막혔고 정신이 아득해졌다. 차라리 이대로 죽어 버렸으면 좋겠다고 연우는 진심을 다해서 바랐다.

"연우야, 연우야! 너 괜찮니?"

순간 엄마의 목소리인 줄 알았다. 목소리까지 빼어 닮은 이모가 하얗게 질린 연우의 얼굴을 걱정스러운 눈으로 바라보고 있었다. 연우는 귓바퀴에 "니 때문에…!!!" 하고 악을 쓰던 아빠의 목소리가 아직도 울리는 듯해서 공연히 귀를 만지작거렸다. 숨을 한 번 훅, 고르고 나서야 연우는 간신히 입을 열었다.

"아, 잠깐 좀 딴 생각을 해서…. 뭐라고 하지 않으셨어요?"

"아버지 한번 만나야 하지 않겠냐고. 너 중학교 졸업하자마자 서울로 올라와서는 아직 한 번도 안 봤잖니."

아, 이모. 쉴 틈은 주시고 공격을 하셔야죠.

"아뇨. 한 달에 한 번 늘 통화하고 있어요."

"연우야, 아빠가 말실수를 하긴 했지만 그래도 세상에 하나뿐인 부녀지간 아니니. 언제까지 이렇게 모르는 사람처럼 살 거야?"

"아뇨. 저희 아빠 말실수한 적 없어요."

단호한 대답에 이모는 잠시 말을 멈추었다. 대답할 말을 찾는 듯이 입술을 우물거리는 이모를 향해 연우는 쐐기를 박았다.

"사실은 이모도 저 때문이라고 생각하고 계시잖아요."

이 말을 들은 이모의 얼굴이란. 연우는 쓰게 웃었다. 더 이상은 못 버틸 것 같아서 연우는 엉덩이를 들었다. 학교 연습실이든 근처 공원이든 아니, 그 어디로든 빨리 나가고 싶었다.

"저 잠깐 나갔다 올게요, 이모. 쉬다 가세요."

"연우야, 연우야! 잠깐 좀 기다려 봐!"

문을 열기 직전, 이모가 어깨를 붙잡았다. 연우는 당장이라도 울음을 터뜨릴 것 같은 얼굴로 이모를 쳐다보았다.

"이모, 사실은 저도 제가 미운데요, 아빠는 제가 얼마나 더 보기가 싫겠어요."

이모는 참담한 심정을 얼굴 위로 고스란히 드러냈다. 힘이 빠진 이모의 손에서 빠져나오는 것은 간단했다. 연우는 밖으로 나오자마자 무작정 걸었다. 어째 하늘이 좀 우중충하다 싶었는데 얄궂게도 그날처럼 비가 내렸다.

'쪽팔리게. 무슨 비운의 여주인공도 아니고.'

지갑도 두고 나와서 우산을 살 수도 없었다. 사람들이 흘끔거렸다. 연우는 되도록 아무런 생각도 하지 않으려고 애를 쓰면서 철벅철벅 젖은 운동화를 끌었다.

연우의 걸음이 멈춘 곳은 학교 근처의 공원이었다. 마음이 복잡하면 거의 이곳에서 시간을 보내곤 했다. 넓고, 사람도 적당히 많고, 공원 가운데에 있는 큰 저수지는 종종 연우의 시선을 사로잡기도 했다.

"후우~."

크게 한숨을 쉬었다. 그러나 가슴은 여전히 무거웠다. 연우는 발목을 풀며 코스를 따라 달릴 준비를 했다. 이럴 줄 알았다면 차라리 육상 선수가 될 걸 그랬다는 우스운 생각이 잠깐 들었다.

생각해 보면, 마음이 복잡하고 불평이 날 때 몸을 혹사시키는 방법은 아빠에게 배운 것이었다. 힘들어 죽을 만큼 몸을 쓰고 나면 내가 얼마나 행복한 인간인지 깨닫게 되거나 아니면 너무 지쳐서 불필요한 마음의 고민 따위는 깊게 생각하지 못하게 된다고 했던가? 어쩌면 자기 수제자이자 하나뿐인 자식이 훌륭한 선수가 되길 바라는 부모의 욕심이 만든 거짓말일 수도 있지만, 연우는 이 방법을 제법 신뢰했다.

"헉… 헉…."

큰 저수지 공원을 몇 바퀴째 쉬지 않고 달렸더니, 엄마와 아빠에 대한 생각이 조금씩 사그라들었다. 대신 이러다 죽을지도 모르겠다는 생각이 들었다. 연우는 숨도 제대로 쉬지 못할 지경이 되어서야 다리를 멈추고 바닥에 주저앉았다. 검은 트레이닝복에 흙탕물이 범벅이 되었지만 그런 것을 신경 쓸 여유조차 없었다. 아까부터 미친 듯이 달리기를 하는 모습을 지켜본 사람들은 경찰서나 119에 신고를 해야 하는 게 아닐까 고민하는 눈치였다. 연우의 눈에도 자신을 미친 사람 보듯 보는 사람들의 시선이 들어올 즈음, 머리 위로 불쑥 노란 우산이 들어왔다.

"안녕."

목소리는 차분하고 고왔다. 눈에 들어온 얼굴이 의외라서 연우는 저도 모르게 눈을 찡그렸다.

인형 같은 얼굴이 퉁퉁 부어 있었다. 언젠가 양호실에서 훔쳐보았던 그 찬란한 멍 자국이 떠올랐다. 그 뒤로도 나나는 몇 번 수상한 상처를 팔이나 다리에 물들여 왔고, 학교도 이전처럼 수시로 빠졌다. 그래도 최근에는 상처도 뜸하고 결석도 안 한다 싶었는데 결국은 한 달을 채 못 넘기고 퉁퉁 부은 뺨을 하고 서 있었다.

나나는 땀과 비에 푹 젖은 연우를 물끄러미 내려다보다가 픽 웃었다.

"졸라 뛰더라, 너. 드디어 머리가 돈 거냐?"

"뭐?"

"미친 사람처럼 계속 뛰었잖아. 미친개도 너보단 나을 거다."

"웬 참견."

"달리는 게 꼭 우는 것 같아서 신기하기도 했고."

이 애는 대체 왜 나에게 말을 거는 걸까?

연우는 몸을 일으키며 비키라는 의미로 나나를 툭 밀쳤다. 기분이 나빴는지, 나나가 눈을 뾰족하게 치떴다.

"아— 진짜 졸라 비싸게 구네."

그 말이 너무 어이가 없어서 연우는 허, 하고 한숨을 뱉었다. 비싸게 굴고 말고 할 것도 없는 사이가 아니던가.

"야, 너 왜 갑자기 친한 척인데?"

연우가 정말 이상하다는 듯이 물었다. 땀과 빗물, 그리고 약간의 눈물로 엉망이 된 얼굴을 나나가 샐쭉 접힌 눈을 하고서 바라보았다. 나나가 이렇게 미심쩍게 웃으며 한 템포를 쉬고 대답을 하는 게 연우는 너무 싫었다. 그 애 혼자만 어떤 은밀한 일을 알고 있는 것 같은 불쾌한 기분이 들었다. 결국 연우가 한마디 하려고 입술을 움찔거리는 순간에 나나가 입을 열었다.

"닮아서. 너랑 내가."

멍멍. 어디서 개소리가 들리네. 연우는 얼굴이 와락 구겨지는 걸 느꼈지만, 막을 수 없었다. 닮았다니. 연예인 뺨치는 미인과 국가대표를 준비하는 태권 소녀의 그 어디가 닮았단 말인가. 길 가는 사람 백 명, 천 명을 잡고 물어도 나나와 내가 닮았다는 대답은 들을 수 없을 거였다. 연우는 혹시 이 계집애가 자기를 놀리는 건가 싶었다.

"너 지금 나 약 올리냐?"

"내가? 널? 왜?"

"됐다. 알았으니까 서로 갈 길 가자."

연우가 나나를 비스듬히 지나치려고 했다. 나나는 우스워 죽겠다는 듯이 풋 하고 웃음을 터뜨리더니 연우의 손을 우산 손잡이로 툭 쳤다.

"왜."

"우산 쓰고 가라고."

갑작스러운 친절이 이상하게 느껴졌다. 나나가 이런 캐릭터였나? 원래부터 정체가 묘한 애였지만 알면 알수록 더 모르겠다는 생각이 들었다. 연우는 노란 우산과 나나의 얼굴을 번갈아 보았다. 연우가 선뜻 우산을 들 생각을 하지 않자 나나는 아까보다 강경한 말투로 다시 한 번 "우산 써" 하고 얘기했다.

"왜 그러냐, 너?"

연우가 다시 한 번 물었다. 나나는 여전히 웃는 낯으로 말했다.

"싫으면 쓰지 말든가. 걱정해 줘도 지랄이시네, 우리 반 반장은."

저 예쁘고 앙증맞은 입에서 나온 말치고는 어투도 단어도 거칠었다. 알고 있었지만, 들을 때마다 영 속이 불편했다.

"이미 다 젖었는데 뭘 쓰냐. 그리고 그거 나 주면 넌 뭐 비 맞고 가겠다고?"

"내가 비를 왜 맞아?"

"너 멍청이냐?"

나나는 그런 말은 난생처음 듣는다는 듯이 깔깔대며 웃었다.

"내가 너처럼 숙맥인 줄 아냐?"

대화가 안 통하는 아이다. 어쨌든 우산은 너나 잘 쓰고 들어가라고 말하려던 차였다. 나나가 갑자기 저쪽 건너편을 향해 손을 흔들었다. 뭔가 싶어서 힐끔, 뒤를 돌아보자 검은색 세단 한 대가 도로에 차를 세우고 있었다. 잠시 후 차 문이 부드럽게 열리더니 정장 차림의 한 남자가 큰 우산과 작은 분홍색 우산 하나를 들고 나왔다.

'누구지?'

적게 보면 서른, 많게 봐도 서른 후반 정도이니 아빠일 가능성은 없었다. 나이 터울이 많이 나는 오빠로 보기에는 닮은 구석이 하나도 없었고, 친척이라 생각하기도 어려웠다.

나나는 의문에 빠진 연우에게 억지로 우산을 들려 주었다. 앗 하는 사이에 우산을 들게 된 연우는 남자를 향해 걸어가는 나나의 뒷모습을 멍하니 바라보았다. 비에 젖어 드는 어깨가 조금 안쓰러워 보였다. 그것은 의문의 남자도 마찬가지였는지 유유자적 걸어가는 나나를 기다리지 못하고 후다닥 달려와 우산을 씌웠다. 나나가 남자를 향해 부드럽게 웃으며 뭔가를 말했고, 남자는 멍청해 보일 정도로 헤벌쭉한 표정을 지었다. 남자는 자연스럽게 나나의 얇은 허리에 팔을 둘렀다.

"저 가시나가 미칫나."

연우는 들릴 리 없는 나나를 향해 중얼거렸다. 저도 모르게 사투리가 나왔다. 잘 봐줘도 서른인 남자가 여고생의 허리에 팔을 두르는 것은 좋게 보려고 아무리 노력해도 미심쩍은 생각이 들게 하는 모습이었다.

"미친 거 아니야, 진짜? 저거 신고해야 되는 거 아닌가?"

나나가 고등학생처럼은 보이지 않는 볼륨감 있는 몸매에 나이는 아무래도 상관없다고 생각할 만큼 예쁜 애라고 해도 어쨌든 미성년자다. 서른 중후반의 남자가 무턱대고 허리를 만지작거려도 될 나이는 아니었다.

불현듯 감투로만 여겼던 반장으로서의 책임감이 화르륵 불타올랐다. 그러나 남자는 이미 나나를 차에 태우고 공원을 빠져나가고 있었다. 연우는 자신이 왜 공원까지 왔는지를 까맣게 잊어버리고 나나를 생각했다.

저 애는 볼수록 낯설다. 닮아서 친한 척 좀 해 봤다는 말도 안 되는 소리를 지껄이는 나나를 정말 모르겠다. 그래서 그런지 연우는 나나가 조금 궁금하다.

6.

시간은 순식간에 지나갔다. 미처 몰랐던 사이에 한여름은 가깝게 다가와 있었다. 이모가 왔던 날 이후로 상처는 덧나고 터지기를 반복하다 다시 무뎌지기 시작했다. 연우는 그럭저럭 잘 지내고 있었다. 조금 달라진 것 한 가지는 나나에 대한 태도였다. 이전보다는 덜 아니꼬운 마음으로, 그러나 전보다 더 별난 사람을 보는 것처럼 연우는 나나를 궁금해했다.

"나나는 또 결석이야?"

여느 때처럼 출석 체크를 하던 연우는 늘 그렇듯이 텅 비어 있는 나나의 자리를 힐끔거리며 그 패거리인 이현아에게 물었다. 이현아는 연우 쪽은 돌아보지도 않고 "궁금하면 니가 알아보든지" 하고 퉁명스럽게 대답했다. 체육시간에 나나의 배를 맞힌 이후로 이 패거리의 자신을 대하는 태도는 훨씬 불친절해져 있었다. 꽤 지난 일이었는데도 유치찬란한 시비와 빈정거림은 그칠 기미가 없었다. 정작 나나는 가만히 있는데 말이다. 하기야, 나나는 원조교제 현장일지도 모르는 미심쩍은 광경을 당당하게 드러내고도 그 사건에 대해서는 전혀 내색하지 않는 아이이다. 배에 공이 맞는 것 정도는 기억조차 나지 않는 작은 일일 수도 있었다.

'당당한 건지, 아니면 별로 생각이 없는 건지….'

그 남자를 목격한 다음 날, 연우는 도대체 어떤 표정을 하고 얼굴을 봐야 할까 고민했던 건 자기 혼자뿐이라는 사실을 단번에 깨달았다. 분명히 소문이 났을 때 불리한 것은 자신이면서 나나는 그런 것은 전혀 개의치 않는다는 듯이 유쾌한 얼굴로 저를 한 번 힐긋 쳐다보았을 뿐, 그 어떤 인사도 언급도 없었다. 심지어 아는 척도 하지 않았다. 그날은 먼저 살갑게 말을 걸고 우산까지 쥐어 줬으면서 말이다.

"야, 여기 니 우산."

솔직히 말하면, 그때 그렇게 큰 소리로 마치 보란 듯이 나나에게 노란 우산을 건네주었던 것은 – 심지어 교실 안이었다. – 그 애가 당황하는 모습을 보고 싶었기 때문이다. 그러나 나나는 입술 끝을 부드럽게 올리며 더없이 평온한 목소리로 대답했다.

"그래."

그러나 그것은 자포자기한 뉘앙스는 아니었고, 이상하게도 흥미로워하는 기색이 가득했다. 연우는 더욱 나나를 알 수 없게 되어 버렸다. 나나의 심중이 너무 궁금했다. 자신이 그 일을 떠벌리지 않을 거라고 생각한 것일까? 아니면 소문이 나도 대수롭지 않다는? 그것도 아니라면, 혹시 나에게 호감을 가지고 있는 걸까?

우산을 돌려주던 날로 돌아가서 다시 생각해 봐도 연우는 결국 도무지 모르겠다는 결론을 내렸다. 그즈음에도 나나는 자리에 없었다.

연우는 혀끝을 쯧 차고 검은 트레이닝복 지퍼를 목까지 꼼꼼하게 올려 잠갔다. 저랑 별 상관없는 날라리에 대해 고민하느니 연습을 1분이라도 더 하는 게 나았다.

"김연우, 어디 가?"

출석부를 옆구리에 낀 채 교실을 나가는 연우를 향해 하나가 크게 소리쳐 물었다.

"교무실 들렀다가 훈련 가려고."

"오~ 열심이네~~ 태권 소녀 파이팅!"

하나가 손을 마구 흔들었다.

연우가 교무실을 찾아갔을 때, 강창혁은 공문을 처리하느라 골머리를 앓고 있었다. 강창혁은 연우가 내민 출석부를 찬찬히 살펴보더니 한층 더 깊이 눈을 찡그렸다.

"난리 났네, 난리 났어. 김영아, 박민진은 일주일 내내 지각을 하시는구만. 얼씨구, 김소리는 더 가관이고. 학생인권이다 뭐다 해서 매를 들 수도 없고, 벌을 줘도 우습게 아니. 아휴, 진짜…."

핀잔 어린 잔소리를 하던 강창혁의 시선은 아까 한 번 스쳤던 나나의 이름에 다시 한 번 고정되었다. 이번엔 핀잔이 아니라 답답하다는 듯이 한숨을 푹 쉬었다.

"나나 이 녀석은 차라리 지각이었으면 좋겠다. 무단결석보다는 그게 백 배 낫지. 부모님 모셔 오래도 모셔 오지도 않고, 부모님한테 전화를 해도 받지도 않고….”

피곤한 듯이 눈가를 꾹꾹 누르며 중얼거리던 강창혁은 문득 옆에 연우가 있다는 것을 떠올리고는 아차 싶은 표정으로 연우를 바라보았다. 그 바람에 별 생각 없이 듣고 있던 연우가 도리어 민망해졌다. 강창혁은 흠흠 헛기침을 했다.

“아, 그래. 김연우 수고했다. 이제 또 연습하러 가냐?”

“네. 3교시 끝나고 들어와요.”

“오냐, 수고 많다. 가 봐라.”

연우는 엉겁결에 떨떠름한 인사를 했다. 교무실을 나오는데 복도가 싸할 정도로 적막했다. 불현듯 이 큰 학교에 홀로 남겨진 듯한 느낌이 들어서 오소소 소름이 돋았다. 약 2년 전 엄마의 사고로 느꼈던 기분과 비슷했다. 물론 그때는 세상에 홀로 남겨진 듯한 느낌이었다는 점에서 스케일이 훨씬 컸지만.

연우는 그 불쾌한 소름을 떨쳐 버리려는 듯 일부러 더 성큼성큼 당차게 걸었다. 기분 나쁜 생각은 물꼬를 트기 전에 내치는 게 상책이었다.

걸음을 빨리하는데 아래에서 위로 터벅터벅 걸어오는 소리가 들렸다. 누군가 지각을 했거나 수업이 없는 선생님이겠거니 하고 계단을 내려가던 연우는 계단 난간 사이의 틈으로 힐끔 비치는 새하얀 피부에 우뚝 멈춰 섰다. 나나였다.

‘알은 척을 해야 하나 말아야 하나.’

왠지 긴장이 되었다. 반대쪽 계단으로 돌아갈까 하는 생각도 들었다. 그러나 고민하는 사이에 나나는 바로 몇 계단 아래까지 올라와 있었다.

나나는 고개를 살짝 숙이고 있어서 저를 발견하지 못한 것 같았다. 연우는 저도 모르게 나나의 얼굴과 팔다리를 쓱 훑었다. 며칠 된 것이 분명한 상처 자국들이 군데군데 남아 있었다.

"어? 반장?" 나나도 저를 발견하고는 귀에 꽂았던 이어폰 한쪽을 뺐다. 살갑지도, 거칠지도 않은 순전한 놀람이 얼굴에 가득했다. 연우는 그런 나나를 가만히 내려다보다가 불퉁하게 말했다.

"너는 학교를 다니겠다는 거냐, 말겠다는 거냐?"

말해 놓고 보니 퍽 주제넘고 민망했다. 나나도 같은 생각이었는지 어이없다는 얼굴로 픽 웃었다.

"반장이라고 유세도 떠냐?"

누가 들어도 빈정거리는 투인지라 저절로 인상이 써졌다. 이 애는 친한 듯이 말을 하다가도 당장 한 대 칠 듯이 쏘아 대기도 했다. 그저 지 기분 내키는 대로다.

"너 그러다가 유급 당한다."

"남이사, 내가 유급을 당하든지 말든지."

나나는 다시 이어폰 한쪽을 귀에 꽂았다. 그러고는 연우 곁을 쓱 지나치려 했다. 연우는 무시를 당하는 것 같아서 짜증이 났다. 그 때문에 계속 묻지 못했던 것을 불쑥 입 밖으로 내고 말았다.

"대체 그건 무슨 상처냐?"

나나는 양호실에서 보았던 것처럼 일순 기이한 표정을 지었다. 억울한 것 같기도 하고 화가 난 것 같기도 하고. 나나는 할 말을 찾는 듯이 입술을 빼끔거렸다. 그러나 몇 초 지나지 않아, 태연한 얼굴로 낄낄 웃었다.

"자전거 타다가 엎어졌다, 왜?"

"그냥. 볼 때마다 참 화려하다 싶어서. 근데 그렇게 다치면 보통은 긁히거나 찢어지지 않냐? 어째 죄다 멍에 퉁퉁 부은 자국이냐. 어디서 얻어맞고 다니는 애처럼."

황급히 뒤집어쓴 가면을 부숴 버리고 싶었다. 나나는 그런 불순한 의도를 눈치챈 것처럼 더 깊게 웃었다. 이젠 좀 알 것 같았다. 웃으면 웃을수록 저 애는 무언가를 숨기고 있는 것이다.

"맞긴 누가? 내가? 미쳤냐? 씨발, 누가 날 때려."

거칠어진 말투 덕분에 더 미심쩍어졌다. 나나는 여전히 의심스러운 표정을 하고 있는 연우에게 오기라도 생겼는지, 거침없이 제 치맛자락을 걷었다. 연우가 당황할 틈도 없이 검은 속바지와 어딘가에 쓸린 상처가 자잘하게 박혀 있는 하얀 허벅지가 드러났다.

"봤지? 허벅지 쓸린 거."

대체 왜 허벅지에만 그런 상처가 있는 거냐, 그게 더 수상하다. 튀어나오려는 말을 연우는 가까스로 삼켰다. 나나가 웃옷까지 벗을 기세였던 것이다.

"짜증 나게 별게 다 지랄이네."

치맛자락을 다시 내리며 나나가 중얼거렸다. 연우는 대꾸하지 않았다. 나나가 곁을 지나쳤다. 그 애와는 여전히 어울리지 않는 독한 담배 냄새가 코를 자극했다. 지저분한 상처와 그 냄새가 오버랩 되면서 구역질이 올라왔다. 황급히 체육관으로 내려왔지만 사슴같이 커다랗고 촉촉한 연갈색 눈동자와 텁텁한 담배 냄새는 그곳까지 따라왔다.

연우는 샌드백을 발로 쾅 내리치며 나나와 다시는 말을 섞지 말아야겠다고 생각했다. 가까이 다가갈수록 궁금증이 커졌고, 그만큼 그 애에 대한 불쾌감도, 얕은 호감도 함께 부풀어 올랐다. 종잡을 수 없는 애인지라 그 애를 마주하고 있는 동안만큼은 자신의 불완전한 가족에 대해서 생각하지 않을 수 있어 좋았다. 하지만 머릿속을 가득 채운 나나에 대한 생각 또한 불편하긴 마찬가지였다.

'나나고 나발이고 내가 알게 뭐야.'

한번 결심을 하고 나자 나나를 피하는 것은 어렵지 않았다. 이상하게도 그 이후로는 나나와 마주칠 일이 없었다. 아니, 실은 서로가 부딪칠 일을 만들지 않으려고 최선을 다했기 때문에 굳이 맞닥뜨릴 일이 사라진 것이었다. 때때로 연우는 나나가 궁금했고, 나나도 가끔 연우를 힐끔거렸으나 둘은 서로의 부단한 노력 끝에 말 한마디 하지 않은 채 여름방학을 맞았다.

7.

나나가 연우를 처음 본 것은 한빛여고 입학식 때였다. 그날 나나는 하마터면 부러질 뻔했던 손가락을 급히 치료받고 오느라 입학 첫날부터 지각 확정이었다. 나나는 일부러 느긋하게 걸었다. 되도록 천천히. 조금이라도 더 마음을 정리할 수 있게 느릿느릿 걸었다. 3월의 바람은 아직도 얼음장 같아서 오래전 부러졌던 발목이 시큰거렸고, 엊그제 채였던 배가 못 견디게 욱신거렸지만 그럴수록 더 천천히 발을 움직였다. 여유 있게 웃을 수 있을 만큼 마음이 정리가 되어야지 학교에 갈 수 있었다. 세상의 불행을 나 혼자 짊어진 듯이 어두운 얼굴을 하고서 학교에 가는 건 너무 쪽팔린 일이니까. 종종 수업에 빠지고 지각을 하는 것은 그 때문이었다. 물론 아파서 못 가는 날도 적지 않았지만, 대개는 그랬다.

11시. 입학식은 당연히 끝났을 거고, 교실로 가면 되나?

그런데 몇 반이랬더라? 1학년 3반?

배정받은 반이 정확히 기억나지 않아서 나나는 잠시 멈췄다. 그러나 크게 상관은 없었다. 여차하면 교무실로 가서 물어보면 되는 일이었다. 물론 입학식 날 지각을 한 주제에 반도 제대로 기억 못 하면서 교복 은 야무지게 줄여 입은 예쁜 여학생에 대한 부정적 평가는 골치 아프게 따라다닐 거다. 하지만 어차피 중학교 때부터 별의별 괴상한 소문을 달고 살아온 나나에게 선생님의 낙인쯤은 얼마든지 무시할 수 있는 것이었다. 게다가 소문의 30퍼센트 정도는 맞는 말이기도 했다.

나나는 아무래도 상관없다고 생각하며 무작정 학교 건물 안으로 발을 들여놓았다. 2층 복도는 조용했다. 중학생에서 막 고등학생으로 올라온 제 또래의 파릇파릇한 신입생들의 긴장감이 벽 너머로도 느껴졌다. 나나가 슬그머니 웃었다. 그 긴장감이 퍽 유치하게 느껴진 까닭이었다.

나나가 긴 복도로 발을 들이려는 순간, 복도의 중간 즈음에 있는 1학년 교무실 문이 갑자기 더럭 열렸다. 인상이 푸근한 여자 선생님과 검은색 트레이닝복에 남색 점퍼를 걸친 학생이 나왔다. 보이시한 차림새에 키까지 훌쩍하니 큰 편이라서 나나는 순간 이곳이 여고라는 것을 잊고 그 애가 곱상하게 생긴 남학생인 줄 알았다.

"그래, 부산에서 올라왔다고?"

"네. 중학교 졸업하자마자 왔어요."

"근데 사투리를 안 쓰네?"

"엄마가 서울 사람이라 집에서는 서울 말을 섞어서 썼었거든요. 그렇게 낯설지 않아서 금방 입에 익더라고요."

두 사람은 아직 자신을 발견하지 못한 것 같았다. 나나는 어떻게 할까 잠시 고민했다. 성큼성큼 다가가서 불쑥 얘기에 끼어들어, 내 반을 좀 확인해 달라고 말할까 싶기도 했고, 모른 척하고 잠깐 기둥 뒤에 숨어 있다가 얘기가 끝나면 나가서 말할까 싶기도 했다. 우두커니 서 있기는 좀 뻘쭘했다.

"그나저나, 어머니가 갑자기 그런 사고를 당하셔서 많이 힘들었겠다. 부산에서 서울까지 올라오기로 결심한 건 혹시…."

선생님이 조금 난감한 듯한 표정을 지으며 말끝을 흐렸다. 키가 훌쩍한 그 학생은 선생님이 무엇을 말하려는지 알겠다는 듯이 고개를 작게 끄덕였다. 그 애의 눈이 어색하게 웃었다. 딱 보기에도 언짢은 기분이라는 것을 말해 주는 그 텁텁한 미소가 눈길을 사로잡았다.

"힘들긴 해요. 그래도 뭐, 그것 때문에 서울까지…. 흠흠, 그것 때문에 도망치듯이 서울로 온 건 아니에요. 부산엔… 아버지… 그러니까 아빠도 계신데 제가 왜…."

아니라고 말하는 주제에 표정은 참담했다. 특히 아빠를 말할 때는 무척 힘겨워 보였다. 모래를 한 움큼 집어 먹기라도 한 양, 입안이 껄끄럽다는 게 한눈에 보였다. 나나는 단번에 짐작할 수 있었다. 저 애가 자기와 비슷하다는 것을. 동류는 동류를 알아보는 것과 같은 종류의 어떤 본능적인 감이었다. 나나는 왠지 만족스러운 기분이 들었다. 흐응, 하고 콧노래가 나왔다.

입학식 첫날, 우연히 훔쳐보게 되었던 그 보이시한 여자애가 태권도 특기생 김연우라는 것은 조금 더 지난 뒤에 알게 되었다. 나나는 태권도 특기생 김연우가 확실히 눈에 띈다는 걸 인정하지 않을 수 없었다. 눈에 띄는 걸로 치자면 엄마를 닮아 예쁜 저도 마찬가지였지만 김연우는 조금 더 독특한 무언가가 있었다. 훤칠한 키와 늘씬하게 잘빠진 몸으로 동경의 시선을 끌었고, 단정하고 보이시한 외모로 관심을 받았다. 보통의 여고생과는 달리 매사에 덤덤한 얼굴은 그 애를 어른 같아 보이게 했다. 정작 본인은 모르는 눈치였으나, 그 애는 그런 식으로 또래 애들의 눈길을 끌었던 것이다. 그러나 나나가 김연우를 쳐다보는 것은 어떤 동경이나 호감이 아니라 입학식 날 우연히 느낀 '동류의 감' 때문이었다. 이 많은 학생 중에 한 명쯤은 자신과 비슷한 애가 있다는 게 퍽 위로가 되었고, 걔는 내 비밀을 모르는데 나는 걔 비밀을 알고 있다는 우스꽝스러운 우월감도 좀 들었다. 그러나 가끔 두려운 기분이 들기도 했다. 김연우와 자기가 비슷한 사람이라는 게 순전히 착각일까 봐서.

'원래부터 혼자인 건 상관없지만, 둘이었다가 혼자인 건 좀 그렇잖아.'

나나는 종종 눈으로 김연우를 좇았다. 혼자서 그 애를 비웃기도 하고, 동질감을 느끼기도 하고, 궁금해 하기도 했다. 오며 가며 지나치다가 가끔 눈이 마주치기라도 하면 김연우는 그 짧은 순간마다 노골적으로 눈을 찡그리고 입술을 삐딱하게 내렸다. 그럴 때마다 나나는 속으로 푸훗, 웃음을 터뜨리곤 했다. 자기를 무서워하는 애들은 많았지만, 저렇게 노골적으로 싫어하는 애는 드물었다. 그러니까 김연우는 두 가지 이유에서 자꾸만 나나를 자극했다. 너무 눈에 보이게 자기를 싫어한다는 것과 자기와 같은 무언가를 안고 있다는 것. 그리고 어디까지나 감에 의존했던 나나의 두 번째 가설이 확실해진 것은 2학년에 올라가고 얼마 지나지 않아서였다.

나나는 언젠가 한 번쯤 상상해 본 것처럼 김연우와 한 반이 되었다. 한 교실에 있는 김연우를 보면 이상한 기분이 들었다. 좋기도 하고, 나쁘기도 했다. 어떻게 좋고 나쁜 기분이 동시에 들 수 있는지 신기했다. 그러나 그 애를 좀 찔러보고 싶다는 생각만큼은 확실했다. 김연우가 정말 나랑 비슷한 게 맞는 걸까, 그 애도 나처럼 그럴까, 나나는 그걸 알고 싶었다.

기회는 생각보다 빨리, 그리고 의도하지 않은 순간에 찾아왔다. 임원 선거를 하는 날이었다. 제일 뒷자리 앉은 사람이 투표용지를 걷어 제출해야 했고, 나나는 별 생각 없이 용지를 수거했다. 김연우의 자리까지 갔을 때 연우는 용지를 걷으러 온 사람이 나나라는 것을 알고 대놓고 싫은 표정을 지었다. 순간 기분이 좀 나빴지만 그걸 가지고 시비를 걸지는 않았다. 어차피 노골적이냐, 아니면 가식적이냐의 차이일 뿐이지 대부분의 애들이 다 그랬으니까.

김연우의 용지를 받아드는데, 문득 책상 위의 핸드폰으로 눈이 향했다. 액정은 요란하게 전화가 왔음을 알리고 있었다. '아빠'라는 이름이 둥둥 떠 있는 액정을 발견한 것은 몇 초 안 되는 짧은 순간의 일이었다. 그사이 나나의 머릿속에서는 보통은 무뚝뚝한 포커페이스를 유지하는 이 김연우를 어떻게 찔러보면 좋을지가 떠올랐다. 그래서 나나는 종이를 줍는 척하며 김연우의 귀에 "너 전화 온다, 아빠한테" 하고 속삭였던 것이다. 그 말을 들은 김연우의 표정이, 무엇보다도 시원스럽게 뻗은 눈매가 파르르 떨렸다.

'럭키 스트라이크네!'

좀 심하게 얘기하자면 사형 내지는 무기징역을 선고받기라도 한 것 같은 표정이었다. 용지를 앞에 제출하고 돌아설 때까지도 김연우는 하얗게 질려서 제 핸드폰을 가만히 만지작거리고만 있었다. 나나는 그 얼굴을 보고도 괜히 즐거운 기분이 드는 자신이 참 못됐다고 생각했다. 그러나 비죽 새어나오는 미소를 굳이 막으려 하지는 않았다. 동류의 감은 착각이 아니었던 것이다.

*

'동류'. 그 때문인지 놀랍게도 나나는 김연우가 밉지 않았다. 너무 대놓고 싫어해서 가끔 한 대 패주고 싶은 기분이 들기는 했지만 그래도 미운 느낌은 아니었다. 그런 나나의 마음을 같이 다니는 애들도 알아챘는지, 어느 날은 김영아가 "넌 왜 그년한테만 관대하냐? 태권도 좀 한다고 멋있는 척 허세 부리는 게 같잖아 죽겠는데" 하고 투덜거렸다. 덧붙여 "친구인 우리한테보다 더 관대한 것 같다?" 하고 비꼬는 용기까지 보였다.

나나는 우선, 어이가 없었다. 김영아를 비롯한 다른 애들은 어떤지 모르겠으나 적어도 자신은 단 한 번도 그 애들을 친구로 생각한 적이 없었다. 지들과 나 사이에 우정이 흘러간 적이 있던가. 지들은 그냥 내가 예쁘고 강단 있어서 나를 쫓아다니는 것뿐이었고, 자신도 그냥 그걸 용인하는 것뿐이었다.

"아, 그래? 그렇게 느꼈어?"

나나가 부드럽게 웃었다. 김영아는 나나가 욕 대신 차분하게 대답을 하자 한층 더 자신만만한 얼굴로 고개를 끄덕였다.

나나가 김연우에게만은 관대한 이유라 함은 두 가지가 있었다. 하나는 그 애가 폭력과 욕설로 뭘 어쩌기엔 조금 무리수지 싶은 생각이 드는 태권도 특기생이라는 것이었다.

나나는 매니큐어를 마저 칠하며 김영아는 쳐다보지도 않고 툭 말했다.

"너는 그럼 걔 머리채 휘어잡을 수 있겠어?"

김영아는 잠깐 동안 어안이 벙벙한 표정을 지었다. 잠시 후 얼굴이 화끈 달아오르더니 신경질적으로 대답했다.

"수로 밀어붙이면 가진 건 키랑 근육뿐인 게 뭘 어쩌겠냐고."

포테이토칩을 아작아작 씹어 먹던 박민진이 깔깔 웃었다.

"멍청하기는. 야, 그러다 태권도부 애들 몰려오면 어쩔 건데. 우리 학교에서 제일 큰 자랑거리가 태권도부 아니냐. 거기 애들 경력 장난 아니야."

"너 쫄았냐? 야, 어차피 걔네 운동부라 싸움 나면 지들 손해야."

"멍청한 년 맞네. 싸움 나서 걔들 대회 출전이라도 못 하게 되면 교장이 우릴 가만 놔두겠냐? 가뜩이나 우리 같은 애들 아니꼽게 보는데. 그리고 걔네 대회 못 나가면 야밤에 빠따라도 챙겨들고 찾아올지 어떻게 알아?"

박민진이 담배곽을 뜯으며 불퉁하게 말했다. 그 순간 최송화가 빽 소리를 질렀다.

"미친, 야! 방에 냄새 밴다고! 엄마 아빠한테 걸리면 나 죽어!"

"뭐래, 너 이미 냄새 쩔어. 부모님이 모른 척하는 거야."

"시끄러. 야, 진짜 피지 마라."

"됐고, 그 김연우 말이야, 걔도 경력이 13년이라더라. 부산에서 시 대회 우승도 했대. 중학생 때."

박민진이 라이터를 찾으면서 말했다. 어쩐지 조금 거슬리는 얘기가 나올 것 같아서 나나도 그 이야기에 귀를 기울였다. 그때 만화책을 뒤적이던 이현아가 끼어들었다.

"근데 뭣 때문에 서울까지 오셨대, 짜증 나게. 걍 부산에서 살지."

"뭐 스카웃 됐다는 말도 있고, 또…."

박민진이 말끝을 흐렸다. 그 애는 꽉 끼는 교복 치마 주머니를 어렵게 뒤적여서 라이터를 찾아내고 나서야 말을 이었다.

"이건 뭐 소문이긴 한데, 걔 엄마가 사고로 죽어서 부산에 있기 싫다고 올라왔다는 말도 있더라. 태권도부에 그 못생긴 년 있지? 여드름 쩌는 애. 걔가 지네 감독이 얘기하는 거 우연히 들었다고 했다던데? 사실인진 모르지 뭐. 전에 그년이 체육쌤이랑 국어쌤이랑 사귄다고 했는데 그 소문 난 지 일주일도 안 돼서 국어쌤 청첩장 돌렸잖아. 그 꽃집 한다는 아저씨랑 결혼한다고. 국어 년은 시집도 시적으로 간다면서 애들 다 난리 났잖아. 태권도부 걔는 헛소문 날렸다고 오지게 욕먹고. 걔 아마 오래 살 거다."

"아니, 근데 그래도 김연우 걔…."

"아, 시끄러워. 매니큐어 바르는 데 존나 거슬리거든?"

나나는 마지막 새끼손톱까지 예쁘게 자몽색을 입히고는 웃는 낯으로 애들을 힐긋 바라보았다.

"귀가 아플 지경이다, 이것들아."

김영아가 예민한 년, 하고 중얼거리면서도 조용히 하라고 이현아에게 눈치를 주었다. 방금 전에 툴툴댄 것이 아무래도 찝찝한 모양이었다. 박민진도 똥 씹은 표정을 하면서 목소리를 낮췄다. 최송화는 입을 삐죽거리며 박민진의 손에서 담배를 낚아챘다. 이제 조금 조용했다.

"나나 화나면 아무도 못 말리니까."

이현아가 눈치를 보며 중얼거렸다.

나나는 달리 대꾸하지 않고 이번엔 발톱에 매니큐어를 발랐다. 애들은 이제 자기들끼리 조용히 딴 얘기를 했다.

나나가 김연우에게만은 관대한 두 번째 이유는 당연 그것이었다. 그 애와 자신의 닮은 구석. 같은 상처를 안고 살아가는 사람들끼리 서로 보듬어 줘야 하는 게 아니겠는가 말이다. 물론 이 얘기를 남에게 할 생각은 없었다. 그 비밀은 자신만이 알고 있어야 하는 것이었다.

나나는 발톱까지 완벽하게 색을 입히고 나서야 아까 박민진이 소문이라고 얘기하던 것을 조용히 곱씹었다. 엄마가 죽어서 부산에 있기 싫었다고? 그래서 서울로 올라온 거라고? 안타깝게도 김연우의 사정은 그리 간단한 게 아니었다. 잘은 모르지만 적어도 그런 뻔한 이유보다는 좀 더 깊고 내밀한, 복잡하게 얽힌 무언가가 있을 것이었다.

"배고프다. 라면 먹을래?"

나나가 발가락을 꼼지락거리며 애들에게 물었다. 조용하게 낄낄거리던 애들이 우와와 소리를 지르며 벌떡 일어났다. 이현아가 제일 먼저 지갑을 챙겼다.

*

"대체 그건 무슨 상처냐?"

우연히 마주친 김연우가 저를 쭉 훑고서 한 말이었다. 나나는 순간 당황해서 자전거를 타다 넘어졌다는 어색한 변명을 했다. 김연우는 무슨 그런 허접한 핑계를 대느냐는 표정으로 어디서 맞고 다니는 것 같다고 대꾸했다. 김연우는 생각보다 건방지고 주제넘었다. 나나는 아무런 예고도 없이 자기 상처를 들먹거리는 김연우가 아주 많이 불쾌했다. 그 애 말고는 아무도 상처에 대해서 묻지 않았다. 모두들 어디서 또 누구랑 싸움질을 했구나 하고 생각할 뿐이었다. 아, 담임이 한 번쯤 누군가에게 폭행을 당하고 있는 거냐고 물었던 적이 있기는 했다. 자기를 믿고 말해 달라며 인적사항이 기록된 자료도 꺼내들었다. 뭔가를 본격적으로 물을 기세라서 나나는 자신이 지을 수 있는 가장 자연스러운 미소를 지으며 말했다. "제가 팼는데요." 그 뒤로는 알고 있는 모든 쌍스러운 소리와 경박한 말들을 다 이어붙이며 '그년'이 내게 시비를 걸었고, 난 '그년'을 반쯤 죽여 놓을 기세로 덤볐다. 그러나 '그년'은 체중이 한 90킬로그램은 될 것 같은 육중한 덩어리였기 때문에 나도 피해를 입을 수밖에 없었다, 하고 얘기를 했다. 점점 극악하게 일그러지는 담임의 면전에 방실방실 웃으며 마무리를 날렸다. "하지만 잘 해결됐으니 걱정 마세요." 담임은 더 이상 캐물을 생각을 하지 않았다. 담임도 물리쳤는데 김연우가 나를 미심쩍게 생각하다니.

"맞긴 누가? 내가? 미쳤냐? 씨발. 누가 날 때려."

말해 놓고서야 과민반응이라는 생각이 들었다. 아차 싶었다. 어디서 맞고 다니는 애처럼, 하는 그 말에 저도 모르게 움찔했던 것이다. 그나마 다행인 것은 얼마 전, 내리막길을 뛰어 내려가다가 엎어져서 쓸린 허벅지의 상처 덕에 김연우의 건방진 의심, 내지는 관심을 덮을 수 있었다는 거다.

그러나 애써 무심한 척 그 애를 지나치고 나자 자기가 그렇게 민감하게 반응하도록 만든 김연우에게 화가 났다. 건방지게 상처에 대해서 캐묻다니. 자기도 말 못 할 비밀이 있는 주제에. 나나는 김연우가 저와 비슷한 구석이 있다는 건 좋았지만, 그렇다고 그 애가 자신의 비밀까지 알기를 바라는 것은 아니었다.

김연우가 갑작스럽게 어택을 해 온 것을 계기로 나나는 더 이상 그 애를 신경 쓰지 않기로 했다. 왠지 그래야 할 것만 같은 직감이 들었다. 그 덕에 둘은 한동안 서로를 길가에 굴러다니는 낙엽 보듯이 대했다. 나나와 김연우가 다시 말을 붙이게 된 것은 볕이 익을 대로 익은 한여름에서였다.

8월로 접어들면서 날은 무더워졌다. 중순에 이르자 짜증이 날 만큼 뜨거웠다.

"에이 썅. 여름에 태어나면 더위를 덜 탄다는 개뻥은 도대체 어떤 놈이 퍼뜨린 거야."

나나는 7월생이었지만 매해 여름이 힘겨웠다. 게다가 오늘은 엎친 데 덮친 격으로 비까지 마구 쏟아지고 있어서 습하기까지 했다. 닿는 공기마저도 끈적거렸고, 열기 때문에 빗물은 미지근하게 느껴졌다. 살갗이 찢어진 자리로 빗물이 들어가서 너무 쓰라렸다. 어디든 머물 곳이 필요했다. 나나는 은행 건물 안으로 들어가서 급히 핸드폰을 꺼냈다.

"어, 나예요."

나니가 처음으로 전화를 건 사람은 사귄 지 한 달 정도 된 모 기업 회사원이었다. 결혼 적령기임에도 불구하고 저 같은 고등학생한테 목을 매는 한심한 남자였지만 이상적인 아빠처럼 다정하고 푸근하고 따뜻한 구석이 있는 사람이었다.

"나 지금 진순대 앞 신한은행 건물에 있는데 나 데리러 와요. 나 지금 우산도 없어."

그는 몹시 안타깝고 애가 타는 목소리로 거래처와 중요한 미팅을 하러 가는 중인 데다가 저녁에 야근도 있다고 했다. 그는 자기가 준 카드로 옷도 사 입고 우산도 사고 친구랑 밥도 먹으라고 했다. 그러면 자기가 잠깐이라도 보러 나가겠다고 했다.

그러나 나나는 잠깐 보자고 그를 기다려 줄 생각은 없었다. 그 말고도 저에게 입을 것과 먹을 것과 머물 곳을 줄 사람은 많았다.

"됐어. 내가 나중에 또 연락할게. 일 잘해."

두 번째로 전화를 건 사람은 50대의 대학 교수였다. 그는 어딘지 답답하고 능글맞은 구석이 있었지만 늘 딸에게 할 법한 선물들을 직접 사 와서 전해 주며 "우리 딸 주려고 사 왔지~" 하고 인자하게 웃었다. 물론 그도 다정한 아저씨였다.

"저예요, 아빠."

나나는 그를 아빠라고 불렀다. 그는 식당에 있는 것 같았다. 여기저기서 메뉴를 주문하는 소리가 들렸고, 왁자지껄 떠드는 소리도 들렸다. 그는 데리러 와 달라는 말에, 무척 미안한 기색으로 "오늘 학회 세미나가 끝나서 회식 중이야. 중요한 자리라 아빠가 여기 있어야 해" 하고 말했다. 그래서 나나는 세 번째 남자에게 전화를 걸었다.

세 번째 남자는 40대의 사진작가였다. 아주 유명한 사람은 아니었지만 그래도 몇 명쯤은 그의 이름을 알 만한 예술가이다. 그는 '나나'라는 이름을 붙인 사진 컬렉션을 늘 제작하고 싶어 했다. 물론, 그가 찍을 피사체는 자신이었다. 물론 나나는 잘 알지도 못하는 곳에 자신의 사진이 전시되어 있는 게 싫어서 늘 그의 요구를 거절했다. 하지만 그의 집 어딘가엔 분명 몰래 찍은 제 사진이 몇 장 숨겨져 있을 것이었다.

"저예요, 아빠."

나나는 그 사진작가도 아빠라고 불렀다. 사진 한 장을 찍게 해 줄 테니 데리러 와 달라고 하자 그는 너무나 안타깝고 속상하다며 지금 작업 때문에 제주도에 내려와 있다고 했다. 그래서 나나는 네 번째 남자에게 전화를 걸었다.

네 번째 남자는 50대였다. 그는 평범했다. 성품도 인품도 특별히 모난 구석이 없었고 대부분의 사람들이 그렇듯이 오랜 기간 한 회사에서 충성을 바치고 있는 샐러리맨이었다. 그는 나나에게 선물을 많이 안겨 주는 것도 아니었고, 예술가적 기질이나 특별히 멋진 데가 있는 것도 아니었지만 늘 나나를 걱정해 주고, 팔과 다리에 상처를 보며 안타까워했다. 나나는 그게 참 좋았다.

"아빠, 나야."

그 평범한 샐러리맨도 나나에겐 아빠였다. 그는 어색하게 어… 어… 하고 대답하더니 곧 "내가 지금 가족이랑 식사 중이라서. 이따 전화할게 최 대리" 하며 뚝, 전화를 끊었다. 나나는 그 무례함에 너무 화가 나서 잠깐 동안 새로운 아빠를 찾아야 하나 하고 고민을 했다. 그러나 지금 중요한 건 자신이 당장 갈 곳이 점점 사라지고 있다는 것이었다. 나나는 최후의 보루로, 친구라고 생각하지 않지만 어쨌든 같이 어울리는 그 애들에게 차례로 연락을 했다. 한 명은 전화를 받지 않았고 남은 세 명은 지금 집에 부모님과 오빠가 다 있어서 좀 그렇다는 둥, 약속이 있어서 나가려던 중이었다는 둥, 방학이라 친척집에 가기로 했다는 둥 이런저런 핑계를 대며 나나를 거부했다. 방학 때, 그것도 집에서마저 자기 눈치를 보고 싶지는 않다는 속셈이 너무 적나라하게 보여서 화가 났다. 조금 비참하다는 생각도 들었다.

"아, 짜증 나게 왜 이렇게 더워!!"

우울한 생각에 잠식당할 것 같아서 나나는 일부러 땅을 콱콱 밟았다. 집으로 갈 순 없고, 연락할 만한 사람들에게는 다 했으니 이젠 어찌해야 하나 하고 있는데 누군가가 귓속말로 알려 주기라도 한 것처럼 김연우가 번뜩 생각났다. 자취를 한다고 했던가. 아빠가 부산에 있고 엄마는 죽었으니, 집엔 그 애 혼자뿐일 게 분명했다. 그 애의 집에 머문다는 생각은 좀 껄끄럽긴 해도 왠지 그럴듯하게 느껴졌다. 어쨌든 우린 비슷한 사람들이니까. 한 가지 혹여 그 애가 이전처럼 저를 침범하려 드는 것은 아닐까 하는 점이 마음에 걸렸다. 그간 그것 때문에 멀리했는데 이제 와서 찾아간다고 생각하니 역시 껄끄러운 기분이 들었다. 하지만 지금은 찬밥 더운밥 가릴 처지가 아니었고, 어디든 머물 곳이 필요했다.

나나는 방학 중에도 학교에 나가서 보충을 하고 있을 부반장 김주현에게 급히 연락을 했다. 그래도 부반장이라고 번호를 저장해 놓은 게 그나마 다행이었다.

"여보세요?"

"부반장, 나야. 나나."

헛, 숨을 들이키는 소리가 들렸다. 김주현은 꽤나 놀랐는지 잠시 동안 아무런 말도 하지 못하고 있다가 슬슬 지루해질 쯤이 돼서야 "어, 한얼이구나. 무슨 일이야?" 하고 물었다. 나나라는 별명 대신 한얼이라는 본명을 듣는 게 퍽 낯설었다.

"교무실에 가서 반장네 집 주소 좀 찾아봐."

"어?"

"집 주소. 김연우네."

"내, 내가? 거기 선생님들 다 계신데 어떻게…?"

답답이 김주현. 이러니까 애들한테 호구처럼 당하고 살지. 그게 뭐 얘 잘못은 아니지만. 나나는 김주현을 움직이게 하기 위해서 짜증이 난 것처럼 밀어붙였다. 아니, 진짜로 슬슬 짜증이 나기 시작했다.

"니가 알아서 할 일이지, 그건! 아, 진짜 답답하게 구네! 정 못 하겠으면 반장한테 직접 연락해서 어딘지 물어보든지. 야, 10분 내로 다시 전화해라. 안 그럼 내가 학교로 간다."

나나는 전화를 끊었다. 부반장 김주현이 뭐 마려운 발바리처럼 바들바들 떨고 있을 게 눈에 선했다. 할 줄 아는 거라곤 공부뿐인 이 미덥지 못한 부반장이 왕 울어 버리는 건 아닐까, 그래서 방학 때 교무실로 불려가는 일이 생기지는 않을까 걱정이 되려던 순간, 김주현으로부터 다시 전화가 걸려 왔다.

"소명빌라 2동 205호래."

"소명빌라? 그 존나 허름한 빌라?"

"어… 근데 한얼아, 나 연우한테 전화해서 물어본 거거든. 비상연락망 만들어야 한다고 주소 좀 알려 달라고 했는데…. 너한테 주소 알려 준 거 나라고 얘기하지 마라. 응?"

내가 말 안 해도, 내가 지네 집 앞에 찾아가면 김연우가 자연스럽게 너를 떠올리지 않겠냐, 부반장아. 그러나 나나는 착실하게 말을 들어준 부반장을 더 불안하게 하고 싶지는 않았다.

"말 안 해. 걱정 마. 공부 열심히 해라, 김주현."

전화를 끊자마자 나나는 무작정 김연우가 자취를 한다는 그 빌라를 향해 걸었다. 빗줄기가 더 굵어져서 온몸이 흠뻑 젖었지만, 전혀 신경 쓰이지 않았다. 김연우의 얼굴이 어떻게 일그러질까, 그 애의 집에 들어가면 그 애의 비밀을 더 자세히 알 수 있지 않을까, 그럼 그 비밀은 나와 얼마나 닮아 있을까, 혹시 전혀 다른 괴상한 모양을 하고 있는 건 아닐까, 많은 생각들이 나나의 가슴을 두근거리게 했다.

나나는 하얀 페인트가 지저분하게 벗겨진 소명빌라의 뻥 뚫린 복도에 등을 기댔다. 쾅쾅쾅 문을 두드려서 그 애를 나오게 하는 것도 재미있겠지만, 그 애가 나와서 날 발견하는 게 더 극적이지 않을까. 벽에서 느껴지는 한기에 들떴던 마음이 조금 차분하게 가라앉았다. 나나는 서 있는 게 지쳐서 김연우네 문 옆에 몸을 쪼그리고 앉았다. 엉덩이도 등도 차가웠다. 졸음이 쏟아졌다.

톡, 하고 무언가가 허벅지를 살짝 치고 후다닥 물러나는 게 느껴졌다. 그제야 나나는 자신이 잠들어 있었다는 걸 알았다. 이런 누추한 빌라 벽에 몸을 기대고서도 잠이 오는구나, 하는 생각을 하며 고개를 들자 김연우가 보였다. 무시무시한 표정이었다. 뭘 저렇게까지 놀라나 싶을 정도로 경악한 얼굴이었다. 예상했던 반응이라 재미있긴 했는데, 역시 기분은 별로였다. 하지만 나나도 자신이 불청객이란 것쯤은 잘 알고 있었기에 일단은 예의상 웃으며 인사를 건넸다.

"안녕."

김연우의 얼굴이 더 심하게 구겨졌다. 나나는 나쁘게도 그 얼굴을 보며, 빨리 집으로 들어가서 깨끗하게 씻고 싶다는 생각을 했다.

8.

"안녕."

그렇게 말하는 얼굴은 생긋 웃고 있었지만 창백했다. 핏기라곤 찾아볼 수 없을 만큼 하얗게 질린 얼굴이었다. 그런 주제에 입술만큼은 불그스름해서 어딘가 묘한 분위기가 있었다. 비에 흠뻑 젖은 머리카락은 뺨과 목에 덕지덕지 붙어서 꼭 미역 같았다. 쪼그리고 앉은 허벅지와 정강이는 얼굴처럼 하얀 데다가 곧 깨질 유리처럼 위태로워 보였다. 누구나 한번쯤 눈길을 줄 만한 미인이었다. 그러나 놀란 가슴을 진정시키고 찬찬히 보니, 분명 익숙한 얼굴이었다. 그래, 나나였다.

"니 나나 아이가?"

당황한 나머지 사투리가 툭 튀어나왔다. 연우의 물음에 여자애는 다시 싱긋 웃으며 몸을 일으켰다.

"응. 나야."

너무 당당한 대답에 연우는 잠시 할 말을 잃었다. '니가 여긴 어쩐 일로?'라는 질문이 머릿속을 빙빙 돌았다. 나나는 연우가 뭔가를 말하기도 전에 멋대로 현관 손잡이를 돌렸다. 연우는 천천히 열리는 문을 반사적으로 다시 밀어서 쾅 닫았다. 다시 사투리가 나올까 봐 목소리를 큼큼 가다듬었다.

"여긴 무슨 일이야?"

"반장아, 너 혼자 살지?"

"그래. 대체 무슨 일인데?"

너무 의외의 인물을 너무 의외의 장소에서 예상치 못한 순간에 보게 되어서 연우는 조금 정신이 없었다. 솔직히 말하자면 나나가 자신의 집을 안다는 것 자체가 이상했다. 이 애와의 관계는 그저 같은 학교, 같은 반 학생에 불과했다.

나나는 당황한 기색이 역력한 연우의 얼굴을 빤히 보더니 다시 우아한 미소를 지었다.

"반장아, 며칠만 좀 신세진다."

"뭐?" 하고 되물을 새도 없었다. 문이 열렸다 닫혔다. 나나는 제멋대로 안으로 들어가 버렸다. 연우는 당황한 나머지 잠시 동안 문 밖에 멍하니 서 있었다. 저 건방진 계집애를 억지로 끌어내야 하는 건지 심각하게 고민이 되었다. 아무리 불량아라고 한들, 저 가늘디가는 여자애 하나를 경력 13년의 태권 소녀가 끌어내지 못할 리는 없다. 잘못하다가 저 마른 몸에 멍 자국이라도 남겨서 경기 출전을 못 하게 되는 게 걱정이라면 몰라도. 태권도를 비롯한 스포츠 특기생이 폭행 시비에 휘말릴 경우, 그 처사는 무척이나 엄했다.

연우는 최대한 말로 풀어서 상처 하나 내지 말고 내보내자고 마음먹고 문을 벌컥 열었다. 마구잡이로 벗어 놓은 젖은 운동화가 현관 앞에 나동그라져 있었다. 그 바로 앞에는 질퍽하게 젖은 옷들이 지저분하게 널려 있었다. 변기 하나에 수도 하나 덜렁 달린 작은 화장실에서 찰박찰박 씻는 소리가 들렸다. 욕이 목구멍까지 치밀어 올랐다. 연우는 짜증을 삭이며 천천히 숨을 골랐다.

'일단 진정하고 다 씻고 나오면 차분하게 얘기하자.'

숨 막히도록 더운 여름의 그날, 나나가 찾아왔다.

연우는 제 허락도 없이 집에 침입해서는 묻지도 않고 욕실을 쓰고, 문틈으로 당당하게 새 옷을 요구하는 나나의 행태에 그만 질리고 말았다. 머리털 나고 이렇게까지 경우 없고 염치없는 사람은 처음이었다. 너무 어이가 없어서 말이 다 안 나올 지경이었다. 그런 제 마음을 전혀 모르는지, 나나는 다시 한 번 "새 옷 줘" 하고 말했다.

"야, 너 진짜 미쳤냐?"

자연히 말이 거칠게 나갔다. 나나는 비좁은 화장실에서 깔깔 웃었다.

"어, 그니까 옷이나 줘. 안 그럼 나 홀딱 벗고 그냥 나간다?"

그러거나 말거나 하고 대꾸하려는데, 친하지도 않은 애의 맨몸을 봤다가는 자신이 더 민망할 것 같아서 결국 말을 꾹 삼켰다. 나나는 문틈으로 작은 머리통을 살짝 내밀고 얄밉게 웃었다.

나나는 연우에게서 기어코 깨끗하게 빤 속옷과 검은 면티, 그리고 하얀 반바지를 하나 받아 냈다. 머리를 탈탈 말리며 꼭 제 집처럼 편안하게 바닥에 앉는 나나가 연우의 눈에는 꼭 다른 별에서 온 외계인 같았다.

"우리 집엔 왜 온 거야?"

연우가 쥐어 짜내듯이 물었다. 나나는 여전히 태연하게 웃었다.

"왜 온 거냐고, 이렇게 뜬금없이?"

"며칠 신세 좀 진다고, 반장아."

"그러니까 왜 나한테 신세를 져, 니가?"

나나는 잠깐 이유를 생각하다가 당연하다는 얼굴로 대답했다.

"니가 반장이잖아. 반장이면 반 학우가 곤경에 처했을 때 도와줘야 하는 거 아냐?"

아니, 그러니까 내가 그런 사명감으로 반장을 한 게 아니란 말이다.

연우는 당장에 이 개념 없는 계집애를 밖으로 질질 끌고나가서 패대기쳐 버리고 싶은 것을 꾹꾹 눌러 참았다.

"그 곤경이란 게 뭔데?"

대화의 맥락상 당연한 질문이었는데도 나나는 그것까진 생각 못 한 것처럼 돌연 입을 꾹 다물었다. 아직 미소를 잃진 않았지만 좀 전보단 곤란한 얼굴을 했다. 의식하고 있는지 모르겠지만 나나는 팔뚝에 난 찢어진 상처를 살살 긁었다. 딱지가 뜯어지더니 피가 툭 터졌다. 오히려 질겁한 것은 연우였다. 연우는 황급히 나나의 손목을 잡았다.

"아프지도 않냐?"

"뭐가?"

얼빠진 대답이었다. 연우가 피나는 팔뚝을 손가락으로 툭 치자, 나나는 그제야 통증을 느끼고 눈을 찡그렸다.

가만히 살펴보니 하얗게 드러난 맨 다리는 성한 구석이 없었다. 특히, 평소엔 교복 치마로 가리고 다니는 허벅지가 참혹했다. 방학 전에 나나가 신경질을 부리며 교복을 걷어 올렸을 때에도 이 정도로 심한 상처는 없었던 것 같은데 지금은 살갗이 마치 도화지라도 되는 양 울긋불긋한 자국들이 가득했다. 가느다란 발목과 복숭아뼈도 퍼렇게 멍이 들어 있었다. 아무 말도 없이 다리를 훑는 연우의 시선에 나나는 반사적으로 발목을 감쌌다.

"뭐, 여튼 사정이 있으니까 며칠만 재워 줘."

말투는 여전히 평온했고, 미소도 별반 다르지 않았다. 연우는 매몰차게 내치려던 마음이 약해지는 것을 느꼈다. 도대체 저 꼴을 하고 어떻게 걸어 다녔나 싶은 마음과, 대체 무슨 짓을 하고 돌아다니길래 몸이 저따위가 되나 하는 생각, 그리고 오죽했으면 나를 찾아왔겠는가 하는 생각이 엉망으로 뭉쳤다. 그리고 부지불식간에 이전에 공원에서 보았던 남자의 뒷모습이 떠올랐다. 도저히 저 꼴로 내보낼 수는 없겠다는 생각이 들었다. 아무리 살갑지 않은 사이라고 해도 같은 반 학우로서의 도리란 게 있는 법이니까.

"친구들한테는 연락해 봤어?"

"친구? 누구?"

"뭐, 이현아나 박민진이나."

"어. 김영아, 최송화한테도 연락했어. 걔들이 방 내줬으면 내가 여기 있겠냐?"

"너나 니 친구들이나…."

"걔네 친구 아니야."

발끈하는 것도 아니고, 속상한 느낌도 없었다. 나나는 지극히 자명한 사실을 얘기하는 듯이 또박또박 말했다.

"걔네는 내가 예쁘고 예쁘고 또 예쁜 데다가 잘 싸우고 한 성격 하니까 지들도 좀 세 보일까 싶어서 따라다니는 거지 나를 좋아해서 같이 다니는 거 아냐. 나도 혼자 다니면 쪽팔리니까 그냥 두는 거고."

어떻게 저런 말을 저렇게 웃으면서 하는지 그저 신기할 따름이었다. 연우는 살짝 한숨을 쉬며 일어났다.

"나 학교 체육관 갈 거니까 잠깐 쉬다가 가든지 알아서 해."

잠깐 동안 아직도 속내를 알 수 없는 나나를 이 집에 혼자 두고 나가도 되는가, 연습을 마치고 들어왔더니 돈이며 돈 될 만한 물건이 싹 다 없어져 있는 건 아닌가 하는 생각이 들었지만 뽑아 놓은 돈은 지갑에 있는 게 다였고, 이모가 백수 방 같다고 핀잔을 줄 정도로 집은 텅텅 비었다. 그런 걱정까지 할 필요는 없을 것 같았다.

나나는 생글생글 웃는 얼굴로 손까지 흔들면서 연우를 배웅했다. 연우는 어딘지 미심쩍고 뭔가에 홀린 듯한 기분으로 집을 나왔다. 바깥으로 나오자 기분이 더 이상했다. 단 한 번도 예상해 보지 못한 일이라 꼭 꿈을 꾸는 것 같았다. 부산에서부터 도망쳐 와서 마련한 은신처에 나나를 들이다니. 사실 생각하면 할수록 다시 내쫓아야 한다는 마음이 강하게 들었지만 그 그로테스크한 상처들을 떠올리면 쉽게 밖으로 내칠 수가 없었다. 일단 오늘 하루 정도는 집에 두어야겠다. 하루 정도면 팔뚝의 상처에 다시 딱지가 앉기에 충분한 시간이다. 어쩌면 내일 아침쯤이면 그 애의 다리도 조금 더 걸을 만해질지 모른다.

*

나나가 집에 있다는 생각 때문일까, 집에 들어가기가 껄끄러웠다. 그 텅텅 빈 집구석에서 나나와 단 둘이 뭘 한단 말인가. 말을 하는 것도 어색하고, 그렇다고 아무 말을 하지 않는 것은 더 어색하다. 다행히 전국대회를 한 달 앞두고 강도 높은 훈련이 시작되면서 체육관에서 임시 숙식이 허용되었다. 그날은 체육관에서 어영부영 밤을 보냈지만, 새벽녘 옷깃을 여미고 돌아가는 길에는 역시 심경이 복잡했다.

'아직도 있을까?'

집주인이 들어오지 않았으니 알아서 나갔을 것 같기도 한데….

연우는 조금 두근대는 마음으로 문을 열었다. 불을 꺼 놓은 집 안은 동굴 속처럼 깜깜했다. 그러나 그 와중에도 현관 앞에 놓인 노란 스니커즈 운동화는 또렷하게 보였다. 긴장이 탁 풀렸다. 뭔가 좀 싱겁기도 했고, 나나 계집애가 진짜 염치없다는 생각도 살짝 들었다. 연우는 휴, 하고 한숨을 쉬며 운동화를 벗었다. 현관 앞의 스위치가 손가락에 닿았다. 무심코 딸깍 누르려다가 자고 있을 누군가가 생각나서 그냥 안으로 들어갔다. 그러나 연우는 몇 걸음 가지 못해서 걸음을 멈추고 말았다.

"으헉!"

새하얀 무언가가 저 구석에 몸을 꼿꼿이 세우고 눈을 부릅뜬 채 이쪽을 바라보고 있었다. 머리카락이 쭈뼛 서는 기분이었다. 후다닥 달려 나갈까 어쩔까 고민하며 망부석처럼 딱딱하게 굳어 서 있던 연우는 문득 그 새하얀 것이 귀신이라기엔 지나치게 현실적이라는 것을 깨달았다.

"아오. 야! 놀랐잖아! 아 진짜! 해도 안 떴는데 뭐 하고 있냐!!! 아 진짜 놀랐네."

방구석 모서리에 몸을 콕 박고 허리를 꼿꼿이 세운 채 이쪽을 노려보다시피 하고 있는 것은 나나였다. 나나는 마치 도둑고양이가 음식물 쓰레기를 뜯다가 걸린 것처럼 온 신경을 곤두세우고 연우를 바라보고 있었다. 아니, 바라봤다기보다는 거의 노려봤다는 게 더 맞았다.

연우는 황급히 불을 켰다. 나나는 갑자기 확 들어온 불빛 때문에 눈을 찡그렸다가 서서히 뜨면서 조심스러운 태도로 연우를 쭉 훑었다. 연우가 어이없다는 듯이 하, 하고 웃자 그제야 나나는 꾹 참았던 숨을 쉬듯이 하아– 하고 숨을 토했다.

"아 맞다. 니 집이었지? 어쩐지 좀 다르다 했어."

이건 또 뭔 소리? 그나마 있던 개념마저 삭제하기로 작정을 한 건가?

연우가 대꾸하기도 귀찮다는 표정으로 나나를 쳐다보았다. 나나는 아직도 몸의 긴장이 풀리지 않은 듯이 뻣뻣하게 바닥에 누웠다.

"니 집인 걸 깜빡했네, 내가. 난 또…."

나나는 여기가 태권도 특기생 김연우의 집이라는 것을 확인이라도 하듯이 몇 번 더 김연우네 집이었지 참, 하고 중얼거렸다. 그게 퍽 웃기고 또 한편으로는 어딘지 좀 정상이 아닌 것처럼 보여서 기분이 살짝 섬뜩했다.

"니 집이면 뭐 누가 쳐들어오기라도 하냐?"

좀 신경질적으로 나간 말에 나나는 아무런 대답도 하지 않았다. 나나는 그 어느 때보다도 낯선 표정을 하고 피곤한 듯이 눈을 감았다. 지금껏 늘 나니가 의문스러웠지만 연우는 오늘에야말로 나나의 신변에 대해서 극심한 궁금증이 치밀었다. 재워 주는 조건으로 그 정도 물어볼 자격은 있지 않은가 하는 생각이 잠깐 들었다. 그러나 연우는 도둑고양이 같은 꼴을 하고 저를 보던 그 날카로운 표정을 떠올리고는 그냥 조용히 잘 준비를 했다. 좋은 꿈을 꿀 것 같지는 않았다. 차라리 아무런 꿈도 꾸지 않기를 바랐지만, 그렇게 될지 자신이 없었다.

연우가 눈을 뜬 것은 오전 11시가 조금 지난 뒤였다. 머리가 조금 무거운 것은 늦게 자서 늦게 일어난 탓도 있지만, 눈을 뜨기 직전 엄마의 사고에 대한 꿈을 꾸었기 때문일 것이다. 명확하지 않은, 그저 형태만 기억나는 불쾌한 꿈이었다. 잠들 무렵의 불길한 예감은 꼭 이렇게 맞아떨어졌다.

"아오, 머리야."

어른들이 말하는 숙취의 고통이 이런 것일까, 어렴풋이 짐작하며 연우는 몸을 일으켰다. 작년 이맘때만 해도 눈을 뜰 때마다 엄마가 이 세상에 없다는 사실이 기억 나서 가슴이 아팠는데, 이젠 이런 꿈을 꿀 때나, 간혹 저도 모르게 가족에 대한 생각에 빠져들 때만 엄마를 생각했다. 그렇게 하고 싶어서 서울까지 왔지만, 때때로 연우는 자신이 점점 엄마를 기억하지 못하고, 아빠에 대한 것에만 고통을 느낀다는 사실에 죄책감을 느꼈다.

"…마."

자기도 모르게 입에서 엄마라는 말이 살짝 흘러나왔다. 끝의 음절이 제 귀에 살짝 들리는 순간 연우는 소스라치게 놀랐다. 너무 오랜만이라, 누구에게나 익숙할 그 단어가 너무나 어색하게 느껴졌다. 그럼에도 연우는 다시 한 번 그 단어를 오물거렸다. 입안이 시큼하고 쌉싸름했다. 그러나 몇 번 되새길수록 독하게 썼다. 그게 너무 슬퍼서 연우는 왈칵 눈물이 터지려고 했다. 저쪽에서 몸을 일으킨 나나가 산발을 한 머리로 자기 쪽을 물끄러미 바라보는 시선을 느끼지 못했다면 틀림없이 소리 내어 엉엉 울어 버렸을 것이었다.

"…."

나나는 아무 말 없이 아직 졸음이 남아 있는 눈을 끔뻑거렸다. 작은 창문 틈으로 스미는 햇빛에 눈동자가 더욱 옅어졌다. 나나는 그 눈으로 한참 연우를 바라보았다. 아침에 유난히 저기압인 사람이 있다는데 혹시 나나가 그런 건 아닐까 하고 생각할 즈음, 나나는 마른 입술을 뗐다.

"아침부터 궁상떨지 마."

평소의 달큰한 목소리가 아니라, 마치 울음을 꾹꾹 삼키다가 자고 일어난 그런 쉰 목소리였다. 심지어 말끝은 쩍쩍 갈라져서 듣기 불편할 정도였다. 연우는 제 슬픔을 궁상으로 치부해 버린 나나의 말에 발끈 화가 났다. 당장 나가라고 버럭 소리를 지르려던 순간, 나나는 눈 색깔에 맞추어 연한 갈색으로 염색한 눈썹을 축 내리며 중얼거렸다.

"나까지 속상하게시리."

니가 왜? 하고 물을 생각조차 안 들었다. 나나가 곧 고개를 숙이는 바람에 제대로 보지는 못했지만, 살짝 나타났다 사라진 표정은 꼭 저만큼 슬펐다. 제 마음이 뭔지 아는 그런 얼굴이라서 연우는 몹시 당황스러웠다. 그러나 나나는 더 이상 틈을 주지 않겠다는 듯 곧 씩씩하게 몸을 일으켰다. 조그마한 창문을 통한 한 줌 정도의 햇빛이 가느다란 나나의 다리를 비추었다. 상처투성이 다리는 조금도 나아지지 않았다. 연우는 이젠 그 다리가 조금 슬프게 느껴졌다.

9.

하루, 이틀, 사흘…. 나나는 돌아가지 않았다. 언제까지 있나 한번 보자는 생각으로 모른 척하던 연우도 거의 2주째, 훈련 후 돌아올 때마다 보란 듯이 구석에서 자고 있는 나나를 보자 기가 찼다. 너무도 태연하게 아침을 차려먹고 옷을 입은 뒤에 – 어디서 가져오는 건지는 모르겠지만 외출을 나간 나나는 늘 커다란 쇼핑백에 새 옷을 담아 가지고 왔다. – 연우로서는 어디다 쓰는 건지 짐작도 할 수 없는 각색의 화장품으로 진하게 화장을 했다. 그러고는 꼭 오후 1시가 되기 전에 집을 나가는 것이었다. 뭘 하고 다니는지 퍽 수상했고, 대체 언제 여길 떠날 생각인지 답답했다. 연우는 간혹 나나가 저러다가 자기를 남몰래 살해하고 이 집을 차지하는 것은 아닐까, 하는 해외토픽감 뉴스를 상상하곤 했다.

훈련을 쉬는 토요일이었다. 연우는 맞은편에서 자기보다 더 편안하게 앉아서 이모가 재어 주고 간 콩나물을 덥석덥석 집어 먹는 나나를 째하게 바라보았다. 염치가 없는 건지, 뇌가 없는 건지 나나는 오히려 제 눈을 또렷하게 마주 보며 오물오물 밥을 씹었다.

"언제까지 있을 거야?"

나가라고 말한 것만 해도 스무 번은 넘었다. 그때마다 나나는 한껏 애교스럽게 웃었다. 이번에도 똑같았다.

"좀 나가지? 불편한데."

그리고 한 번 더 얘기를 하면 나나는 미간을 확 찡그렸다. 나갈 생각이 전혀 없다는 것을 거리낌 없이 표현했다.

"너네 부모님이 뭐라 안 하시냐?"

세 번째 뭐라고 비꼬면 나나는 미소가 싹 가신 얼굴로 욕지거리를 중얼거렸다. 이번에는 젓가락까지 신경질적으로 내려놓았다.

"드럽게 쏴 대네, 진짜."

"물에 빠진 사람 구해 줬더니."

"보따리 내놓으라고 한다고? 야, 반장이 이 정도도 못 해 주냐?"

"반장이 무슨 자선 사업가냐? 가출 청소년 먹여 주고 재워 주고를 조건 없이 무기한 해 주게?"

나나가 얼굴을 와락 구기더니 "씨발, 나간다 나가" 하고 성질을 부리며 훌렁 옷을 벗었다. 매번 가지고 들어오는 쇼핑백 속에 잠옷으로 쓸 만한 것은 없었기에 벗어 던진 건 당연히 지가 멋대로 꺼내 입은 연우의 티셔츠였다. 연우는 저도 모르게 나나를 슬쩍 흘겨보았다. 멍 자국은 아주 조금 흐려졌을 뿐이었다.

동그랗게 떨어지는 아담한 어깨선 아래로 보기 싫은 멍이 얼룩덜룩하다는 것을 안 건, 나나가 이 집에 쳐들어온 지 딱 사흘째 되던 날이었다. 가만히 누워 있던 나나는 갑자기 벌떡 일어나더니 몹시 짜증스러운 목소리로 악- 소리를 지르며 더워 죽겠다고 옷을 벗어 던졌다. 남의 집에서 뭐 하느냐고 화를 내려던 연우는 얼룩 강아지처럼 멍이 얼룩덜룩한 나나의 상체에 잠시 할 말을 잃고 어버버, 이상한 소리를 내고 말았다. 나나는 그런 연우를 일부러 못 본 척하며 방바닥에 다시 벌렁 드러누웠다. 그때 보았던 멍 자국은 이번에도 연우의 말문을 막았다.

"넌 도대체 뭘 하고 돌아다니길래…."

"야, 저녁에 삼겹살 가져온다. 그걸로 3일 연장이야."

멋대로 말을 끊어 먹더니 갑작스러운 삼겹살 발언은 또 뭔가. 고작 그걸로 3일을 더 있겠다고? 이거야 원 도무지 상식이 안 통하는 애다. 나나는 연우가 뭐라고 대꾸를 하든지 듣지 않겠다는 각오를 한 사람처럼 노래를 흥얼거리며 새 옷을 입고 화장을 했다. 순식간에 단장을 마친 나나는 "알았지? 3일이다" 하고 쐐기를 박으며 집을 나섰다. 순식간에 혼자 남게 된 연우는 나나가 그대로 두고 간 밥그릇을 치우며 한숨을 푹 쉬었다. 그냥 내보내면 안 될 것 같은 느낌에 들여놓기는 했다만, 너무 대책이 없었던 것 같다. 하루 이틀 있다가 갈 줄 알았던 애가 2주째 자기 집인 양 들락거리니 골치가 여간 아픈 게 아니었다. 근데 또 생각처럼 매몰차게 내던지지 못하는 것은 뭔가 사연이 있어 보이는 나나의 상처 때문이었다. 꼭 학대받은 개처럼 몸에 멍을 달고 다니니 그대로 내쫓기엔 영 석연치가 않았다. 게다가 한 가지 이유를 더 붙이자면….

나나가 있으면 가족에 대해 별로 생각하지 않게 된다. 그 애가 궁금해서, 그 애가 불편해서, 그 애가 얄미워서 다른 일에 대해 생각할 틈이 별로 없었다. 적어도 최근 2주 정도는 그랬다.

연우는 나나가 멋대로 벗어 놓고 간 옷까지 모두 정리하고 나서 달력 앞에 섰다. 8월 10일이었다. 빨간 동그라미까지 크게 쳐 놓은 그 앞에서 연우는 잠시 서 있었다. 나나 쪽으로 신경이 쏠려서 한 달에 한 번 아빠에게 전화해야 하는 날이 다가오는 것을 전처럼 무겁게 느끼지 못했다. 이상한 일이었다.

'어디에서 전화를 해야 하나.'

연우가 고민하는 것은 몇 시에 전화를 할까, 언제쯤 전화를 하면 아빠가 받을까 따위의 고민이 아니라 어디서 전화를 할까 하는 것이었다. 전화를 할 장소. 그것은 연우에게 몹시 중요한 문제였다. 훈련을 가는 날이라면 체육관 앞에서 전화를 했을 텐데 안타깝게도 오늘은 훈련이 없는 날이었다. 체육관은 아빠와의 통화가 또다시 자기를 2년 전으로 돌려놓아도 그럭저럭 버틸 수 있는 장소였다. 바로 온몸을 혹사시켜서 머리를 비울 수 있는 모든 것이 준비된 곳이었기 때문이다. 엄격하다 못해 무섭기까지 한 감독, 애교도 없고 살갑지도 않은 자신을 건방지다고 미워하는 선배들, 생각 없이 흠씬 두들겨 맞거나 속이 풀릴 만큼 상대를 때릴 수 있는 대련, 그리고 사람 대신 두들겨 팰 수 있는 분풀이용 샌드백이 널려 있었다.

'아, 이제 공원은 좀 그런데.'

걸핏하면 거기서 뛰어 대는 통에 이제 자기를 알아보는 사람도 있을 것 같았다. 아니면 조만간 누군가의 SNS 계정에 '미친 듯이 공원을 뛰어

다니는 조깅녀'라는 이름으로 제 사진이 오를지도 몰랐다. 연우는 잠시 고민을 하다가 어쨌든 이 집에 가만히 박혀 있는 것만은 피해야겠다고 결정을 내렸다. 조용하고 텅 빈 작은 자취방은 기분을 우울하게 만드는 데 일조를 했다.

핸드폰에 지갑 하나 덜렁 들고 밖으로 나오자 갈 곳이 정말 없었다. 잽싸게 의무적인 전화를 처리해 버리고 하나와 인경이를 불러내어 신나게 놀기라도 할까? 하지만 친구들과 만나 노는 일에 집중할 자신이 없었다.

연우는 번화가 쪽으로 터덜터덜 걸어가면서 억지로 마음을 다잡았다. 매도 먼저 맞는 게 낫다고 불편한 일일수록 빨리 처리해 버리는 게 나았다. 이러다가 전처럼 아빠가 전화를 하게 만들 수도 있었다. 그건 자신이 전화를 거는 것보다 훨씬 불편했다. 연우는 화장품가게와 옷가게가 즐비하게 늘어선 거리에서 잠시 발을 멈췄다. 이렇게 시끌벅적한 곳이라면 조금이라도 덜 우울할지 모른다.

뚜― 뚜― 하는 적막한 신호음은 전화를 끊고 싶은 충동이 들게 했다. 그러나 연우가 그 충동에 휘말리기 직전, 딸깍 하고 전화를 받는 소리가 들렸다.

"연우가?"

"네."

"그래, 잘 지내나? 학교는 잘 다니고 있나?"

늘 그렇듯이 애써 담담한 척을 하는 불편한 목소리였다. 내용도 어쩜 그리 비슷한지, 이젠 다음 질문을 외울 지경이었다.

아빠와의 통화는 늘 그렇듯이 3분 만에 끝이 났다. 아빠의 마지막 말은 저번과 같았다.

"뭐 더 필요한 건 없드나? 돈 더 보낼까?"

연우는 그 말을 들을 때마다 목구멍이 빽빽하게 막혔다. 어쩌면 속이 상한 걸지도 모른다.

'역시 거북해.'

연우는 핸드폰을 가만히 만지작거리며 잠시 빌딩 벽에 기대섰다. 뭐 하나 모난 것 없는 단란한 가정이었는데 이렇게 순식간에 산산조각 날 수도 있다는 게 아직도 잘 믿기지 않았다. 핸드폰에서 뚜, 뚜, 하고 들리는 소리와 아픈 가슴만이 이것이 현실임을 일깨우고 있었다. 아빠는 내가 어떤 잘못을 했는지 평생 기억하라고 이렇게 의무적인 전화를 조건으로 내세운 것일까.

'아니, 그건 아닐 거야.'

간신히 부정한 순간, 가슴 깊은 곳에서 '정말?' 하고 되묻는 소리가 들렸다. 어느 신발가게 앞, 연우는 걸음을 멈췄다. 다리가 후들거려서 더 걸을 수 없었다. 눈물이 나지는 않았지만 기분이 아주 더러웠다. 험악하게 인상을 찌푸리고 가게 앞에 서 있자, 안에서 담임을 꼭 닮은 가게 주인이 거슬린다는 듯이 밖을 힐끔거렸다. 이제 어쩔까? 어디로 가야 이 불쾌한 기분에서 잠시라도 벗어날 수 있을까?

"어?"

미친 척, 이 근방을 죽어라 뛰어 볼까 하고 생각하면서 허리를 세우는데 누가 어깨를 툭 쳤다. 어째 어깨에 닿은 느낌이 묵직하다 했는데 얼굴을 확인하니 놀랍게도 담임이었다. 강창혁은 자기 딴엔 밝고 아름답다고 생각하는 미소를 만면에 띠고 농담 같은 인사를 건넸다.

"야, 반장. 남의 가게 앞에서 토하는 거 아니다."

나나부터 시작해서 요즘은 예상치 못한 일 투성이다.

"아, 쌤. 여기는 어쩐 일이세요?"

"보충수업도 끝났고, 잔업도 없어서 일찍 나왔다."

"집은요? 설마 이 근처예요?"

"그럴 리가. 햄버거 사려고 잠깐 차 댔는데 우리 반장이 남의 신발가게 앞에서 토하려는 것 같아서 말리려고 뛰어왔지."

"아, 네."

"크하하하, 인마, 농담이야. 그냥 니가 보이길래 반가운 맘에 허겁지겁 왔다."

두 번 반가웠다가는 집까지 찾아오시겠네요, 하는 말이 입안에서 맴돌았다. 지금 기분이 한참 엉망인 상태라서 선생님한테도 말이 곱게 나올 것 같지가 않았다. 연우는 한시라도 빨리 이 자리를 벗어나고 싶었다.

"네. 저도 반가웠어요. 안녕히 가세요."

똥 씹은 표정을 하고 고개를 꾸벅 숙였다. 빨리 헤어지고 제 갈 길 가자는 명확한 의사표시였는데도 강창혁은 연우의 뒷덜미를 덥석 잡아챘다.

"야, 버릇없게 선생이 가란 말도 안 했는데 가? 이거야 원, 선생님에 대한 사랑이 부족하구만."

아, 지금 그런 사랑 타령 받아 줄 기분 아니라구요. 연우는 온 힘을 다해 오늘은 기분이 안 좋다는 표정을 지었다. 그러나 강창혁은 아랑곳하지 않고 다짜고짜 헤드록을 걸었다.

"반장과 담임 사이에 사랑이 없는 건 큰일이지. 따라와라. 오늘 쌤이랑 밥이나 먹자."

맙소사. 지금은 혼자 뭘 먹어도 체할 것 같은데 담임을 눈앞에 두고 밥을 먹으라고? 연우는 필사적으로 헤드락을 풀고 자리를 피하려고 했으나 전직을 의심하게 하는 담임의 무식한 팔 힘을 이길 수는 없었다.

결국 연우가 질질 끌려온 곳은 근처의 막창집이었다. 강창혁은 여기가 숨겨진 맛집이라느니, 명물이라느니 하는 소리를 주절주절 늘어놓다가 화가 잔뜩 난 듯한 연우의 표정을 보고 흠, 흠 헛기침을 했다.

"거참, 선생님이 같이 밥 좀 먹자는데 표정 하고는…."

"저 오늘 기분 별로라고요."

"야 인마, 내가 설마 햄버거 사러 차 세웠다가 반장 봤다고 졸졸 달려갔겠냐? 내가 그런 캐릭터로 보여!"

강창혁은 갑자기 엄한 목소리로 호통을 치며 상을 탕탕 두드렸다. 혼자 마시겠다고 시켜 놓은 술과 술잔이 덜컹 흔들렸다. 기가 막혀서 가만히 있자 강창혁은 잠시 후 방금 전과는 판이하게 다른 은근한 목소리로 말했다.

"사실은 너네 집 찾아가던 중이었어."

답답한 마음에 벌컥 들이킨 물이 목구멍에서 턱 걸리는 기분이었다. 콜록콜록 기침이 나왔다. 목과 얼굴이 벌겋게 달아오르는데도 연우의 눈만은 강창혁을 바라보았다. 사실은 거의 노려보다시피 한 시선이었다.

"아, 그 녀석 참. 밥이라도 좀 여자답게 먹어라. 다 큰 열여덟 처녀가 용가리처럼 쿨럭쿨럭 기침이나 하고 말이야. 너 그래서 시집이나 가겠냐?

여튼, 너네 집 가던 중에 니가 보이잖냐. 그래서 얼른 잡으러 왔지."

"켁, 켁. 쌤, 제가 뭐 잘못했어요? 우리 집은 왜요?"

허름한 빌라에 휑할 정도로 들여놓은 물건이 없는 좁은 방. 그곳에서 혼자 살고 있는 여고생을 보면 무슨 생각을 할까. 무거워 보이는 커다란 머리로 김연우라는 학생에 대해 한 편의 장편소설을 써 내려갈지도 모를 일이었다. 어떤 내용을 그리든 중심 테마는 불쌍한 소녀가 되지 않을까. 물론 그 어떤 상상도 진짜 현실보다야 덜 비참하겠지만 말이다. 아, 어쩌면 1학년 때 담임 선생님으로부터 이미 자신의 이야기를 전해 들었을지도 모른다. 그렇다면 엄마를 잃은 한 여고생을 테마로 온갖 살을 붙여서 실제 사연과 비슷한 이야기를 만들 수 있지 않을까.

"누가 너 잘못했대? 좀 물어볼게 있어서. 전화로 하면 우리 반장이 성의 없이 대답할 것 같아서 아예 눈앞에 붙들어 놓고 얘기하려고 했지."

강창혁은 제법 진지한 표정을 지었다. 마침 서빙을 하는 학생이 와서 막창을 수북하게 얹고 불을 붙였다. 고소한 냄새가 확 퍼졌다. 기분은 여전히 별로였는데 주책없이 배는 또 고파 왔다. 아무리 화가 나고, 아무리 속상하고, 아무리 우울해도 시간이 되면 배가 고픈 게 참 아이러니했다.

"그냥 전화로 하시지."

"전화로 물어보면 대충 넘어갈 것 같았다니까. 그리고 전화로 하긴 좀 그런 얘기기도 하고."

"아, 대체 뭔데요?"

강창혁은 감히 고등학생 제자 앞에서 따닥, 술병을 깠다. 달란 말도 안 했는데 넌 마시면 안 된다는 듯이 연우를 향해 눈을 한번 부라리고는 스스로 술을 따랐다. 조금의 거리낌도 없이 꼴깍 술을 들이켜는 꼴이 아무래도 좀 찝찌름해서 연우는 무뚝뚝한 얼굴로 담임을 바라보았다. 강창혁은 크하– 하고 괴성을 내더니 눈을 희번덕거렸다.

“인마, 연우. 너 솔직히 말해라.”

“예? 뭘요?”

“나나, 니 집에 있냐?”

나나. 그 별칭을 듣는 순간 연우는 괜히 심장이 뜨끔했다. 2주 내내 봐왔던 그 애의 얼굴이 자연스럽게 떠올랐고, 곧 상처투성이의 가느다란 몸도 떠올랐다. 여태 가슴 한편에 동동 떠다니던 아빠에 대한 생각이 나나에 대한 것으로 채워졌다. 나나. 그래, 죽을 만큼 더웠던 그날, 그 애가 찾아왔다.

“나나요? 걔가 왜요?”

“말 돌리지 말고 말해, 인마. 버릇없게 지금 쌤이랑 밀당하자는 거 아니지? 난 학생이랑은 밀당 안 한다~.”

강창혁이 지금처럼 단호한 표정으로 낮고 진지하게 목소리를 깔면 조폭 간부가 떠올랐다. 영화에서나 나올 법한 용 문신의 사나이가 강창혁 얼굴 위로 오버랩 되는 현상이 지금 연우에게도 일어나고 있었다. 아니면 부패한 강력계 형사든지.

“어떻게 아셨어요?”

“김주현이. 부반장 김주현이가 당장 죽을 것처럼 질린 얼굴로 와서 주절주절 늘어놨다.”

“김주현? 걔가 어떻게… 아….”

김주현이 어떻게 나나의 행방을 알고 있나, 하고 생각하던 차에 나나가 제 집으로 쳐들어오기 전 김주현으로부터 걸려 온 전화를 받았던 일이 생각났다. 뜬금없이, 비상연락망을 만들어야 한다며 주소를 물어 오던 김주현의 목소리가 어딘지 조금 경직되어 있었던 것도 같다.

"근데 나나는 왜요?"

질문이 거기에 이르자 강창혁은 말없이 막창을 집어 먹었다. 연우는 뭔가 제법 진지한 이 분위기에 막창같이 생긴 음식은 좀 아니지 않나 하는 생각이 들었지만 강창혁은 꾸역꾸역 몇 개를 더 집어 먹고 나서야 흠, 흠 목소리를 가다듬었다.

"학교에 걔 아버지가 왔었다. 거의 2주 가까이 집에 안 들어왔다더라. 나나 아버지가 교무실에 찾아온 걸 김주현이 보고 지레 겁에 질려서 미주알고주알 털어놓은 거고."

나나가 무작정 쳐들어온 지가 그 정도 되었으니 아버지가 학교로 찾아올 만도 했다. 아니 2주라면 오히려 좀 늦은 감이 있었다. 원래부터 가출이 잦은 애라면 또 모를까. 아, 그래. 나나는 원래부터 집구석에 얌전히 들어갈 줄 모르는 애인 것이다.

연우는 매일 오전 집을 나섰다가 저녁 늦게 들어오는 나나를 떠올렸다. 하루가 멀다 하고 나가 노는 애라면 가출도 그리 어려운 일은 아닐 것이었다.

"저희 집에 있으니까 데려가라고 하세요. 어쩌다 보니 받아 주긴 했는데 솔직히 민폐거든요, 걔."

솔직한 심경을 토로했을 뿐인데 강창혁은 어찌 저런 매정한 애가 다 있냐는 표정으로 연우를 바라보았다. 연우는 연우대로 기가 막혔다. 아니, 아버지가 찾아왔다면 하루 빨리 집으로 되돌려 보내야 할 것이 아닌가. 애초에 그러려고 자신을 찾아온 것일 테고.

"근데 지금 가면 걔 없을 거니까, 이따 저녁이나 아니면 내일 오전에 그 애 아버지 모시고 오세요. 아, 근데 거기서 소란 피우시면 안 돼요. 벽이 얇아서 다른 집에까지 소리가 다 들려요."

강창혁은 아까보다 한층 더 심란한 표정을 했다. 누가 보면 연우가 남의 집에서 멋대로 신세를 지고 있는 가출 청소년인 줄 알 것 같았다. 강창혁은 한동안 그런 슬픈 얼굴로 막창을 뒤적이더니 한숨을 푹 쉬며 머뭇머뭇 입을 열었다.

"아무리 그래도 무작정 돌려보내기보다는 일단 왜 그렇게 오랫동안 집에 안 들어가는지 얘기를 들어 봐야 하지 않겠냐."

"쌤 날라리한테 이유는 무슨 이유예요. 부모 속 그만 썩이라고 하고 데려가세요."

"이 매정한 녀석아. 니가 그러고도 반장이냐?"

"아 누가 반장 하겠다고 했어요? 쌤이 시켰잖아요!"

아 맞다, 하고 강창혁이 작게 중얼거렸다.

"인마, 어쨌든 니가 반장이잖냐. 모름지기 반장이라면 선도의 의무를 이행할 줄 알아야 하는 거 아니겠냐. 그리고 그 선도의 의무 중 첫 번째는 바로 사랑이다, 사랑! 너 이게 우리 반 모토인 거 알지?"

아, 사랑. 그래, 좋다. 하지만 그 좋은 사랑을 나한테나 좀 베풀면 안 되겠느냔 말이다. 적어도 나나한테는 찾으러 와 줄 사람이 있지 않은가.

연우는 자신에 대해서 아무것도 모르는 것 같은 강창혁에게 제 암울한 사연을 몽땅 풀어 놓고 싶은 충동을 느꼈다. 엄마의 죽음부터 시작해서 그 책임이 제게 있다는 것과 아버지가 자기를 원망하고 있을지 모른다는 것, 결과적으로 우리 가족은 자신 때문에 파탄이 났으며 고로 더 이상 부산에 발붙이고 살 수 없었다는 것까지 모두 말이다. 그러나 어울리지 않는 눈물을 찔찔 짜면서 "쌤, 저 때문에 저희 가족이 산산조각이 났어요, 아무리 다시 붙이려고 애를 써 봐도 대체 어디부터 손을 대야 할지 모르겠어요. 너무 괴로워요." 하고 말했다가는 강창혁의 특별관리 대상에 오를 것 같아서 간신히 참았다.

강창혁은 그 뒤로도 한참 동안 나나는 어떻게 생활하냐는 둥, 방학 중에도 주구장창 쌈박질을 하러 다니는 건 아니냐는 둥 걱정을 빙자한 신변 조사를 했다. 그러더니 결국은 소주 한 병을 다 비우고 기분이 좋아졌는지 연우를 데리고 근처 시내를 뺑뺑 돌기까지 했다. 다행히 일말의 양심은 있었는지, 연우를 여기저기 끌고 다니는 와중에 여고생들이 많이 쓴다는 수분크림도 하나 사 주고 연우와는 도무지 어울릴 것 같지 않은, 그래서 원치도 않았던 귀여운 보헤미안식 패턴의 가죽 머리띠도 하나 안겨 주었다. 아무리 생각해도 이 광경은 원조교제로 오해받기 십상이었다. 여차해서 학교 애들한테 발각이라도 되면 상상조차 하고 싶지 않은 오해의 풍파가 몰아닥칠 게 분명했다. 그런데도 강창혁은 그 험상궂은 얼굴로 허허허 웃으며 제자를 끌고 다녔다. 처음에는 계속 짜증을 부리며 반항하던 연우도 결국은 될 대로 되라는 심정으로 얌전히 따라다녔다. 사실 딱히 오갈 곳도 없었다. 혹시라도 우울감이 덮쳐 올까 봐 지금은 집에도 별로 가고 싶지 않았다.

결국 강창혁은 저녁이 다 되어서야 지친 연우를 차에 태우고 집 앞까지 데려다주었다. 낡은 소명빌라 앞에 차가 부드럽게 멈춰 섰다. 연우는 파김치처럼 축 늘어져서는 차에서 내렸다.

"쌤 때문에 제가 늙어요, 진짜. 누가 보고 오해하면 어쩌라고요. 그러다 쌤 잘려도 난 몰라요."

결국 원망 섞인 소리를 툭 던지자 강창혁은 짜식, 하고 웃었다.

"인마, 오늘 나 너한테 임무 수행 잘 하라고 로비한 거야. 알지?"

피곤해 죽겠는데 이건 또 무슨 봉창 두드리는 소리? 연우가 차문을 쾅 닫으며 임무는 무슨 임무냐는 얼굴로 강창혁을 쳐다보았다. 강창혁이 차 창문을 슥 내렸다.

"나나 말이야. 나나가 왜 집에 안 들어가는지 니가 잘 떠보라고."

"네??"

"어쨌든 나나가 너네 집을 선택했다는 건 걔가 너한테 마음을 열었단 얘기 아니냐. 나한테보다 너한테 더 속내를 잘 드러낼 것 같아서 말이다. 아니 뭐 물어보다가 싸움 날 것 같으면 니가 잘 제압하면 되고. 태권도 특기생이잖냐. 안 다치게 제압할 수 있지?"

굳이 담임과 나나가 아니더라도 피곤한 인생이었다. 그런 사람한테 남의 가정사까지 맡기는 건 좀 너무한 거 아닌가. 아무리 사정을 모른다고 해도 말이지, 어떻게 선생이 자기 일을 제자한테 떠넘기느냔 말이다.

"아, 뭐래요 진짜. 저 안 해요. 저 걔랑 안 친해요."

강창혁은 연우 말은 듣지도 않고 슬슬 후진을 시도했다. 연우는 손에 들린 수분크림과 머리띠를 확 던져 버리고 싶은 것을 꾹꾹 눌러 참으며 차 뒤에 대고 빽 소리를 질렀다.

"저 안 한다고 했어요! 걔네 아빠보고 와서 데려가라고 하세요!!"

강창혁은 잘 빠져나가던 차를 갑자기 끼익 세웠다. 그러더니 창문 너머로 까딱까딱 손짓을 했다. 연우는 마침 잘됐다, 수분크림과 머리띠를 모두 돌려주자고 생각했다. 만약 막창 먹은 걸 내놓으라고 유치하게 우기면 그까짓 돈, 면전에서 돌려주겠다고 마음먹었다.

"야, 김연우!!"

목소리가 짐짓 진지했다. 진지한 눈과 묵직한 목소리. 이렇게 폼을 잴 때의 강창혁이 연우는 너무 싫었다. 저런 눈을 하면 뭐라고 대꾸하기가 힘들었다.

연우가 하려던 말을 못 하고 머뭇거리고 있자 강창혁은 한층 더 부드러워진 목소리로 조용히 타이르듯이 말했다.

"같이 산다면서. 2주 정도 됐다고 했잖아. 그치?"

"네."

"상처 봤냐?"

상처라. 팔다리는 물론, 가슴께며 복부와 허벅지까지 물들인 멍 자국을 몇 번이나 보았다. 그 울긋불긋한 상처는 정말이지 그 애의 몸과 너무도 안 어울렸다. 나나의 상처는 그 애를 꼭 망가진 인형처럼 보이게 만들었다.

"쌤은 그게 마음에 걸리는 거야. 근데 내가 물어보면 고 녀석 눈을 이렇게 삐죽 세우고 피식 하고 기분 나쁘게 웃는단 말이지. 그래 놓고는 제대로 말을 하는 것도 아니고 그냥 어떤 년이 시비를 걸어서 싸웠어요, 하고 끝내 버린단 말이다. 본인이 말을 안 하겠다고 하는데 내가 뭘 어쩌겠니. 뭐, 어쩌면 나나 말이 맞을지도 몰라. 근데, 아니면 어쩌냐. 그 애가 집에 안 들어가려고 하는 이유가 단순한 방황이 아니면 어쩌냐고. 응? 쌤이 애들 말 들어 보니까 중학생 때부터 집에 들어갔다가 나왔다가를 반복한다는데 뭔가 이유가 있지 않겠느냐고."

지금 강창혁은 진심이었다. 연우가 그를 싫다 하면서도, 귀찮다 여기면서도 진심으로 미워하지 못하는 것은 그 때문이었다. 연우는 꼭 수채물감 팔레트처럼 물든 나나의 몸이 떠올랐다. 언젠가 방구석에서 잔뜩 날을 세우고 현관을 쏘아보다가 "아 맞다, 여기 우리 집 아니지" 하고 몇 번이나 중얼거리던 모습도. 나나가 집에 들어가지 않으려고 하는 이유? 어쩌면 그게 나나의 상처와 연관이 있을 수도 있었다.

"쌤, 근데 그런 거 저한테 막 말해도 돼요? 제가 뭐 경찰이나 사회복지사도 아니고…."

강창혁은 어깨를 으쓱했다. 표정이 어쩐지 씁쓸했다.

"경찰이나 사회복지사를 옆에 끼고 찾아갔다간 나나한테 완전 아웃 당할 거다. 섣부르게 행동했다가 괜히 애 마음이나 더 닫히지. 그렇다고 손 놓고 있을 수도 없잖냐."

그건 그렇네요, 연우가 중얼거렸다. 강창혁은 계속 말을 이었다.

"마침 나나가 너 찾아갔다고 하길래 친구한테라면 얘기하지 않을까 싶었다."

친구라니. 나나와 자신은 결코 그런 관계가 아니다. 아마 나나가 들었다면 코웃음도 모자라서 박장대소를 했을지도 모른다. 하지만 담임의 마음을 조금 이해할 수 있었다. 함부로 건드렸다가는 시원하게 욕지거리를 퍼붓고 자퇴를 할지도 모르는 애가 바로 나나였다.

강창혁은 잘 부탁한다는 의미심장한 말을 남기고 빌라 앞을 빠져나갔다. 머릿속이 너무 복잡했다. 아빠와 담임과 나나의 얼굴이 뒤죽박죽 섞여서 속이 거북했다. 복잡한 머리와 불편한 가슴을 안고 집으로 들어가자 자신의 속내와는 전혀 달리 태평한 얼굴을 한 나나가 삼겹살을 굽고 있었다. 집 안에 삼겹살 굽는 냄새가 진동을 했다.

"어? 왔냐? 약속대로 3일 연장이다."

나나가 연우 집에 온 지 얼추 2주. 태평하다 못해 뻔뻔한 얼굴로 삼겹살을 굽는 그 애의 팔다리와 얼굴에 새로운 상처는 없었다.

10.

몇 점 먹지도 못한 삼겹살은 그대로 얹혀 속을 아프게 했다. 연우는 아침부터 갑갑하던 가슴께를 손으로 꾹꾹 누르며 여직 자고 있는 나나를 힐끔 쳐다보았다. 저보다 훨씬 맛깔스럽게 삼겹살을 흡입한 주제에 무척이나 편안하게 잔다. 체기라고는 찾아볼 수 없는, 간간이 코까지 드렁드렁 골아 가며 잠에 취한 그 모양새가 퍽 얄밉기도 했다. 어떻게 보면 고기가 얹힌 이유는 나나 때문이었다. 연우는 방금까지 입에 오르내렸던 상대를 눈앞에 두고 편안하게 삼겹살을 먹을 정도로 속 편한 사람이 아니었으므로.

이 애는 어쩌면 이렇게 태연하게 가출을 할 수 있을까. 연우는 어제 담임으로부터 들었던 얘기를 다시 떠올렸다. 나나가 집으로 돌아가지 않는 이유가 단순한 방황이 아니면 어쩌냐는 그 걱정스러운 말.

'글쎄….'

과연 그럴까? 얼굴 빼고는 뭐 하나 볼 것 없는 이 철없는 날라리에게도 뭔가 사정이 있을까?

'그러거나 말거나.'

나나가 뭐 때문에 가출을 했는지 그게 나한테 뭐 그렇게 중요한 일이겠는가, 연우는 관심을 애써 끊었다. 어찌 되었든 자기와는 상관없는 일이다. 나나가 대체 왜 집에 들어가려고 하지 않는 것인지를 알아볼 생각은 없었다. 아니, 어제까지는 그럴 마음이 조금 있었던 것도 같다. 하지만 지금은 아니다. 철없는 불량학생의 사정까지 생각할 만큼의 감정적인 여유가 없었다.

연우는 다시 한 번 잠든 나나를 쳐다보았다. 위로 말려 올라간 셔츠 아래로 늘씬한 배가 보였다. 도화지처럼 하얀 배에는 멍 자국이 흐릿하게 남아 있었다. 아직 아플까? 아니야, 이 정도면 아프진 않을 거야.

나나의 마른 배를 손으로 슬쩍 눌러 본 것은 순전히 무의식적인 것이었다. 그저 아플까, 아프지 않을까를 생각하던 중이었는데 저도 모르게 손이 나갔다. 손바닥으로 퍼져 가는 온기에 연우는 흠칫 놀랐다. 어딘지 모나 보이는 성격과는 달리 따뜻하고 부드러웠다. 배는 얌전히 오르내렸다. 차분한 호흡에 연우는 잠시 머리가 멍해졌다. 처음으로 나나와 자기가 똑같은 사람이라는 생각이 들었다.

"야, 일어나."

잠시 그러고 있던 연우는 곧 배에서 손을 떼고 곤히 자는 나나의 어깨를 툭툭 쳤다. 나나가 인상을 찌푸렸다.

"일어나라고. 11시야."

퉁명스럽게 말하며 좀 더 세게 어깨를 때리자 나나는 오만상을 하고 눈을 떴다. "아 진짜! 더럽게 귀찮게 하네!!"

"꼬우면 나가든지."

무심하게 한마디를 툭 던지고 자리에서 일어나는 연우를 나나는 기가 막힌다는 듯이 바라보았다. 잠시 후 짜증 가득한 말이 들려왔다. "아, 진짜 치사하고 더러워서 빨리 나가든지 해야지."

제발 좀 그래 달라고 생각하며 연우는 옷을 갈아입었다. 그러나 그렇게 생각하는 가슴 한편에서, '나간 다음엔 어쩌려고? 괜찮겠어?' 하는 목소리가 들리는 것 같았다. 그건 아주 순간의 느낌이라서 연우는 곧 착각이라 치부하고 헛헛하게 웃었다.

*

"어, 연우."

학교로 훈련을 나온 연우는 체육관 앞에서 해맑게 웃고 있는 누군가 때문에 걸음을 멈췄다. 남자답다 못해 산적 같은 얼굴로 눈을 초롱초롱 빛내며 자신을 환영하고 있는 이는 다름 아닌 담임이었다. 손에 트레이드 마크인 몽둥이, 'Love is the most important thing to us'라고 쓰인 그 몽둥이를 들고 있던 강창혁은 연우가 멈춰 서자 그 앞까지 후다닥 뛰어왔다. 모른 척 몸을 돌리고 도망갈 새도 없었다.

"훈련을 왜 이렇게 오래 하냐? 한참 기다렸다."

"또 왜요. 이러다 진짜 오해받아요, 쌤."

"어이구, 야, 니가 그렇게 대놓고 싫다는 표정을 하고 있는데 누가 오해를 하겠냐. 맘먹고 하려고 해도 못 하겠다."

"그래서 이번엔 또 무슨 일인데요?"

강창혁은 귀찮음이 가득한 연우 말투에 눈을 찌푸리려다 말고 억지로 입술을 쭉 끌어올리며 어색하게 웃는 낯을 해 보였다.

"뭐겠어? 나나 일이지."

내가 이럴 줄 알았어.

딱딱하던 연우의 표정이 단박에 우그러졌다. 그 귀찮은 일을 저한테 맡긴 지 하루 만에 보고를 기대하다니…. 24시간이 지나지 않았으니 엄밀히 말하면 하루도 아니었다.

"쌤, 저한테 나나 얘기한 게 어제예요, 어제. 시간이 너무 짧잖아요."

"아 그런가? 그럼 언제쯤 얘기해 볼 생각이냐?"

애석하게도 며칠이 지나건 나나에게 가출 이유를 물을 생각은 없다. 바라는 것은 그 애가 내 도피처에서 나가는 것이지, 혹시 있을지 모르는 구구절절한 사연을 듣는 게 아니었다.

그러나 연우는 제 마음을 곧이곧대로 이야기하지 않았다. 태연하게 강창혁의 눈을 바라보며 또박또박 말했다. "기회를 봐서요." 썩 마음에 드는 대답이 아니었던지 강창혁은 탐탁지 않은 한숨을 흘렸다. 나나를 걱정하는 담임의 마음은 훌륭하다고 생각했지만, 느껴지는 것은 귀찮음이었다.

"그럼 기회 좀 잘 잡아 봐라."

연우는 대강 고개를 끄덕였다. 머릿속으로는 담임이 다음번에 나나에 대해 물어볼 때는 뭐라고 둘러댈까에 대해서 생각하고 있었다. 강창혁은 그런 연우의 속은 전혀 모른 채 제자의 등을 토닥였다.

"여튼 수고한다, 반장. 열심히 해라."

"네. 나중에 봬요, 쌤."

다른 내용이었더라면 조금은 죄송한 마음이 생겼을 것이다. 하지만 나나에 대한 것에서는 조금도 그런 죄책감이나 죄송함이 생겨나지 않았다. 오히려 다행이었다. 남의 문제까지 마음에 지고 싶지 않았다. 뭐가 튀어나올지 모르는 미지의 문제라면 더더욱. 멋모르고 휘젓다가 무언가 엄청난 것이 튀어나올지도 모른다. 제 인생만으로도 벅찬데 남의 일에까지 발 들이는 것은 결단코 사양이다.

"아, 맞다. 연우야."

옆을 지나쳐 휘적휘적 걸어가던 강창혁이 돌연 연우를 불렀다. 연우는 저도 모르게 몸을 파드득 떨며 고개를 돌렸다. 그는 방금 전 "열심히 해라"라고 말할 때의 그 편안한 표정으로 그러고 보니 생각났다는 듯이 입을 열었다.

"너는 괜찮냐?"

전혀 예상치 못한 질문이라 퍼뜩 대답이 나오지 않았다. 무슨 말이라도 해야겠다는 생각에 벌린 입은 짤막한 대답조차도 뱉어 내지 못하고 딱딱하게 굳었다.

"너 자취하잖아. 학생이, 그것도 여자애 혼자 자취하려면 좀 힘들 것 같아서. 괜찮아?"

연우가 느릿하게 고개를 끄덕였다.

"부모님한테 연락은 자주 드리냐?"

두 번째 질문은 훨씬 더 어택이 강했다. 연우는 딱딱해지는 자신의 표정을 의식하며 다시 고개를 끄덕였다.

"그럼요."

예의상 물어본 것처럼 강창혁은 형식적으로 웃었다.

"그래. 혹시라도 무슨 일 있으면 연락해라. 쌤이 사랑과 의리로 사는 사람이거든."

강창혁은 학교 교칙을 어기면 불같이 화를 내면서 학생 개개인에 대해서는 신경을 많이 쓰는 사람이었다. 시대에 맞지 않는 열혈선생이 연우는 달갑지 않았다. 지나친 관심은 부담스러울 뿐이다. 혹시 담임의 입에서 또 다른 말이 튀어나와 제 허점을 찌를까 봐 연우는 황급히 체육관으로 들어갔다.

체육관 안에 발을 들이자마자 여름의 더움과는 또 다른 열기가 확 느껴졌다. 연우는 이미 몸에 밴 훈련 매뉴얼을 실행했다. 뛰고, 차고, 때리는 중간마다 부모님께 연락은 잘 드리냐고 묻던 담임의 질문이 떠올라 몸에 힘이 들어갔다.

'이러다 영원히 서울에서 살겠네.'

부산을 뜰 때만 해도 언제까지 서울에 있겠다는 식의 구체적인 계획은 없었다. 서울에 조금씩 익숙해지면서부터는 나름대로 더 이상 엄마에 대한 꿈이 두렵지 않을 때까지만, 아빠를 마주할 용기가 생길 때까지만 서울에 있겠다고 작정할 수 있었다. 때로는 곧 부산으로 돌아갈 수 있겠다는 자신감이 생기기도 했다. 하지만 그건 무척 드물었고, 보통은 오늘과 같았다. 아직도 연우는 가족의 일이 어려웠다. 담임의 질문 하나에 휘둘릴 정도라면 해결된 것은 아무것도 없다고 보는 게 맞았다.

해결된 게 아무것도 없다. 아니, 있다고 하더라도 순전히 엄마에 대해 추억하는 시간이 줄었다는 것뿐이었다. 그런 생각을 하니 순간 등골이 오싹했다. 정말로 그런가? 조금이나마 무뎌졌다고 여겼던 것이 사실은 그저 덮어 둔 것에 불과한 것일까?

"악! 야, 김연우!!"

아, 겨루기 중이었지.

너무 세게 걷어차고 말았다. 배를 잡고 바닥에 벌렁 넘어진 것은 가뜩이나 연우를 싫어하는 선배 언니였다.

"아, 죄송합니다."

"그렇게 무식하게 차면 어떡해! 이게 연습이지 실전이야?"

연습도 실전처럼 해야지요, 하고 말하고 싶었지만 그냥 잠자코 있었다. 선배 언니는 몇 마디 더 짜증을 부리고는 어깨를 밀치고 지나갔다. 연우는 욱신거리는 어깨를 문지르며 아무래도 훈련 강도를 좀 더 높여야겠다고 생각했다. 몸이 편하니까 자꾸 잡생각이 들고 마음이 괴로운 것이다.

'나나를 떠보라고?'

도복의 매무새를 가다듬으며 연우는 나나를 떠올렸다. 그러나 그 얼굴은 곧 사라지고 그 자리엔 저를 빤히 쳐다보는 황무지 같은 눈빛이 남았다. 아빠의 시선이었다.

"나도 어쩌지 못하는데 나나는 무슨…."

이런 주제에 남의 일에까지 간섭을 하는 건 교만이다. 연우는 무슨 일이 있어도 나나 일에 말려들지 않겠다고 다짐했다. 어렴풋한 여자의 직감은, 만일 그 애의 일에 더 깊게 얽혔다간 너덜너덜해진 마음이 너덜의 수준을 넘어서서 갈기갈기 찢길 것이라고 얘기하고 있었다. 그냥 그런 예감이 들었다.

연우는 정말이지 그 불안한 예감을 피하고 싶었다. 높은 확률로 들어맞는다는 여자의 직감이 알려 주는 대로 따라가고 싶었다. 사실 기특하게도 한 며칠은 잘 해냈다. 일부러 충돌을 피했다. 그 애가 아무리 늦게 들어와도 신경 쓰지 않았고, 또 밤새 무엇을 했는지 아침에 도저히 눈을 뜨지 못해도 뭐라고 하지 않았다. 무엇보다 더 이상 이 집에서 나가라는 소리조차도 입 밖에 내지 않았다. 그러나 나나는 이전에도 그래 왔듯이 참으로 기상천외한 방법으로 연우의 개입을 유도했다.

그것은 지난밤의 일이었다. 그 밤은 이상한 밤이었다. 연우가 느끼기엔 그랬다. 달이 어제보다 훨씬 더 커져 있었고, 거리는 평소의 밤보다 더 한산했다. 10시를 넘어가고 있었기 때문일까, 기온은 여름인데도 좀 쌀쌀하게 느껴졌고 어디선가 개가 컹컹 울었다. 늘 지나가는 거리였는데도 개 소리는 처음이었다. 소리가 제법 크니 방에서 키우는 애완견은 아닌 것 같다, 하는 생각을 하고 있는데 먼발치로 보이는 빌라 근처에 깔끔하게 잘 빠진 폭스바겐 자동차가 멈췄다. 이 낡은 빌라에 차로 출퇴근하는 사람이 있던가. 뒷마당 같은 주차장에 차 두 대가 빠졌다 들어찼다 하는 것을 보기는 했으나 그것은 낡아 빠진 승용차일 뿐이었다.

연우가 갑자기 나타난 폭스바겐이 이상하다고 생각할 때, 차 문이 열렸다. 양복을 차려입은 중년의 남자였다. 그가 연 반대편 차문에서는 늘

씬한 다리가 먼저 나왔다.

"어?"

차에서 내린 여자의 실루엣이 익숙했다.

"나나?"

화장이 진하고, 어딘지 두어 살 더 많아 보이는 모습이었지만 분명 나나였다.

남자는 나나를 소중한 듯이 끌어안고 무언가를 귀에 속삭였다. 나나는 처음 보는 천진난만한 웃음을 터뜨리며 남자의 가슴에 머리를 기대었다. 묘한 그림이었다. 얼핏 보면 사이좋은 부녀사이였지만….

연우는 가슴을 턱 치는 오싹한 감각에 있는 힘껏 나나를 불렀다.

"야! 나나!"

눈을 감은 채 포근하게 웃고 있던 나나가 눈을 번쩍 떴다. 정확히 제 쪽을 바라보는 시선에는 놀란 기색이 가득했으나 나나는 순식간에 그것을 감추고 눈가를 곱게 접으며 다시 미소를 지었다.

"어, 연우야."

낯설었다. 저 애가 이전에 단 한 번으로 자신을 "연우야" 하고 부른 적이 있던가. 나나가 부르는 것이 아닌 것 같았다. 학교에서 상스러운 말을 툭툭 내뱉던, 저에게 불만 가득한 목소리로 욕을 중얼거리던 그 나나와 지금의 나나가 같은 사람이라는 것을 믿을 수 없었다.

"누구야?"

태연하게 물어보려고 했으나 목소리 한가득 어떤 의구심이 딸려 나오는 것을 막을 수 없었다. 나나의 눈이 한층 더 가늘어졌다. 입술은 더욱 산뜻하게 웃었다.

"인사해."

인사해. 그 한 마디가 어쩌면 그렇게 가볍고 차분한지, 연우는 그것이 연기인지 아니면 진심에서 우러나오는 것인지 구분할 수 없었다.

"우리 아빠야."

잘못 들었다고는 생각할 수 없을 만큼 명확하고 또렷했다. 일부러 한 글자, 한 글자 힘을 주어 말하는 것이 아닐까 하는 의문이 들 정도였다. 그러나 연우는 거의 반사적으로 되물었다.

"뭐라고?"

"우리 아빠셔."

눈이 자연히 남자에게로 향했다. 중년의 남자는 다분히 신사적인 모습이었다. 특히 단정하게 빗어 넘긴 머리와 구김 없이 차려입은 양복이 그랬다. 나이 대를 가늠해 보았을 때에도 아빠라는 주장을 이해할 수 있을 만큼의 모습이기는 했다. 끌어안은 두 사람의 모습이 어찌 보면 불순해 보였으나, 또 다른 한편으로는 그저 다정한 가족 같아 보이기도 했다. 그러나 연우는 가출한 딸의 행방을 찾기 위해 학교까지 왔다던 나나의 아버지가 이곳에서 저런 인자한 미소를 띤 얼굴로 딸을 포근히 감싸고 있지는 않을 거라고 생각했다.

"아빠?"

"응. 아빠."

이게 어디서 약을 팔아.

자연스럽게 눈이 사나워졌다. 나나는 끄떡도 하지 않고 미소를 유지했다. 결국 연우는 너의 거짓말을 알고 있다는 듯이 눈 한쪽을 찡그린 채로 살짝 고개를 숙였다.

"안녕하세요."

"인사해, 아빠. 얘는 우리 반 반장."

어디 어떤 말을 하는지 보자, 하고 남자를 빤히 쳐다보았다. 그는 태연한 나나와는 달리 허둥거렸다. 은테 안경 안으로 보이는 눈은 연우를 제대로 마주 보지 못하고 한동안 이리저리 움직였다. 딱딱하게 굳은 입매에서는 낭패의 기색을 읽을 수 있었다.

"어, 어, 그래. 반갑다."

누가 들어도 수상한 어투였다.

집으로 들어온 연우는 먼저 안으로 성큼성큼 걸어 들어간 나나의 등을 노골적으로 노려보았다. 나나가 오후에 뭘 하고 돌아다니는지 이제 조금 그림이 잡히는 것 같았다. 저 가느다란 팔에 가득 안겨 오는 쇼핑백이 어디서 생기는 것인지 짐작할 수 있었다. 문득 몇 달 전, 나나와 공원에서 마주쳤던 일이 떠올랐다. 비가 왁 쏟아지던 그곳에서 나나는 우산을 건넸고, 자신은 어느 남자가 건네준 우산을 받았다.

거기까지 생각하자 신랄한 비난이 목구멍 끝까지 차올랐다. 연우는 그것을 간신히 삼키고 비꼬는 듯이 한마디 던졌다.

"아빠가 스킨십을 좋아하는 거냐, 아니면 니가 좋아하는 거냐? 부녀지간이라기엔 너무 다정하던데?"

나나는 옷을 훌훌 벗다가 동작을 멈추고 연우를 바라보았다. 잠깐 동안 표정이 사라진 그 얼굴은 그러나 곧 늘 그렇듯이 짙게 웃었다. 백 마디 말보다 더 효과가 있는 비꼬기 기술이었다. 나나가 과연 뭐라고 할까, 하고 생각하고 있는데 그 애가 앞으로 성큼성큼 다가왔다. 나나는 입술을 삐딱하게 올리고 눈을 가늘게 접으며 연우를 쳐다보았다.

"왜? 부녀지간에 좀 다정하면 안 돼?"

평소보다 조금 더 높은 톤의, 조금 더 느릿한 속도의 목소리는 분명 비아냥이었다. 나나는 키가 조금 더 큰 연우의 턱 근처까지 불쑥 다가왔다. 친한 사람끼리여도 부담스러울 그 거리에서 나나는 살살 웃는 낯으로 말했다.

"너네 아빠는 다정하지 않나 봐?"

나나는 꼭 작은 악마 같았다. 하얀 이를 드러내고 기쁜 듯이 웃는 얼굴이 그랬다. 연우는 나나의 하얀 뺨을 내려치지 않기 위해 최선을 다해야 했다. 잠시 후, 그 애는 마치 오랜 골칫거리가 사라진 사람처럼 가뿐하게 돌아섰다. 그러고는 작은 창문틀에 얼굴을 바싹 대고 담배를 입에 물었다. 나나는 창밖을 보고 있었고, 연우는 그런 나나를 보고 있었다. 이상한 여름밤이 깊어 갔다.

이 모든 것이 어젯밤의 일이었다. 연우는 도무지 못 참겠다는 듯이 가슴을 쾅쾅 쳤다.

"아오, 저 미친년."

옆에서 속 편히 자고 있는 새하얀 나나를 보자 가슴에서 천불이 이는 듯 했다. 믿을 수가 없었다. 되지도 않는 거짓말로 의심스러운 상황을 슬쩍 비껴가 놓고는 어떻게 저렇게 편안하게 잠을 잔단 말인가. 나나가 꾸고 있을 꿈속에 들어가서 그 아이의 멱살을 잡고는 잘잘 흔들고 싶은 기분이었다. 일어나! 일어나란 말이야! 넌 이 상황에서 잠이 오니? 그러나 연우는 꿈에서도 현실에서도 그렇게 할 수 없었다. 그저 조용히 어젯밤의 일을 생각하는 것이 지금 상황에서 할 수 있는 유일한 것이었다. 나나는 연우의 속도 모른 채 몹시 편안한 얼굴로 새근새근 숨을 쉴 뿐이었다. 여름의 어느 날, 나나가 찾아온 지 딱 20일이 지나고 있었다.

11.

부산스러운 아침이었다. 연우는 눈을 감은 채로 잠에서 깼다. 머리맡에서 누군가 왔다 갔다 분주히 움직이는 것이 느껴졌다. 가벼운 발소리는 나나의 흔적이었다. 연우는 이 계집애가 무슨 변덕으로 일찍 일어나서 부산을 떨까, 하고 생각하며 몸을 뒤척였다. 폭스바겐과 수상쩍은 남자가 떠올라서 나나를 보기가 껄끄러웠다. 저를 발견하고 나서 티 나게 불안해 하던 중년의 남자를 아빠라고 소개했던 일이 떠오르자, 연우는 무심코 제 아빠를 기억했다. 동시에 다시 슬금슬금 잠이 오기 시작했다. 기억은 마치 꿈처럼 떠올랐다. 여덟 살 때였을까? 정확하지는 않으나 아마 그 무렵의 기억일 것이다.

아빠는 여덟 살의 나에게 스쿠터를 태워 주겠다고 했다. 나는 일전에도 아빠의 다리 사이에 서서 스쿠터를 타곤 했다. 바람을 정면으로 맞는 그 자리는 조금 더 자라면 더 이상 차지할 수 없을 것 같았다. 그래서 냉큼 그러겠노라고 대답했다. 지금 생각해 보면 아빠는 그 핑계로 바쁜 엄마를 꼬여서 함께 데이트를 할 속셈이었는지도 모른다. 엄마는 나와 아빠가 이울러 노는 모습을 보는 걸 퍽 좋아했으니까.

우리 가족은, 아빠의 빨간 스쿠터까지 포함해서 즐거운 기분으로 공원까지 나갔다. 정확하지는 않지만 토요일이 아니었나 싶다. 사람이 많았고, 엄마가 샌드위치와 유부초밥을 쌌으니 아마 토요일 점심이었을 것이다. 엄마는 공원 한구석에 커다란 돗자리를 깔고 그 위에 앉았다. 꼼꼼히 챙겨 온 노트북을 펼치는 것도 잊지 않았다. 워낙 바쁜 사람이었기에 가족 데이트에도 노트북을 챙겼던 것이다. 나는 함께 어울려 놀지 않고 노트북과 우리의 모습을 번갈아 보며 간간이 웃는 엄마의 모습이 꽤 멋있다고 생각했다. 답답하긴 했지만 그랬다. 친구들의 엄마와는 다른 엄마의 모습이 그때는 일견 자랑스럽기도 했다.

아빠는 워낙 무뚝뚝한 성격이라 대놓고 엄마를 불러 이쪽을 보게 하지는 못하고 나를 시켜 엄마를 불러 보라고 했다. 그럼 나는 기쁘게 고개를 끄덕이며 멀리 앉아 있는 엄마를 향해 "엄마! 이거 봐! 아빠가 나 앞에 태워 줬어!" 하고 소리치곤 했다. 엄마는 노트북을 보던 눈을 들어 나와 아빠를 바라보고는 맑게 웃었다. 손까지 흔들어 주었다. 아빠가 부릉, 하고 스쿠터를 운전하기 시작하면 조금 걱정되는 목소리로 "조심해요, 조심!" 하고 두어 번 소리쳤다. 그럼 아빠는 엄마 몰래 내 귓가에서 나직하게 하하 웃었다. 지금 와서 생각해 보면 아빠는 부끄럼쟁이가 아니었나 싶다.

아빠는 그렇게 나를 앞에 태우고 느릿한 속도로 공원을 두어 바퀴 돌았다. 엄마가 시야에 잡힐 때마다 한 손을 슬그머니 들고 주춤주춤 흔들어 보이는 것도 잊지 않았다. 사실은 늘 그런 에피소드의 반복이었으나 내가 추억하는 그날은 조금 새로웠다. 두 바퀴를 돌고 마지막으로 세 바퀴째 공원을 돌던 중, 돌연 무언가 집게손가락 만한 검은 것이 순식간에 코앞으로 다가왔다. 어라? 하고 생각하는 사이 그 검은 물체는 신이 나서 벌리고 있던 나의 입안으로 쏙 들어왔다. 컥, 하고 기침을 하기도 전에 입안에서 "매앰-" 하는 소리가 찌르르 울렸다. 내 평생에 그렇게 무섭고 소름이 돋았던 적은 없었다. 나는 그웨엑 하는 괴물 같은 소리를 내며 매미를 뱉어 내고 바로 아악 비명을 지르며 울었다. 아빠가 놀라서 온몸을 움찔 떨며 스쿠터를 세웠다. 저 멀리 앉아 있던 엄마는 혼비백산한 얼굴로 앞까지 뛰어 내려왔다. 나는 커헉 커헉 헛기침을 하고 우웩 구역질을 해 가며 차마 못 볼 꼴로 울어 젖혔다. 왜 그러냐는 아빠와 엄마의 물음에 대답할 수 있었던 것은 한참이 지나서 울음이 조금 그치고 난 뒤였다.

"흐엥… 매미가, 매미가~ 매미가 입안에~~ 부웅 하고…!"

말을 하다 말고 또 흐어엉 울어 버렸다. 등을 도닥이고 뺨을 끌어안으며 위로하던 엄마와 아빠가 돌연 동작을 멈추었다. 잠시 후, 아빠가 머리 위에서 푸후- 하고 웃음을 터뜨리는 소리가 들렸다. 엄마는 그런 아빠의 어깨를 때리며 애가 우는데 웃으면 어쩌느냐고 핀잔을 주었지만 그런 엄마야말로 얼굴에 웃음이 가득했다. 나는 부모님이 나의 고통과 소름에 동조해 주지 않고 웃는 것이 너무 서럽고 화가 나서 더 크게 앙앙 울어 젖혔다. 아까 그 매미를 찾아서 손날로 격파를 해 버리겠다고 소리, 소리를 질러 가며 울었다. 이상하게도 그럴 때마다 아빠와 엄마는 더 푸하하 웃어 댔다. 결국 나는 부모님이 조금 심각한 얼굴이 되어서 울음을 달래 줄 때시야 비로소 울음을 그쳤다.

그날 아빠는 공원으로 놀러 나올 때마다 엄마가 손수 쌌던 유부초밥의 마지막 조각을 내 입에 넣어 주었다. 본래 마지막은 늘 엄마의 차지가 되곤 했는데 말이다. 그야, 엄마는 이전에도 날 주라고 했지만 마지막 남은 맛있는 음식이 엄마의 입으로 들어가는 것은 우리 집의 법칙 같은 것이었다. 그것은 무뚝뚝한 우리 아빠가 엄마를 사랑하는 방법이었다. 그런데도 아빠는 그날, 그 불문율을 깨고 나의 입에 마지막 초밥을 넣어 주었던 것이다. 늘 먹는 초밥인데도 그 마지막 초밥은 특별했다. 초밥 덕에 매미를 입에 넣었던 극악한 기억은 추억해도 좋을 만한 기억이 되었다.

하여튼 매미 사건을 포함한 공원 데이트는 우리 가족의 몇 안 되는 추억 거리 중 하나였다. 그러고 보면 가족의 공원 데이트 역시 아빠가 엄마를 사랑하는 방법 중 하나였던 것일지도 모르겠다. 마지막 초밥 한 덩이처럼 말이다.

쾅 하는 소리가 들렸다. 파노라마처럼 머릿속을 스쳐 가던 장면들이 소리와 함께 부서져 내렸다. 연우는 감았던 눈을 떴다. 나나가 보이지 않았다. 매번 들고 와서 차곡차곡 쌓아 두었던 쇼핑백들도 보이지 않았다. 딱 나나만큼의 공간이 비어 있었다.

'나갔어? 완전히?'

어제 그렇게 못되게 굴어 놓고 한마디 말도 없이 나갔다고?

인간의 도리가 아니라는 생각이 들었다. 먹이고 재운 게 얼만데. 속에서 괘씸한 마음이 올라왔다. "너네 아빠는 다정하지 않나 봐" 하고 말하며 웃던 얼굴이 떠올랐다. 제멋대로 한숨이 푹 나왔다.

다정했던 아빠를 기억한다. 대회 때마다 경기 결과에 상관없이 저를 대견해 하던 모습을 떠올릴 수 있다. 큰 손으로 어깨를 두 번 툭툭, 머리를 세 번 쓱쓱 만져 주던 다정함이 아직 잊히지 않았다. 생일선물로는 항상 내가 원하던 것을 귀신같이 기억하고는 사다 주셨다. 성탄절 아침에는 교회 갈 시간이 되지도 않았는데 흔들어 깨우고는 산타가 선물을 놓고 갔으니 풀어 보라며 재촉하기도 했다. 부산 사나이인 당신이 마음을 양껏 표현할 수 있는 날은 어떤 기념일 같은 날이 제격이었다.

연우는 그때의 아빠와 지금의 아빠가 같은 사람이라는 것을 믿을 수 없다. 아마, 아빠도 그때의 나와 지금의 내가 같은 사람이라고는 생각할 수 없지 않을까. 아빠에 대해 추억하라면 참 여러 가지 일들을 떠올릴 수 있었지만 그중 어느 것도 지금의 아빠와 가까운 것은 없었다. 아빠도 마찬가지겠지.

슬픈 일이었다. 아주아주 슬픈 일이었다. 사고 이후로 옛날의 아빠를 떠올린 일이 별로 없었고, 떠올린다 하더라도 깊이 생각하지 않았기 때문에 그런 줄 몰랐다. 옛날의 아빠를, 옛날의 나를 되찾을 수 없다는 것은 엄마의 일에 대한 것과 별개로 비극이었다.

연우는 다시 눈을 감았다. 나나의 마지막 말이 머리에서 웅웅 울렸다.

12.

"김연우!"

박 코치의 우렁찬 목소리가 머리 보호구를 뚫고 들려왔다. 꼭 실전처럼 겨루기를 하던 선배 언니는 코치의 목소리를 듣지 못한 양, 발로 얼굴을 걷어차고는 "야! 코치님이 너 부른다"고 말했다. 연우는 목까지 차오르는 욕을 눌러 삼키고 보호구를 벗었다. 맞은 뺨이 얼얼했다.

"김연우!"

"네!"

"강창혁 선생님 오셨다. 나가 봐라."

시계를 힐끔 보니 2시 35분이었다. 제자랑 점심 먹겠다고 찾아온 것은 아닐 터였다. 능히 짐작이 가는 용건이라 입술이 댓 발 나왔다.

체육관에서 조금 멀찍이 떨어진 곳에서 담배를 태우던 강창혁은 연우를 발견하자 황급히 담배를 떨구었다. 얼굴에 띤 미소는 어색했다. 어젼

일이세요, 묻기도 전에 쌤이 입을 열었다.

"나나 아직 거기 있어?"

나나, 나나, 나나. 이젠 진절머리가 날 지경이었다. 쌤이 굳이 짚어 주지 않아도 하루에 수십 번 그 애를 생각한다. 마지막 날 저녁, 그 의심스러운 장면과 의도가 명백한 미소가 몇 번이고 리플레이 되었다. 생각의 횟수로만 친다면 연애를 한다고 해도 이만큼 진득하지는 않을 것이었다.

더욱이 불쾌한 것은 그 아이가 남긴 마지막 한마디가 계속해서 아빠를 떠올리게 한다는 것이다. 별것 아닌 말이 속을 뒤집었다.

"아뇨, 나간 지 며칠 됐어요."

그 순간 강창혁은 처음 보는 얼굴을 했다. 놀란 것 같기도 했고, 당황한 것 같기도 했다. 어쨌거나 그 중간쯤 되는 얼굴이었다.

"나갔다고?"

"네."

"아니, 왜?"

왜일까? 지레 찔린 것일까? 어쩌면 아빠라던 그 수상한 남자의 정체를 들킨 것이 돌연 그 아이를 두렵게 했을지도 모른다.

"모르죠."

덤덤하게 말했다. 강창혁은 험악한 표정으로 한숨을 푹 쉬었다.

"나나 아버지한테 나나는 지금 친구 집에 있으니 너무 걱정 마시고 아이가 마음을 열고 자발적으로 돌아올 수 있도록 차근차근 풀어 가는 게 어떻겠냐고 말씀드렸다. 그런데 계속 집에 돌아올 기색이 없으니 직접 찾으러 돌아다니시는 모양이다. 혹여 너한테 피해라도 갈까 봐 어디

사는 친구라고는 말 안 했지만…."

복잡한 기색이 역력한 담임을 보니 귀찮음과 동시에 문득 안쓰러운 마음이 들었다. 제자 잘못 만나 고생이 많으시다.

"차라리 실종신고라도 하라고 하세요. 그럼 좀 찾기 쉽겠죠."

가출을 밥 먹듯이 할 테니 관할 경찰서에서 신고를 받아 줄지는 모르겠지만. 강창혁은 대꾸 대신 한숨을 쉬었다. 돌아선 뒷모습에서마저 걱정 혹은 고뇌 같은 것이 느껴졌다.

보호구를 하나씩 풀어 정리하면서 연우는 다시 나나를 생각했다. 아니, 정확히는 인형 같은 외모로 퍽 수상한 짓을 하고 다니는 것 같은 그 애의 얼룩덜룩한 몸을 생각했다. 그 애가 우리 집을 찾아온 뒤로 서서히 옅어지기 시작했던 흔적을 떠올리지 않을 수 없었다. 점점 기분이 나빠졌다. 연우는 황급히 고개를 흔들어 생각을 떨쳐 냈다.

평소와는 다른 길을 택해 걸었다. 공원 뒤쪽으로 난 길을 밟은 기억은 아득했다. 그럼에도 굳이 낯선 곳을 선택해 들어가는 까닭은 공원을 몇 바퀴나 돌았는데도 분주한 마음이 가라앉지 않기 때문이었다. 낯선 길을 걸으면 혹여 길을 잃을까 싶어 신경을 쓰게 될 것이고 그 덕에 잡생각을 떨칠 수 있을 것만 같았다. 익숙하지 않은 풍경을 보면 조금쯤 다른 기분을 느낄 수 있지 않을까도 싶었다.

제법 괜찮은 선택이었다. 드문드문 불편한 생각이 예고 없이 쳐들어오기는 했으나 그럴 때마다 낯선 길목과 건물이 나타나 주의를 돌렸다. 늘 보던 낡은 빌라나 아파트가 아니라 옹기종기 모여 있는 주택가는 어디서

든지 볼 법했지만 특유의 복잡함 때문에 다른 생각이 들 때쯤에는 꼭 신경을 곤두서게 했다. 그러다 문득 언제까지 이런 방법으로 문제들에서 도망을 쳐야 하는 건가 하는 생각이 들었다.

연우의 걸음이 차츰 느려졌다. 터덜터덜 내딛던 발이 완전히 멈추고 나서야 연우는 주변을 쭉 훑었다. 처음 오는 동네였다. 언제 여기까지 들어왔나.

이렇게 피하기만 하는 것으로 결론이 나기나 할까. 끝이란 게 있기나 한 걸까. 하지만 틀렸다고 해도 별수 없다 하고 돌아설 때였다. 날카로운 소리가, 정확히는 유리 깨지는 소리가 귓속을 파고들었다. 근처에서 들리는 아찔한 소리에 연우는 그 자리에 우뚝 섰다.

"야! 이 썅년이 어딜 도망가!"

뒤를 잇는 소리는 유리가 깨지는 파열음보다 더 사납고 날카로웠다. 소리만 들어도 술 냄새가 풍겼다. 우당탕쿵쾅. 무언가 쏟아지고 무너지는 소리도 연달아 들렸다. 사방이 고요해서인지 그 소음은 꼭 철강소에서 나는 것처럼 요란했다. 간간이 섞여 들리는 욕설은 차마 입에 담지 못할 정도로 노골적이었다. 이거 신고를 해야 하는 거 아닌가.

공연히 핸드폰을 만지작거렸다. 차마 누르지 못하고, 선량한 시민의 역할과 무난한 일상 사이에서 갈등을 하고 있는데 마지막 일격이라도 날리듯 철컹, 쿵쾅쿵쾅 하는 소리가 들렸다.

연우가 서 있는 곳에서 고작 다섯 걸음 정도 떨어진 낡아 빠진 연립주택. 그 주택에 마치 짐짝처럼 붙어 있는 반지하에서 들려오는 소리였다. 그것은 성난 발자국 소리에서 대문을 힘껏 걷어차는 것으로 이어졌다.

누군가 밖으로 나오자 연우는 반사적으로 한 걸음 물러났다.

"어?"

처음 보이는 것은 분노를 가득 담아 내뻗은 다리였다. 때가 낀 노란 스니커즈가 낯익은 게 당황스러웠다. 노란 스니커즈와 매끈한 다리가 더 이상 움직이지 않는 것을 보니 상대도 연우를 알아본 것 같았다. 슬그머니 고개를 들어 대상을 바라보았다. 거참, 우연 치고는 지저분하다. 이런 식의 예상치 못한 만남이 전에도 있지 않았나.

"안녕, 나나⋯."

아무리 할 말이 없고 당황했더라도 이건 좀 아니지, 하는 생각이 말을 뱉고 나서야 들었다. 나나와 저 사이에 '안녕'이라는 살가운 인사가 가당키나 하단 말인가. 하지만 이마에서 피를 뚝뚝, 눈에서는 독기와 눈물을 발광하듯이 뿜어내는 저 애를 보고 어떤 말을 던져야 했단 말인가. 무슨 말이든 참 별로였을 것이다.

"여긴 어쩐 일이냐, 반장아."

한눈에 보아도 낯빛이 별로였다. 파랗게 질린 얼굴을 하고 있으면서도 태연하려 노력하는 기색이었다. 그러나 그런 노력마저도 저 안에서 들리는 욕지거리 – "썩을 년, 지 에미 닮아 개같이 굴지!" – 때문에 물거품이 되었다.

나나는 곧 바닥을 드러내 보이기라도 하듯이 한없이 고통스러운 표정으로, 그러나 마지막 남은 자존심은 지키고 싶은 것처럼 입술을 끌어올리며 웃었다.

"너랑 내가 닮은 게 뭔지 알아?"

너무 뜬금포라 대답할 타이밍을 놓쳤다. 연우가 아무 말이 없자 나나가 앞으로 저벅저벅 다가왔다. 일전에 집을 떠나던 날 밤 그랬던 것처럼 코앞에 멈춰 설 줄 알았는데 나나는 슥, 곁을 스쳐 지나갔다. 그러면서 한마디를 짧게 중얼거렸다.

"어디로든 도망치고 싶어 한다는 거야."

건조한 목소리가 귀를 파고들어 가슴으로 내려갔다. 말이 손이라도 달린 것처럼 가슴을 할퀴었다.

'어디로든 도망치고 싶어 한다는 거야.'

도망치고 싶다. 그 은밀한 비밀을 나나가 알고 있다.

연우는 일순 발가벗고 도로 한복판에 선 기분이 들었다. 누군가가 명동 중심지에서 확성기에 대고 "저 애가 지 엄마를 죽게 했어요! 쟤가 바로 가정 파탄의 주범이라고요!" 하고 소리를 지르는 것 같았다. 길을 가던 모든 사람과 쌩쌩 지나가던 차들도 모두 멈춰서 소리를 지르고 경적을 울려 대는 것 같았다. 온 세상 사람들이 자기를 향해 어찌 그러고도 멀쩡히 살아 있느냐, 어떻게 그 일을 덮고 도망이나 치려 하느냐고 비난하는 것 같았다. 그리고 그 무리의 중심에 아빠가, 자신이 도망쳐 온 아빠가 귀신 같은 눈빛으로 저를 바라보고 있었다. 아빠가 마른 입술을 움찔대다가 "너 때문이야!" 하고 버럭 소리를 질렀다. 엄마의 장례식에서 본 그 얼굴이었다.

환각인지 착각인지 모를 그 상상은 너무나 강력해서 차라리 그것이 현실 같았다. 손이 차가워지고 심장이 쿵쾅거렸다. 머리도 조금 아찔한 것 같았다.

"야! 너 잠깐만 서 봐!!"

못 들은 건지, 아니면 못 들은 척을 하는 건지 나나는 계속 걸었다.

"아씨, 저게 진짜!"

욕지기가 치미는 것을 삼키고 재빨리 뛰었다. 이런 상황에서까지 천천히 고아하게 걸어가는 나나를 잡는 것은 어렵지 않았다. 연우에게 어깨를 잡힌 나나는 매몰차게 손을 떨어냈다. 그러나 연우가 다시 한 번 어깨를 잡았을 때는 힘을 이겨 내지 못하고 돌아섰다.

"아 씨발, 별것도 아닌 게 운동부라고 힘만 세 가지고!!"

나나가 다짜고짜 욕을 했다. 노려보는 눈매의 끄트머리엔 눈물이 그렁그렁했다. 실핏줄이 툭툭 터져 붉은 눈이 아파 보였다. 무엇보다 이마가 찢어져 흐르는 피가 거슬렸다. 아까는 너무 당황하여 자세히 살필 수 없었던 나나의 처참한 몰골이 차츰 시선에 잡혔다. 이마뿐 아니라 부은 뺨과 헝클어진 머리도 참 못 볼 꼴이었다.

"볼일 없음 좀 놓지?"

"너 나에 대해서 뭘 아는 거야?"

"뭘 알든 말든! 아 썅, 좀 놓으라고!"

버럭 소리를 지르는 목소리 끝에 물기가 가득했다. 주변을 지나던 아주머니가 의심스러운 눈빛으로 이쪽을 쳐다보았다. 선뜻 다가와서 훈계하지는 못하고 도대체 누가 약자이고 강자인지를 살피며 걱정과 호기심 어린 눈을 반짝였다.

"지금 나랑 뭐하자는 건데? 놓으라고!"

"니가 어떻게 알아? 또 누가 아는데?"

"뭐! 니가 너희 엄마 죽게 하고 아빠 피해서 서울로 도망 온 거?"

섬뜩했다. 아빠가 처음 자기를 비난했던 그때처럼 머리가 펑 하고 터져 버릴 것 같았다. 그러나 머리가 터지기 전에 손이 먼저 나갔다. 주먹을 날렸다면 입안이 다 터졌겠지만, 그나마 다행스럽게도 나나의 멱살을 잡았다. 그 상태로 벽에 밀어붙인 게 좀 과했다 싶었지만, 갑작스럽게 차오르는 분노를 통제할 길이 없었다.

나나가 눈을 질끈 감고 윽 소리를 냈다.

"좋은 말로 할 때 입…"

"왜, 찔려?"

못돼 먹은 것. 남의 이야기를 들먹이면서 자기가 처한 상황을 모면해 보시겠다 이거냐? 너한테도 이런 비밀이 있으니 오늘 들킨 내 일쯤은 별것도 아니야, 뭐 이런 말을 하고 싶은 거야?

"놀고 있네. 찔리려면 니가 찔려야지. 뭐? 싸워서 생긴 상처?"

한껏 비꼬아서 가슴에 내리꽂자 나나는 잠시간 아무런 말도 하지 않았다. 연우는 이때를 놓치지 않겠다는 듯이 비아냥조로 말했다.

"그건 싸우는 게 아니라 맞는 거지. 그동안 센 척하느라 고생 많았다, 너. 동네 날라리들이랑 치고 박고 한 것처럼 큰소리 뻥뻥 치고 다니느라 수고 많았어. 씨발, 야 너 솔직히 말해 봐. 너 그렇게 만든 사람, 그거 너네 아빠지? 너 아빠한테 맞는 거지? 그런 주제에 나한테 너네 아빠는 다정하지 않느냐느니 그따위 헛소리를 지껄였어? 니 꼴이나 보고 말해. 안쓰러울 정도다, 진짜."

마음속으로 박혀 들어가는 상처가 나나의 치켜뜬 눈 위로 선명하게 떠올랐다. 잔인한 말이란 건 알고 있었다. 그런데 멈춰야지, 하면서도 멈출 수 없는 건 왜일까.

"나는 도망이라도 쳤지, 병신아."

솔직히 말해서 나나가 어떻게든 자기 팔을 뿌리치고 정강이라도 걷어 찰 줄 알았다. 평소 그 애가 보여 준 성격이나 깡다구를 생각하면 능히 그래야 했다. 그러나 나나는 힘없이 픽 웃었다. 예상치 못한 반응에 오히려 연우가 당황했다. 둘 사이에 잠시간 고요가 흘렀다. 점차 이성이 돌아오면서 연우가 팔에 힘을 풀었다. 나나는 아무 말 없이 연우를 밀쳐 냈다. 연우 역시 힘없이 물러났다. 비켜 주지 않으면 나나는 그 자리에서 깨져 버릴 것만 같았다. 그 애는 그런 위태로운 모습으로 곁을 지나쳤다.

나나가 그렇게 사라지고 연우는 터덜터덜 집으로 돌아왔다. 그러나 마음은 아까 그곳에 그대로 둔 채였다. 머리가 차고 뜨거워지길 반복했고, 정신은 부산과 나나의 집 앞을 오갔다. 모든 것이 심란했다. 비밀의 무게는 결코 가볍지 않았다. 모든 것이 무거웠고 슬프지 않은 것이 단 하나도 없었다. 그러나 무엇보다 무겁고 슬픈 것은 "어디로든 도망치고 싶어 한다는 거야"라는 말 한마디였다. 어디로든지 도망치고 싶어 하는 자기 처지와 마음이 가여워 견딜 수 없었다. 어쩌면 지금 이 순간 나나도 딱 저만큼 아플지도 모른다.

문득 울컥 치솟는 감정이 분노인지 짜증인지 아니면 연민이나 동정 같은 것인지 알 수 없었다. 나나를 떠올리자 마음이 그냥 그렇게 아팠다. 이상한 감각이었다.

*

그날 이후로 나나는 사라졌다. 마치 그것이 자신의 유일한 장기인 양 또다시 종적을 감춘 것이다. 나나가 또 사라졌다는 것을 안 건, 개학이 얼마 남지 않은 8월의 마지막 주였다. 나나의 비밀을 목격한 지 2주 만의 일이었다.

9월이, 개학이 성큼성큼 다가올수록 코치의 훈련 매뉴얼은 더욱 혹독해졌다. 훈련은 점차 더 빨리 시작해서 더 늦게 끝이 났다. 그날은 평소보다 빠른 오전 9시였다. 연우는 늘 그렇듯 학교 체육관으로 향하던 중이었다. 분주한 걸음을 저도 모르게 멈추게 된 곳은 학교와 집 사이에 있는 공원이었다. 요 며칠 이 공원을 볼 때면 자꾸 마음이 콕콕 찔렸다. 솔직히 말하면 나나가 신경 쓰였다. 개학이 얼마 남지 않았기 때문일지도 모른다.

어쨌든, 그 애 지금은 뭘 어쩌고 있을까?

"잠깐 들르는 것 정도야 뭐."

연우는 반대 방향으로 발을 내딛었다. 속으로 몇 번이나 '난 반장이니까', '반장이 잠깐 찾아가는 건데 뭐' 하는 변명 같은 생각을 했다.

'반장'으로 합리화하는 문장을 한 20개쯤 만들었을 때, 빈 술병이 여러 개 세워진 담벼락이 보였다. 이 안에서 나나가 나왔었다.

연우는 대문 앞에 서서 두어 번 심호흡을 했다. 여러 번 각오를 다지고 슬그머니 대문 안으로 발을 들이자 지하로 내려가는 계단이 보였다. 그 끝은 어두웠고 음침했다. 성경 어디엔가 나와 있는 '사망의 음침한 골

짜기'를 보는 것 같았다.

"술 냄새가 여기까지 나네."

연우는 인상을 확 찌푸리며 조심스럽게 계단을 내려갔다. 술병이 수북한 그 아래에서 현관에 귀를 대고 잠시 인기척을 느껴 보았다.

"역시 이 정도로는 모르겠어."

결국 쾅쾅쾅 문을 두드렸다. 아무런 일도 일어나지 않았다. 그래서 아까보다 조금 더 용기가 생겼다. 다시 한 번 쾅쾅쾅 문을 두드렸다. 안에서 유리병 여러 개가 부딪치는 소리가 들렸다. 연우가 몸을 찔끔 떠는 순간 걸쭉한 목소리가 들렸다.

"어떤 새끼가 새벽 댓바람부터 남의 집 문을 두드리고 지랄이야!"

새벽이라니. 핸드폰 액정에 떠오르는 시간은 벌써 9시 20분인데.

"안녕하세요, 저… 나나 있나요?"

"뭐? 나나? 뭔 또라이 같은 소리야? 그런 거 없어!"

노골적인 시비조의 목소리에는 짜증마저 담겨 있어서 조금 겁이 났지만 그보다도 황당함이 더했다. 지 딸 이름도 모르나. 무슨 아빠가 그러나 하는 생각이 들었다.

"쓰벌, 엄한 데서 고양이를 찾고 지랄이야."

빽 내뱉는 소리에 아차 싶었다. 나나는 본명이 아니었으니. 그 애의 아버지는 나나라는 생소한 별명에 고양이를 떠올린 모양이었다.

"아, 아뇨. 죄송해요. 저 한얼이 찾으러 왔는데요."

"뭐? 누구?"

"나한얼이오! 제가 반장인데…."

소리가 끊겼다. 안의 남자는 숨 쉬는 것조차 멈춘 것처럼 아무런 기척도 내지 않았다. 그러나 잠시 후 현관 유리에 얼핏 보면 육중하다 생각되는 살덩어리가 슬쩍 비쳤다. 곧 철컥 하고 문이 열렸다. 조그마한 틈새로 마주친 것은 술에 젖은 눈이었다.

"안녕하세요. 나나네, 아니, 한얼이네 반장인데요. 좀 있으면 개학이라서 들렀어요."

상반신을 탈의한 육중한 몸의 남자는 시뻘건 눈을 끔쩍거렸다.

"한얼이 안에 있나요?"

살짝 열린 문틈으로 새어 나오는 악취가 눈살을 찌푸리게 했다. 남자는 꺼억, 트림을 하더니 대답을 하지 않고 다시 눈을 끔쩍였다. 괜히 왔다는 생각이 들 쯤 해서야 남자는 고개를 살짝 저었다.

"그년이야 뭐 걸핏하면 집을 나가니…."

연우는 나나의 아버지라는 사람에게서 이상한 괴리감을 느꼈다. 거친 말투와 어딘지 착잡한 목소리에서 오는 괴리감. 붉은 눈과 힘없이 처지는 눈썹에서 오는 괴리감. 그런 거였다.

"아, 네…."

"친구냐?"

"예, 뭐, 친구… 그런 거죠."

"그 사나운 성질머리로도 친구가 있긴 하네."

나나의 아버지가 비꼬듯이 픽 웃었다. 그 얼굴이 나나와 조금 닮아 보였다. 처음으로 이 볼품없는 아저씨가 나나의 아빠가 맞구나 하는 생각이 들었다.

“그럼 이만 가 보겠습니다.”

“야, 너 그 애 친구라고?”

글쎄요. 여튼 여러모로 인연이 깊기는 하죠. 연우가 속으로 중얼거렸나. 제 딸을 마치 모르는 사람인 양 말하던 아저씨는 눈을 위협적으로 부라리며 말했다.

“걔한테 무슨 말을 들었는지는 모르겠지만, 나 별로 이상하게 생각할 것 없다. 내가 평소에는 점잖은 사람인데 술에만 취하면 퓐트가 살짝 나가거든. 아 그러면 씨발, 요령 있게 입 다물고 슬쩍 나가든지 할 것이지, 그 멍청한 게 성질은 사나워서 바락바락 대들기나 하고. 대들기는 어딜 대들어! 썅년이 지 에미 빼닮아 가지고. 사람 제정신 아닐 때 그러는데 손이 안 나가겠냐고!”

돌연 화를 낸다. 영문을 알 수 없었다. 연우는 눈치를 보며 가만히 서 있었다.

“뭐 여하간 나도 술 끊으려고 노력 중이니까 학교에다 이상한 말 흘리지 말어라! 한얼이 고년 보면 약이든 밥이든 좀 챙겨 주고!”

하마터면 허 하고 한숨을 내쉴 뻔했다. 제 딸을 향해 폭언과 폭행을 서슴지 않을 때는 언제고. 술 끊으려는 노력을 대체 어디서 찾을 수 있단 말인가. 지금 나랑 농담 따 먹기라도 하겠다는 건가.

연우의 머릿속으로 별의별 생각들이 우르르 스쳐 갔다. 결국 얼굴로 드러나는 어이없음을 채 숨기지 못하고 떨떠름하게 아, 예에… 하고 대답하기는 했으나 기분이 영 찝찝했다. 돌아가는 걸음은 들어올 때보다 더 힘겨웠다. 이럴 줄 알았다면 차라리 오지 말걸, 후회가 가슴을 쳤다.

그게 얼마 전의 일이었다. 그 뒤로 여태 나나의 그림자도 보지 못했다. 깨끗한 바닥에 엎지른 커피를 볼 때처럼 신경이 쓰였다.

'학교에는 나와야 할 것 아니야.'

설마 했는데 개학 당일에도 나나는 나타나지 않았다. 다들 그럴 줄 알았다는 듯 아무도 나나의 행방에 대해 궁금해 하지 않았다. 강창혁만이 걱정스러운 시선으로 자리를 바라보며 혀끝을 쯧쯧 찰 뿐이었다.

'하여튼 대책 없는 애라니까.'

방학 때와는 달리 분주한 교문을 지나며 연우는 중간 중간 뒤를 힐끔거렸다. 그럴 리가 없다는 것을 알면서도 어쩐지 노란 스니커즈 운동화가 저벅저벅 걸어올 것만 같은 느낌이 들어서였다.

13.

박민진, 김영아, 이현아, 최송화. 그리고 나한얼.

거슬리는 이름 옆에 하나씩 빨간 체크를 했다. 이 패거리 중 지각을 면한 애는 최송화 한 명뿐이었다. 개학한 지 얼마나 됐다고 벌써 지각들인지. 이래서야 저번 학기랑 달라진 게 하나도 없었다. 다른 애들은 그렇다 쳐도 개학하자마자 내리 무단결석을 하고 있는 나나는 좀 심하다.

연우가 찡그린 얼굴로 나나의 빈자리를 유심히 바라보았다. 옆자리에 앉아 있던 최송화가 연우의 시선을 느끼고 눈을 한껏 치뜨며 입술을 씹어 댔다. 제 친구들이 없으니 다짜고짜 시비를 걸기는 좀 그렇고, 눈을 피하기엔 불량 여고생의 자존심이 상하는 듯했다. 그런 최송화를 물끄러미 내려다보던 연우가 뭔가 결심한 듯 단호한 표정으로 다가갔다. 연우 옆에서 투덕투덕 장난을 치던 하나와 인경이가 "야, 왜 그래~?" 하고 조그맣게 연우를 불렀다. 그러나 연우는 아랑곳하지 않고 최송화의 앞까지 성큼성큼 걸어갔다. 책상 위에 탁 하고 출석부를 내려놓으니 최송화가 움찔했다.

"야, 최송화."

"뭐, 뭐!"

"얘 왜 학교 안 오냐?"

연우가 손가락으로 짚은 것은 출석부 위의 나한얼이라는 이름이었다.

"아, 썅. 그걸 내가 어떻게 알아!"

"너네 친구잖아."

물론 나나는 지 패거리들을 친구로 생각하지 않지만.

"친구면 뭐 전부 다 알아야 되냐?"

대체 왜 이렇게 쏴 대는 거야, 그냥 물어본 것뿐인데.

연우가 길게 한숨을 쉬었다. 순순히 물러날 조짐이 보이자 자신감을 얻은 것인지, 아니면 방금 전 움찔했던 것을 만회하려는 심산인지 최송화가 언성을 높였다.

"니가 뭔데 나나 일을 묻냐?"

"뭐긴 뭐야. 반장이지."

"유세는."

대꾸할 말조차 찾을 수 없는 억지에 저절로 눈살이 찌푸려졌다. 운동이라고는 숨쉬기 운동 빼고는 해 본 적이 없는 것 같은 말라깽이가 대체 뭘 믿고 저렇게 시비를 거는 걸까. 나나도 그렇고 최송화도 그렇고 저 성격 못 고치면 언젠가 한번 진짜 큰일을 치르게 될 것이다.

연우는 아무런 대꾸도 하지 않고 물러났다. 교무실에 출석부를 올려놓고 돌아오니 하나와 인경이가 소곤소곤 최송화를 욕하고 있었다.

"나나 없으면 아무것도 아닌 게 왜 저렇게 난리야?"

"연우야, 그냥 한방 먹여. 니가 자꾸 참으니까 쟤가 우습게 알고 저러는 거야."

"지저분하게 뭘 또 싸워. 쟤가 날 때리는 것도 아니고, 대놓고 욕을 하는 것도 아니고. 그냥 저런 애도 있구나 하고 넘어가면 되는 걸."

트레이닝복 지퍼를 쭉 올리고 도복을 챙기며 설렁설렁 말하는 모습이 정말 대수롭지 않아 보였다. 인경이와 하나가 박수를 짝짝 쳤다.

"짱 멋지다! 역시 김연우!"

"진심으로 나 방금 심쿵 했어. 김연우 같은 남자 어디 없냐?"

오두방정을 떠는 한 쌍이 퍽 재미있고 부러웠다. 하나와 인경이, 이 둘 사이에 굳이 끼어들 마음은 없지만 그래도 이런 관계가 좀 부럽긴 했다.

그때 인경이가 갑자기 정말 모르겠다는 듯 물었다.

"근데 진짜 왜 물어본 거야?"

"응?"

"나나 말이야. 갑자기 나나에 대해서는 왜 물어본 거냐고."

순간 뭐라고 대답해야 할지 몰라 입술만 달싹였다. 그냥 신경이 쓰이는 걸 어쩌란 말인가.

"그냥, 궁금해서."

"잉? 뭐가? 나나에 대해서 궁금한 것도 있어?"

"몰라. 그새 미운 정이라도 들었나 보지."

자기가 말해 놓고서 속으로 그 말을 몇 번이나 되새겼다. 미운 정이라.

정말 그럴지도 모른다. 그렇게 생각하고 나니 더욱 나나의 행방이 궁금했다. 그러나 누구도 나나에 대해 제대로 알지 못했다. 심지어 나나의 집과 그 아버지에 대해 알고 있는 사람도 자신이 유일하다는 것을 연우는 최근 깨닫게 되었다.

'윤리와 사상' 수업 때 있었던 일이다. 수업을 하던 강창혁이 갑자기 말을 멈추고 교과서를 덮었다. 그러고는 영원히 사라져 버린 것 같은 나나에 대해 물었다. 아무도 대답을 하지 못하자 그는 결국 나나 패거리에게 나나네 집이라도 다녀와 보는 게 어떻겠느냐고 권했다. 그 애들은 어딘지 조금 머쓱한 표정으로 "모르는데요, 걔네 집" 하고 대답했다. 강창혁은 뜨악한 얼굴을 했다.

"너네는 1학년 때부터 친구 아니냐? 근데 여태 집도 몰라?"

요즘 세상에 친구 집 모르는 것쯤이야 그렇게 놀랄 일도 아닌데 연우는 은근히 마음이 좋지 않았다. 나나가 무턱대고 자신의 집에 쳐들어왔던 그날, 지 패거리를 싸잡아 "걔네 친구 아니야" 하고 말하던 것이 떠올랐기 때문이다. 제 비밀을 감추려 얼마나 자신을 꽁꽁 싸매고 있었을까. 남에게 보이고 싶지 않은 비밀을 가지고 있다는 게 얼마나 힘든 것인지 잘 알고 있다. 힘들어서 버티고 버티다 한계가 오면 빵 터져 버리기 직전, 어디로든 도망치고 싶어진다. 그래서 가끔은 절간에 사는 스님들이나 성당에 사는 수녀님들이 부러워진다. 나나도 어쩌면 그런 곳에 가 있지는 않을까. 비구니나 수녀님이 된 나나는 도저히 상상이 안 되지만.

절에서 삼천배를 하는 나나, 성당에서 기도를 하는 나나를 몇 번 떠올려 보았다. 그러다가 문득, 심상치 않은 그 애의 미모 때문에 많은 수도 승과 사제들이 시험에 들 수도 있겠다는 잡스러운 생각도 들었다. 그러나 갑자기 들려온, 전설 속 사라진 악당처럼 구전으로만 남을 것 같았던 나나의 행방의 지점은 절도 성당도 아니었다. 소식을 가져온 이 역시 누구도 신경 쓰지 않았던 의외의 인물이었다.

"뭐?! 뭐라고 했냐, 김주현!"

조례가 시작하기 전이었다. 나나네 패거리 중 나나 다음으로 욕을 먹는 김영아가 갑자기 의자를 확 걷어차며 일어났다. 출석 체크를 하던 연우가 소란이 난 쪽을 바라보았다. 부반장 김주현이 사색이 되어 빳빳하게 굳어 있었다. 아침부터 이게 무슨 난리인가 싶었다.

"헐, 뭐야? 나나 없다고 더 나대네. 김주현이 뭘 잘못했길래?"

하나가 소곤소곤 물었다. 인경이는 자기도 모른다는 듯이 어깨를 으쓱했다.

"괜히 지 스트레스 풀려고 저러는 거 아니야? 그래도 나나 있을 때는 나나 눈치라도 봤는데. 이건 뭐 호랑이가 없으니 여우 새끼가 대장 노릇하는 격이지."

아이들은 갑작스러운 횡포에 숨을 죽이면서도 연우를 향해 은근한 시선을 보냈다. 어떻게 좀 해 줘, 반장. 저 패거리 손 좀 봐 줘, 태권도 특기생. 뭐 그런 시선이었다.

"뭐가 어쨌다고, 김주현?"

김영아가 다시 한 번 버럭 소리를 질렀다. 김주현은 몸을 움찔 떨더니 애써 태연한 척 대답했다.

"나나, 봤다고."

나나? 나나를 봤어? 어디서? 연우는 저도 모르게 몸을 반쯤 일으켰다. 김주현은 김영아가 얼굴을 찌푸리자 더 잽싸게 말을 이었다.

"홍대 갤러리 돌아다니다가 봤어."

"홍대 갤러리?"

김영아는 도무지 매치가 안 된다는 듯 반문했다. 그러나 연우는 나나를 발견한 그 장소가 어쩐지 그럴듯하게 느껴졌다. 알면 알수록 1차원적으로 표현하기는 턱없이 어려운 그 애와 갤러리는 이상하게 어울렸다. 다만, 대체 어째서 그 애가 거기에 갔는가 하는 것은 의문이었다.

김주현이 고개를 끄덕였다.

"응. 거기서 봤어. 근데 직접 본 게 아니라…."

"지금 나랑 장난하냐? 한 번에 똑바로 말하라고, 병신아!"

말이 끝나기도 전에 김영아가 버럭 성을 냈다. 정색을 한 얼굴이 사나웠다. 연우는 김영아처럼 화가 나지는 않았지만 김주현의 어깨를 잡고 흔들며 대체 무슨 말이냐, 제대로 좀 말해 봐라, 나나를 본 게 맞긴 한 거냐고 묻고 싶었다.

"아, 아니, 그게 아니라 그 갤러리에서 나나 사진을 봤어! 무슨 예술잡지 화보처럼 나오긴 했는데 나나 맞아. 확실해!"

김주현이 필사적으로 해명했다. 순간적으로 김영아는 어벙벙한 표정을 했다. 혼란스러운 것은 연우도 마찬가지였다. 갑자기 사라져서는 학교도 안 나오고 집에도 안 들어가는 애가 갤러리에서 사진으로 나타나? 이해할 수 없는 일이었다. 혹시 그 예쁜 얼굴 하나 믿고 연예계로 진출이라도 하겠다는 심산인가. 아니, 연예계로 나갈 심산이라면 기획사를 찾아갈 것이지, 왜 뜬금없이 사진작가의 카메라 앞에 섰단 말인가.

"헐 뭐야, 나나 걔 학교 안 다니고 뭐 모델 이런 거 하겠대?"

가만히 지켜보고만 있던 이현아가 불쑥 끼어들며 물었다. 그러나 누구도 대답해 줄 수 없는 질문이었다.

때마침 수업 종이 울렸다. 다들 뭔가 찜찜함을 가슴에 안고 자리로 돌아갔다. 연우는 한동안 볼펜을 딸깍거리며 무언가를 골똘히 생각하다가 쪽지를 써서 김주현에게 전달했다.

[그 홍대 갤러리 어디야?]

*

나나를 찍은 사진작가는 그다지 유명한 사람은 아니었던지, 홍대의 그 갤러리는 개인전이 아니라 여러 작가의 작품을 동시에 전시하고 있었다. 2층까지 사용하기는 했지만 좀 협소했다. 연우는 자신과는 생전 관련이 없으리라 생각했던 갤러리를 천천히 돌아다니며 사진 하나하나를 유심히 살폈다. 혹여 못 보고 지나치지는 않을까 해서였다. 오로지 단 한 장, 나나의 사진을 찾기 위해서였다. 미심쩍은 한마디와 보기 안쓰러운 꼬라지를 마지막 기억으로 남겨 두고 사라진 그 애의 행방을 조금이라도 잡고 싶었다.

"그 사진 속 여자애 진짜 예뻤지?"

"응. 무슨 신인배우 같더라."

여대생으로 보이는 젊은 아가씨 둘이 1층으로 내려오며 도란도란 이야기를 나눴다. 모 작가의 '시골풍경'이란 사진을 살피던 연우의 귀로 "신인 배우 같더라"라는 말이 꽂혔다.

연우는 여자들이 나온 곳으로 올라갔다. 2층 입구에는 유니크한 글씨체로 '인물사진－김경석, 오혜진, 박수아'라고 쓰인 간판이 붙어 있었다. 김주현이 제대로 알려 준 게 맞다면 여기서 나나의 사진을 볼 수 있을 것이었다. 사실 사진을 본다고 해서 무엇을 어찌할 수 있는 것은 아니었다. 그 생각이 이제야 들었지만 연우는 고집스럽게 사진을 하나하나 살폈다. 이게 뭐라고 긴장이 되는 것인지 스스로도 알 수 없었다.

"어?!"

연우는 저도 모르게 탄성을 내질렀다. 흑백사진 속 여자애는 상처투성이의 팔과 다리를 고스란히 내놓고 몸을 잔뜩 웅크린 채 눈물 어린 눈을 꼭 감고 있었다. 벽에 기댄 채 힘겹게 잠이 든 모습은 낯설면서도 익숙한 느낌을 주었다. 사진의 여자애는 의심할 여지 없이 나나였다. 제목도 '나나31'이었다. (왜 31이 붙었는지는 모르겠다. 나나의 다른 사진이 30장 정도 더 있나 했는데 전시장에서 찾을 수 있는 나나의 모습은 그것이 유일했다.)

사진은 슬펐다. 드러낸 상처와 알고 있는 사연 때문만이 아니더라도 슬펐다. 그냥 나나가 슬프고 아팠다. 눈앞에서 실제로 본 나나는 그렇지 않았는데 사진 속의 나나는 그렇게 느껴졌다. 작가의 이름 '김경석' 세 글자를 확인하고 다시 사진을 보는데 처음엔 발견하지 못했던 이마의 찢긴 상처가 눈에 들어와서 더욱 슬펐다.

연우는 한참 만에 사진에서 돌아서며 팸플릿을 하나 뽑았다. 그 팸플릿에 나나를 찍은 작가의 메일 주소가 있었다.

나나의 행방을 묻는 정중한 메일을 보내는 데는 시간이 제법 걸렸다. 몸 쓰는 것에만 익숙했지 글을 써 본 지가 까마득했다. 고작 짧은 메일 한 통이라고 해도 대통령한테 편지를 보내는 것처럼 어려웠다. 혹여 나나가 그 작가 곁에서 이 메일을 함께 읽을지도 모른다고 생각하니 더욱 그랬다.

TO. 김경석 작가님

작가님, 안녕하세요? 저는 서울 모 고등학교에 다니는 김연우라고 합니다. 다름이 아니라 오늘 홍대 ㅂ갤러리에서 본 작가님의 사진 모델이 제 친구인 것 같아서요. 나한얼이라는 친군데 통칭 '나나'로 불립니다. 작가님 사진의 제목처럼요. 근데 지금 그 친구가 학교도 안 나오고 집에도 안 들어가고 있습니다. 행방이 묘연하여 모두가 답답하던 차였는데 아무리 찾아도 코빼기 하나 안 비치던 그 친구가 작가님의 사진 속에 있어서 무례함을 무릅쓰고 메일을 보냅니다. 혹 지금 나나와 함께 계시거나 그 애의 행방을 아시는지요. 아시는 바가 있으시다면 아래 번호나 이 메일로 답장 부탁드립니다. 감사합니다.

들인 공에 비해 내용이 너무 간단했다. 뭔가 조금 딱딱해 보이는 것 같기도 했다. 특히 서두에 사용한 '친구'라는 표현이 조금 걸렸다. 연우는 그 단어를 지우고 쓰기를 반복했다. 그러나 그 말 말고는 딱히 관계를 표현할 만한 단어가 없어서 결국은 그대로 메일을 전송했다.

성의 있는 답장이 오리라는 기대는 없었다. 만약 여기서도 나나의 행방을 찾을 수 없다면 이젠 그런 애 따위야 어찌 되든 신경 끌 작정이었다.

14.

그날, '아빠'는 며칠 전 새로 뽑은 차라며 폭스바겐 자동차를 자랑했다. 나나는 차에는 눈곱만큼도 관심이 없었고 일단 굴러가기만 한다면 그 차가 마티즈든 폭스바겐이든 BMW든 아우디든 전혀 상관이 없었지만, 아빠가 새것 냄새가 가시지 않은 자동차에 저를 태우고 소명빌라 앞까지 데려다준 것은 좋았다. 다만, 그 앞에서 반장을 만난 것이 너무 예상 밖이었다. 나나는 폭풍처럼 요동치는 마음을 애써 숨기고 별일 아닌 것처럼 행동했지만 반장의 의심 가득한 눈빛을 마주한 순간, 결국 이 집에서도 나갈 때가 되었다는 것을 직감했다. 반장이 자신의 사정을 미주알고주알 알게 되거나 그 어떤 작은 것도 추측하게 하고 싶지 않았기 때문이다. 여하간 아빠를 반장의 집 앞까지 데려온 것은 제 잘못이었다. 나나는 다시는 그러지 말아야지, 생각하며 마저 짐을 챙겼다. 반장은 시끄러운지 몸을 몇 번 뒤척이기는 했지만 깨지는 않았다.

불현듯 찾아왔던 집을 마찬가지로 불현듯 나가는 일은 어렵지 않았다. 그러나 이전에 아빠들의 집이나 허울뿐인 친구들의 집을 나설 때만큼 쉽지도 않았다. 영문을 알 수 없는 아쉬움이 찝찝하게 따라붙었다. 그새 미운 정이라도 든 모양이었다. 그게 아니면 반장이 저 때문에 분해하는 꼴을 더 이상 볼 수 없다는 것이 퍽 아쉬운 것일지도 모른다.

"쯧."

현관문을 철컥 닫고 빌라 복도를 밟는데 괜히 허전해서 혀만 찼다. 그래도 뭔가 기분이 밍밍해서 닫힌 문 앞에서 가만히 손을 흔들어 보았다.

"안녕, 반장."

기분은 그대로였다. 말도 안 되는 소리기는 하지만 가슴에서 바람이 새어 나가는 것 같았다. 나나는 괜히 가슴께를 움켜쥐고는 천천히 돌아섰다. 낡은 소명빌라를 빠져나와 '그 집'으로 가는 걸음은 무거웠다. 나나가 오랜만에 그 집에 도착했을 때, 마침 아주 다행스럽게도 술이 깨 있던 나나의 아빠는 무안한 얼굴을 했다. 술에 영혼을 빼앗긴 채로 부렸던 패악이 생각난다면 응당 그래야지, 하고 나나는 생각했다.

"저 왔어요."

아빠는 심해처럼 어두운 눈으로 나나를 잠깐 보더니 머쓱하게 뒷목을 쓸며 고개만 끄덕였다.

'날 찾으러 학교에 찾아갔다는 말을 들은 것 같은데, 술 취해서는 거기까지 찾아가지도 못할 테니 딱 저런 어두운 꼴로 갔겠구나.'

일단 아빠가 술에 취해 있지 않을 때 들어왔으니 다행이기는 했지만 나나는 그 유효기간이 얼마나 짧은지 잘 알고 있었다. 그리고 아빠는 예상대로 얼마 지나지 않아 젖병을 찾는 아이처럼 술병을 쥐었다. 아빠는 술기운이 돌기 무섭게 나나에게서 엄마의 환영을 보았다. 매몰차게 집을 나가 버린 아리따운 여인의 환영에 사로잡힌 순간, 그는 눈앞의 재떨이를 움켜쥐었다. 속을 뒤엎는 분노는 알코올의 힘을 빌려 더욱 무자비해졌다.

—빡!

나나는 맞을 걸 알았지만 구태여 피하지 않았다. 그러나 참았던 눈물이 후두둑 떨어질 만큼 아팠다. 이마가 뜨끈한 게 맞은 자리가 찢어진 모양이었다. 이러다 언젠가는 저 인간한테, 아니 술귀신에게 옴팡 잡혀 죽겠다는 생각이 들었다. 나나는 살기 위해서라도 다시 여길 나가야겠다고 생각했다. 이를 악다물고 자리를 박차고 일어났다. 손에 핸드폰만 달랑 들고 쿵쿵 집을 나서는 나나의 뒤로 지저분한 욕지거리가 쏟아졌다.

"저… 저 망할 년! 야, 어딜 도망가!"

고함소리가 귓전을 때렸으나 돌아보지 않았다. 그러나 대문에 발을 내딛기 무섭게 나나는 도로 들어가 버릴 뻔했다. 이곳에서 마주치리라고는 상상조차 해 본 적 없었던 반장 김연우가 얼빠진 표정으로 서 있었기 때문이다.

"어?"

"안녕, 나나…."

너무 당혹스러워서 어떤 표정으로 무슨 반응을 해야 할지 알 수 없었다. 반장도 마찬가지인 것 같았다. 안녕, 나나라니. 이런 상황에 이 무슨 인사란 말인가.

기가 찼지만 멍하니 얼굴만 쳐다보고 있을 수도 없는 노릇인지라 그

와중에도 분명 몇 마디 말을 주고받기는 했는데 무슨 말을 했는지 전혀 기억나지 않았다. 나나의 온 신경은 태연한 척 가면을 뒤집어쓰고 그 자리를 벗어나는 것에만 쏠려 있었다. 간신히 그 자리를 벗어나고 난 뒤, 유일하게 기억할 수 있었던 것은 그 애를 지나쳐 가는 도중 어깨를 억세게 붙들려 돌려세워진 것과 너 정말 불쌍하다는 듯이 이야기하던 그 비비 꼬인 조롱뿐이었다.

퍽 정곡을 찔린 데다가 "나는 도망이라도 쳤지, 병신아" 하는 그 말이 찢긴 이마보다 더 아파서 달리 대꾸하지 못하고 자리를 피하기는 했으나 나나는 속으로 웅얼거렸다. '지도 아빠한테서 도망치려 발악하는 주제에.' 그러나 홧김에 웅얼거린 말은 위로는커녕 더 아프기만 해서 당황스러울 뿐이었다.

대책 없이 뛰쳐나온 나나가 도움을 요청한 사람은 사진작가 아빠였다. 여러 명의 아빠들 중 사진작가를 하고 있는 아빠에게 전화를 건 이유는 단순했다. 그는 가족이 없었다. 특별한 사정이 없다면 저를 데려가기에 여건이 제일 나은 사람이었다. 그는 나나가 "여보세요" 하고 말하기도 전에 "나나야!" 하고 반갑게 전화를 받았다. 나나는 찔끔 눈물이 나왔다.

"응 아빠. 지금 나 데려갈 수 있어? 나 갈 곳도 없고 돈도 없어."

"거기 어딘데?"

생각대로 아빠는 아무런 거리낌 없이 제게로 와 주겠노라 말하고는 전화를 끊었다. 한 시간쯤 기다리자 몇 번 본 적 있는 아빠의 회색 승용차가 제 앞에 섰다.

"나나야!"

뭘 하다 나온 것인지 지저분한 머리에 너무 언밸런스한 옷차림이었지만 이런 추레한 몰골의 중년 남자가 나나는 너무도 반가웠다. 그래서 차 문을 열고 들어가기 무섭게 아빠의 목을 끌어안았다. 그는 조금 당혹스러운 듯이 나나의 팔을 붙잡았으나 나나가 왕 울음을 터뜨리자 그저 등을 도닥여 주었다.

"왜 그래, 또."

"아빠—."

"이마는 또 왜…."

아빠가 아픈 부분을 찔렀다. 나나는 더 듣고 싶지 않다는 듯이 다시 한 번 흐아아— 하고 통곡했다. 그는 한숨을 푹 쉬더니 더 이상 묻지 않고 차를 출발시켰다. 아빠의 집이 있는 노원에 도착할 즈음에서야 비로소 나나의 눈물이 멈췄다. 아빠는 발갛게 부은 눈 언저리를 안타깝게 바라보았다.

"너 일단 좀 자라. 아니, 아니다. 병원이 먼저다."

"됐어요. 피곤해. 그냥 좀 쉴게."

찢어진 이마가 화끈화끈한 게 꽤 아팠다. 그러나 이렇게 기분이 엉망인 상태로 온통 아픈 사람들뿐인 병원에 가고 싶지는 않았다. 나나는 막무가내로 방에 들어가 벽에 등을 기대고 앉았다. 마음인지 몸인지 여하간 조금 추운 것 같아서 몸을 웅크렸다. 잠시 그러고 있자 조금씩 정신이 몽롱해졌다. 그 멍한 기분이 참 좋았다. 이대로 죽어 버리면 좋을 텐데, 문득 그런 생각이 들었다.

*

"날 오래 만나고 싶으면 뽀뽀 이상은 할 생각도 마. 아빠랑 딸은 그 정도가 딱 적당해."

이것이 나나가 아빠들을 상대하는 지론이자 철칙이었다. 나나는 잦은 가출로 인해 돈이 필요했으나 그렇다고 너무 막나가고 싶지는 않았다. 물론 정말 오갈 곳이 없어지고, 근근이 하는 단기알바도 끊어지면 나나의 이런 결심도 어찌될는지 모르는 일이기는 했다. 그러나 일단 나나의 마지노선은 딱 그 정도였다.

나나가 그 마지노선을 합의할 수 있을 정도의 아빠들을 고르는 것은 생각처럼 복잡한 일은 아니었다. 나나는 중년 남자들이 많이 드나드는 인터넷 카페에 가입해서 순진 가련하고 불우한 여고생이 어른의 조언을 구하는 척, 고민 글을 올렸다. 그 떡밥으로 알게 된 남자들 중 철저히 골라낸 네 명의 아빠들은 존경과 신뢰가 바탕이 되어야 하는 명예 직종 대학교수, 오랫동안 충성한 회사에서 수년간 쌓아 올린 직위를 무너뜨릴 수 없는 모 기업의 부장, 아직 무명에 가까우나 늘 명예를 탐내는 예술인 사진작가, 고생고생 하여 취업에 성공한 터라 절대로 일자리를 잃고 싶지 않은 결혼 적령기의 회사원이었다. 이 아빠들은 그저 딱한 처지의 어린 여고생을 위로하고 싶었을 테지만 나나가 넌지시 "나도 아저씨 같은 아빠가 있었으면 좋았을걸" 하고 말한 순간부터 조금, 마음이 바뀌었던 것이다.

처음엔 이게 무슨 마음일까, 어리둥절해 하면서 기분 나쁜 부도덕감을 느끼겠지만 나나와 실제로 두어 번 만나 밥을 먹는 사이 그들은 저도 모르게 나나를 사랑하게 되는 것이다. 그리고 그때부터 관계가 본격적인 궤도에 올랐다. 나나는 아빠들의 감정을 이용해 먹는 자신도 못돼 먹은 계집애고, 어린 학생을 사랑하는 아빠들도 부도덕한 어른이라고 생각했다. 이미 결혼한 아빠들을 대할 때넌 간혹 그 가족들에 대한 가여운 마음이 들기도 했으나 그것이 나나를 불편하게 하지는 않았다.

이러한 패턴은 2년간 단 한 번도 실패한 적이 없고, 아빠들은 늘 룰을 지켰다. 이 관계가 알려지면 더 큰 타격을 입는 게 자신이라는 걸 알기 때문인지 결코 지저분하게 굴지도 않았다. 어쩌면 조금이라도 미심쩍으면 경찰서로 가겠다는 나나의 엄포가 제법 무서웠는지도 모른다.

"그랬는데 말이지…."

나나가 작게 중얼거리자 은근슬쩍 하얀 허벅지 위에 손을 올리던 아빠가 움찔, 손을 떨었다. 양심에 찔리면 수작을 부리질 말던가.

"뭐해, 아빠?"

눈을 깜빡거리며 아빠를 가만히 쳐다보았다. 그의 얼굴 위로 수많은 갈등이 지나갔다.

"청소년 보호법 몰라?"

일부러 생글생글 웃으며 말하자 아빠가 질렸다는 얼굴을 했다. 그는 머쓱하게 손을 치우고는 주춤주춤 자리에서 일어났다.

"가서 먹을 것 좀 사 올게. 뭐 먹고 싶은 거 있어?"

마지못해 말하는 그의 표정은 '이건 뭔가 불공평해'라고 말하고 있는 것 같았다. 괘씸했다.

"먹고 싶은 건 없고 필요한 건 있어요."

"뭔데."

"호신용 스프레이."

아빠의 얼굴이 뻣뻣하게 굳었다. 나나는 바닥을 치며 깔깔 웃었다. 아빠는 한숨을 푹 쉬더니 내가 알아서 사 올게, 하고 집을 나갔다. 박장대소를 하던 나나는 아빠가 나가자마자 바닥에 굴러다니는 만 원짜리를 챙겼다. 돈이 있던 자리에는 메모지를 두었다.

[나 돌아가요. 경찰서 안 가니까 쫄지 말고 머리 좀 식혀요. 연락하지 말구요. 영원히 안녕.]

무슨 일이 있을지 모르니 더 이상 이 집에 있을 수 없었다. 현관문을 여는 나나의 손이 덜덜 떨렸다. 방금까지 잘 숨겼던 두려움이 확 몰려왔다. 나나는 급히 밖으로 나갔다.

"미치겠네, 진짜. 이젠 또 어디로 가."

한참을 무턱대고 걷기만 했다. 다른 아빠들을 호출하자니, 누가 또 어떤 마음을 먹을지 모른다는 생각이 들어서 무서웠다. 이런 일은 처음이라 더 오싹했다.

"집으로 다시 가야 하나…."

아니, 그랬다가는 이번에야말로 맞아죽을지도 모른다.

어찌할까 계속 고민하고 있는데 핸드폰이 지잉, 울렸다. 아까부터 계속 사진작가 그 사람한테서 전화가 왔었다. 쭉 안 받으니 이젠 포기했나 보다 했는데 무슨 미련이 남았는지 카톡까지 보낸다.

나나는 '한 번만 더 연락하면 경찰서 갈 거예요' 하고 답장을 보낼 요량으로 카톡을 확인했다.

[내가 잘못했다, 나나. 당장은 어렵더라도 나중에 화 풀리면 연락하렴. 그리고 지금 당장 갈 곳이 없다면 김연우라는 니 친구한테 연락해 봐라. 나한테 메일이 왔었다.]

너무 뜬금없는 이름이 들어 있어서 나나는 잠깐 머리가 멍해졌다. 김연우라니.

개학 이후, 학교에 나가질 않아서 여러 사람에게서 연락이 오기는 했다. 카톡도 전화도 모두 씹고 행방을 알리지 않았지만 누가 연락을 해 왔는지는 얼추 안다. 그중에 김연우는 없었다. 그 애가 연락을 했더라면 그것참 이상하다고 생각했을 거였다. 그런데 그 이름이 어떻게 이 사람에게서 나올 수 있을까.

"뭐야, 이게."

너무 어이가 없어서 헛웃음이 다 나왔다. 나나는 급히 김연우의 번호를 찾았다. 그러나 통화 버튼을 누르기 직전, 다른 생각이 들었다.

'이왕 이렇게 된 거 일단 얘네 집으로 다시 가야겠다.'

반장네 집을 나온 것은 치부를 더 들키고 싶지 않았기 때문이다. 그러나 이미 도망쳐 나오는 꼴까지 모두 들킨 마당에 뭐가 무서워서 피하나 싶었다. 이제 더 이상 반장에게는 감출 것도 없었고, 감출 수도 없었다.

그렇다면 그냥 이용하는 편이 나았다.

'될 대로 되라지.'

그렇게 생각하는 게 차라리 속 편했다.

15.

쾅쾅쾅—!

대체 누가 이 시간에 문을 두드려! 하고 생각하던 차였다. 잠이 슬슬 깨면서 소리가 생각보다 가까운 곳에서 들린다는 것을 알았다.

'어, 뭐야. 우리 집이야?'

연우가 벌떡 몸을 일으켰다. 일단 시간을 확인했다. 새벽 2시였다. 혹시 취객인가. 니 집 내 집 분간 못 할 정도로 취해서 남의 집 문을 두드리는 건가.

"누구세요!!"

버럭 소리를 지르자 잠깐 문 두드리는 소리가 멈췄다. 그 잠깐의 정적이 은근히 공포감을 주었다. 연우는 슬금슬금 문 앞으로 다가갔다. 용기 내서 한 번 더 "누구신데요!" 하고 소리를 지르자 곧 대답이 돌아왔다.

"나야, 반장!"

나야가 대체 누군가 싶었으나 따라붙는 반장이라는 말에서 이 목소리가 익히 알고 있는 사람의 것임을 알았다. 나나였다. 연우는 앞뒤 더 생각할 것도 없이 잠금장치를 풀고 철컥철컥 문을 열었다. 이 시간에 웬일일까 하는 궁금증보다도 뭔가 반가운 마음이 더 컸다. 꼭 죽었다 살아온 사람의 소식을 듣는 것 같았다. 이상한 일이었다.

"안녕, 반장."

열린 문으로 나나가 보였다. 밀가루 반죽처럼 하얀 피부에 이국적인 연갈색 눈동자까지 모두 그대로였다. 내가 혹시 나나를 좋아했던가라는 생각이 들 정도로 반가운 기분이 들어서 당황스러웠다.

"좀 들어간다."

"하-?"

손에 핸드폰만 달랑 들고 꼭 어디서 도망 나온 듯한 꼬락서니를 하고 있으면서도 자초지종을 설명할 생각은 없어 보였다. 이전에 쳐들어왔을 때랑 별반 다를 바가 없었다.

연우가 기가 막히다는 듯이 탄성 같은 한숨을 쉬었으나 나나는 꼭 제 집인 양 안으로 들어왔다. 여자애가 홀로 거리를 헤매기에는 매우 위험한 시간인지라 연우도 하는 수 없이 이 불법 침입을 용인했다. 나나는 들어가자마자 싱크대 수납장 안에서 라면을 꺼내고 물을 끓였다.

"야, 여기가 너네 집이냐?"

"드럽게 쪼잔하게 군다. 속으론 내가 나타나서 안심하고 있으면서."

냉장고에서 계란까지 꺼내며 빈정대는 말투로 중얼거렸다. 속으로는 안심하고 있다니, 그건 또 무슨 말인가.

연우는 나나를 보자마자 저도 모르게 조금 반가운 기분이 들었던 기억을 억지로 지우며 일부러 정색을 했다.

"뭐래. 너 나르시시즘 있냐? 세상 사람들이 다 날 좋아하는 게 분명하다거나 뭐 그런 거."

나나가 픽 웃었다. 그러더니 라면을 끓이다 말고 고개를 슬쩍 돌려 연우를 쳐다보았다.

"너 나 찾는 메일 보냈었다며, 우리 아빠한테."

가늘게 접히는 눈매가 천생 여우였다. 얄미워 죽겠다. 연우는 속이 확 달아오르고 얼굴이 화끈해지는 것을 느끼며 괜히 다른 곳을 쳐다보았다. 나나가 하하 하고 웃었다.

"너 귀엽다, 반장아."

이 애는 항상 이런 식이었다. 싸가지 없게 굴다가도 묘하게 친근하게 굴곤 했다. 친구 아니라고 부인했던 지 패거리 애들에게도 분명 이런 식일 터였다. 만일 대상이 남자였다면 밀당도 이런 밀당이 없다고 느낄 것이다.

"입 다물고 라면이나 끓여. 그리고 넌 그 '아빠'라고 부르는 사람이 대체 몇 명이나 되는 거냐?"

"4명. 진짜 아빠는 빼고. 반장아, 상 좀 펴 봐."

4명이라는 기막힌 말에 혀를 내두를 틈도 주지 않고 나나는 방구석의 상을 가리켰다. 내친김에 김치도 좀 꺼내라는 말도 덧붙이면서. 연우는 주섬주섬 상을 펴다가 문득 내가 이 시간에 왜 이러고 있나 하는 생각을 잠깐 했으나 어쩐 일인지 이전처럼 불쾌하지는 않았다. 나나는 이전과 똑같이 막무가내였음에도.

“4명? 미쳤냐, 너? 대체 그 물주들은 어떻게 찾는 거냐?”

“왜? 반장도 필요해? 그런 아빠?”

이 싸가지 없는 게─!

연우는 주먹으로 상을 쾅 내리쳤다. 괜찮다 싶으면 이따위로 본색을 드러내서 지 점수를 깎아먹지! 대체 뇌가 어떻게 생겨 먹은 거야?

“성질은. 그냥 너나 나나 비슷한 처지니까 해 본 소리야.”

“너, 남의 가정 파탄 내면 벌 받아. 어지간히 해라.”

“라면 맛 잡치게 꼭 그따위 말을 지껄여야겠어?”

나나가 젓가락으로 냄비 바닥을 콱 찍으며 성질을 냈다. 적반하장도 유분수지, 무작정 쳐들어와 라면까지 끓여 먹고 있는 주제에 퍽도 당당하시다.

“듣기 싫어하는 걸 보니까 나쁜 일인지는 아나 보네. 엄한 사람 피해 주는 것도 그렇지만, 너한테도 무지 안 좋다, 그거.”

“내가 왜 너한테 훈계를 들어야 하는지 모르겠는데, 알면서도 어쩔 수 없는 일이란 게 있고, 남의 가정 뭐 그런 것까지 생각할 여유가 없거든, 내가.”

나나는 라면을 후루룩 먹었다. 연우는 뭐라고 더 핀잔을 주려다가 일전에 술병이 가득한 집에서 뛰쳐나오던 찢어진 이마의 그 소녀가 생각나서 그만두었다.

“근데 반장아, 너 그 ‘아빠’는 어떻게 알고 메일을 보냈냐?”

“뭐?”

"사진작가 김경석 말이야."

아, 사진작가 김경석.

자신이 '친구' 운운해 가며 메일을 보냈던 일이 떠오르자 공연히 낯부끄러웠다. 사라진 나나가 신경 쓰여 갤러리까지 갔던 일을 밝히고 싶지 않았다. 나나는 연우가 아무런 대답 없이 라면을 꾸역꾸역 밀어 넣자 흐응, 하고 콧소리를 내며 웃었다.

"너 나 스토킹하냐?"

"컥!!"

콜록콜록 기침을 몇 번 하고 나서야 겨우 진정이 되었다. 나나는 그런 연우를 가만히 보다가 기어코 쐐기를 박는 한마디를 던졌다.

"아우~ 이젠 여자한테까지 인기네. 피곤해 죽겠다, 진짜."

"돌았냐?"

나나는 눈을 크게 부라리고 언성을 높이는 연우를 보며 재미있어 죽겠다는 듯이 깔깔대고 웃었다. 연우는 기분 잡쳐서 더는 못 먹겠다며 젓가락을 내려놓았고 나나는 여전히 쿡쿡 웃으며 불기 시작한 라면을 마저 흡입했다.

그날 아침, 연우는 아침 9시가 다 되어서야 눈을 떴다. 갑작스럽게 쳐들어온 나나 덕에 새벽 3시가 다 되어서야 잠이 들었던 데다가 마음이 영 싱숭생숭한 탓으로 이런저런 개꿈까지 꿔서 느지막하게 눈을 뜬 것이었다. 7시부터 시작하는 아침 훈련은 고사하고 학교 수업까지 늦었다.

"아씨, 쌤한테 깨지게 생겼네."

팔다리를 활짝 펴고 옆에서 쿨쿨 자고 있는 나나가 괜히 얄미웠다. 라면 국물까지 후룩 들이켠 주제에 조금도 붓지 않은 얼굴도 영 거슬렸다. 그리고 또 한 가지 눈에 밟히는 것은 반창고를 붙여 놓은 이마였다.

'전에 봤을 때 피가 꽤 많이 났었는데….'

애를 뭘로 때렸으면, 하고 생각하던 중이었다. 꽉 닫혀 있는 나나의 눈꺼풀이 움찔했다. 깼는가 싶어 빨리 일어나라고 옆구리를 쿡쿡 찔렀다. 아직 졸음이 가득한 눈동자가 저를 빤히 올려다보았다.

갑자기 나나가 씩 웃었다. 잠에서 깬 직후라서 그런지 가식 없는 깨끗한 웃음이다. 그 애 답지 않게 순박해 보이기도 했다. 나나는 조금 쉬고 갈라진 목소리로 말했다.

"내가 좀 예쁘긴 하지?"

연우는 눈을 찡그리며 자리에서 일어났다.

"예쁜 애들이 다 죽었냐?"

"뭔 개소리야. 길만 걸어가도 연예 기획사, 모델 에이전시에서 뻔질나게 명함을 뿌리는구만."

"개소리는 니가 하는 게 개소리고. 아 얼른 일어나! 9시야! 학교 안 가냐?"

나나는 으그그- 하고 괴상한 소리를 내며 기지개까지 켜고 나서야 느릿느릿 움직였다. 그래도 학교에 갈 마음은 있어 보여서 연우는 더 재촉하지 않았다.

나나의 등장은 반을 발칵 뒤집었다. 나나 패거리는 말할 것도 없고, 나나와 친하게 지내고 싶어 하던, 그래서 가끔 친한 척을 하며 반을 들락거리던 다른 반 애들까지 나나를 보고 갈 정도였다.

"이게 웬 난리냐."

아까 몰려왔던 11반 여자애들 서넛이 나나에게 아양을 떨다 돌아가는 걸 보고 있던 하나가 중얼거렸다. 연우도 이건 좀 과하지 않은가 싶었다. 전에도 결석을 밥 먹듯 했지만 이런 유난은 또 처음이었다.

"아마 그 소문 때문일 거야."

갑자기 인경이가 알겠다는 듯이 말했다.

"소문? 무슨 소문?"

"전에 김주현이 나나 사진 봤다느니 뭐라느니 했잖아. 그거 때문에 쟤 연예인 데뷔 직전이라고 소문났어. 안 그래도 캐스팅 매니저들이 나나 데려가려고 혈안이었잖아."

"쟤는 그저 얼굴 하나 잘 타고나서 호강하는구나. 아오, 열 뻗쳐! 나는 쟤 연예인 되면 1호 안티다, 안티!"

"그냥 신경 꺼. 그게 속 편하다."

연우는 그렇게 말하며 자리에서 일어났다. 점심시간이 끝나 가니 곧 오후 훈련을 해야 했다. 아침 훈련도 못 한 터라 몸이 찌뿌둥했다.

교실을 나서는데 마침 담임이 오고 있었다. 강창혁은 막 자려고 엎드리는 나나를 다짜고짜 교무실로 호출했다. 나나는 사근사근하게 웃으며 군소리 없이 따랐지만 연우만큼은 이제 저 미소의 80퍼센트가 가식인 데다가 빈정거림의 일환이라는 것을 알았다.

'저 계집애 저거, 쌤한테라도 좀 얌전히 굴면 좋겠는데.'

그간 담임이 얼마나 나나에게 신경을 썼는지 누구보다도 잘 알기에 연우는 저도 모르게 혀를 찼다. 양심이 있으면 조금이라도 사근사근하게 굴겠지 하고 생각했으나 스스로도 별로 가능성 없는 추측이라고 느꼈다.

국가대표 선발전이 11월이었다. 연우는 그때까지 지방 5킬로그램을 빼야 했고, 근육은 늘려야 했다. 테크닉도 완벽하게 다듬어야 했다. 온 신경을 11월 선발전에 집중해도 부족하건만, 오후 연습에 들어가기 직전 확인한 핸드폰이… 정확히는 핸드폰에 남은 부재중 전화의 기록이 심히 거슬렸다. 머릿속을 찝찝하게 했던 나나의 일이 해결되었으니 이젠 한시름 놓겠구나 싶었는데 나나 때문에 잠시나마 잊고 있었던 아빠가 전화를 한 것이다. 부녀지간의 연을 간신히 잡고 있는 한 달 한 번의 연락. 그것이었다.

"언제까지 이렇게…."

언제까지 아빠 때문에, 우리 가족 때문에 이토록 심장이 서늘하고 괴로워야 할까.

"죽겠다, 진짜."

불평은 항상 저도 모르게 새어 나오곤 했다. 샌드백에 머리를 대고 복잡한 심정을 정리하고 있는데 박 코치가 지나가면서 말했다. "휴식시간 5분 남았다." 연우는 잠시 고민하다가 구석에 둔 핸드폰을 급히 챙겼다. 차라리 빨리 처리해 버리자.

늘 똑같은 말을 주고받고 그저 괴로운 심정으로 전화를 끊었다. 아빠는 대체 무슨 생각을 하면서 전화를 받을까? 아버지로서의 도리는 해야겠는데, 제 딸이 바로 자기 아내를 죽게 만든 장본인이라는 것이 떠올라 괴로울까? 그런 생각을 하면 간담이 서늘해서 견딜 수가 없었다. 결국은 다시 도망을 가는 것밖에는 답이 없었다.

"쉬는 시간 끝! 다들 어서 움직여!"

박 코치가 호루라기를 삑 불며 소리쳤다. 땀을 뻘뻘 흘리며 주저앉아 있던 학생들이 느릿느릿 일어났다. 연우도 복잡한 기분을 날려 버리려 자세를 고쳐 잡았다. 그런데 저쪽에서 체육관을 가로지르며 천천히 다가오는 나나가 보였다.

"어?"

한참 수업 중일 시간이었다. 게다가 저 가느다란 애가 어쩐 일로 체육관에 나타난 것인지 알 수 없었다.

연우뿐 아니라 코치를 비롯한 다른 학생들도 나나를 흘깃거렸다. 너무 성큼성큼 걸어 들어와서 누구도 제지할 생각을 못 하고 멍하니 쳐다만 보았다. 나나는 연우 쪽으로 걸어오고 있었다. 박코치는 나나가 거의 근처까지 오고 나서야 그 애를 막았다.

"지금 태권도부 훈련 중인데 무슨 일이지? 지금 수업시간 아닌가?"

나나는 예의 그 가식적인 미소를 생긋 지어 보였다.

"선생님이 잠깐 반장 좀 데려오라고 하셔서요."

"반장? 누구?"

"김연우요."

나나가 연우를 빤히 쳐다보았다. 코치는 못마땅한 얼굴로 마지못해 빨리 다녀오라고 말했다. 허락이 떨어지기 무섭게 나나는 연우에게 따라오라는 눈짓을 하고 성큼성큼 걸어 나갔다. 연우는 영문도 모른 채 헐레벌떡 나나를 따라갔다. 나나는 체육관을 나서자마자 걸음을 멈추더니 연우를 휙 돌아보았다.

"너 언제 끝나?"

"갑자기 그건 왜?"

"그냥."

나나는 사근사근한 표정을 하고 물었으나 어쩐지 진심으로 웃는 것처럼 보이지는 않았다. 아니, 오히려 뭔가를 숨기려 할 때 이 애는 저렇게 웃었다. 눈을 과하게 접고 이가 보이지 않게 입꼬리만 살짝 올렸다.

"뭔 일 있냐?"

"뭔 헛소리야. 너야말로 표정 완전 구리거든?"

정곡을 찔리면 발끈하는 것은 나나의 성격이었다. 아까 담임한테 무슨 안 좋은 말이라도 들은 것일까?

"왜 또 시비야."

방금 아빠와 통화를 마친 터라 피곤한 기색을 감출 길이 없었다. 연우가 눈가를 꾹꾹 누르며 인상을 썼다.

"강창 쌤이 나 부른다는 건? 그건 거짓말이냐?"

"알면서 뭘 물어봐."

"그럼 왜 거짓말까지 하면서 사람 불러낸 건데? 무슨 일이 있는 게 아니면 뭐야, 그냥 심술이야?"

나나는 연우를 물끄러미 바라보았다. 할 말을 찾는 듯, 잠시 그렇게 있던 나나는 곧 퉁명스럽게 말했다.

"무슨 일은 없는데 기분은 별로야. 혼자 있기는 싫어. 그러니까 시간 맞으면 같이 가자고."

나나를 알고 난 뒤로 단 한 번이라도 이 애가 약한 소리를 하는 걸 들어 본 적이 있었나? 항상 못된 웃음으로 속을 감추거나 아예 대놓고 성질을 부리던가 하는 것만 봐 왔다. 그런 나나가 저더러 "같이 가자"고 하다니.

나나는 연우가 대답은 않고 그런 이상한 소리는 처음 듣는다는 표정으로 자신을 보자 눈살을 찌푸렸다.

"표정이 왜 그따위야?"

"아니. 아무것도 아니야. 나 국대 선발전이 얼마 안 남아서 늦게 끝나. 갈 데 없으면 집에 먼저 가 있든지."

연우는 나나가 제 집에 머무는 것을 순순히 허락했다. 나나가 자기 집으로 돌아갈 사정이 안 된다는 것을 알고 있었고 아빠들을 쫓아다니며 가정 파탄의 주범이 될 법한 일을 하게 두고 싶지도 않았기 때문이다. 또 어쩐 일인지 나나가 전처럼 막 거슬리기만 하지도 않았다.

그러나 나나는 연우의 호의를 순순히 받아들이지도, 그렇다고 거절을 하지도 않았다.

"됐어. 그 삭막한 집구석에 혼자 있어 봐야 기분만 잡치지. 너 들어갈 때 카톡해."

연우는 잠자코 고개를 끄덕였다. 오늘 같은 날이라면 집에 아무도 없는 것보다 누구라도 있는 편이 나을 것이었다. 오늘은 아빠와 통화를 한 날이니까.

연우는 수업시간임에도 전혀 개의치 않고 학교 정문을 휘적휘적 빠져나가는 나나의 등을 멀거니 바라보았다. 평범한 걸음이었지만 왜인지 필사적으로 보였다.

나나는 무엇으로부터 도망을 치고 있는 것일까? 역시 아빠의 학대일까? 문득 그런 생각이 들었다.

16.

박 코치가 이만 들어가도 좋다고 한 것은 6시쯤이었다. 그러나 연우는 강도 높은 훈련을 좀 더 이어갔다. 도복이 꼭 물에 담근 것처럼 축축해지고 이젠 정말 못 하겠다는 생각이 들었을 때는 이미 9시였다. 체육관을 나오니 야자를 마친 아이들이 우르르 쏟아져 나왔다. 연우도 그 틈에 섞여 집으로 향했다.

"이러다가 태권도계의 김연아 되는 거 아니야?"

연습 동기는 다르지만 연습량만 따져 본다면 태권도계의 김연아, 못 될 것도 없지 싶었다. 언젠가 아주 유명한 선수가 되서 인터뷰를 한다면 "거기까지 갈 수 있었던 동기가 뭡니까?"라는 질문에 잠시 고민하다가 "부모님이오" 하고 대답하는 자신을 상상해 보았다. 그 대답의 진정한 의미는 아빠와 나만 알 것이었다.

마음이 복잡하다는 핑계로 공연히 집 주변을 두어 바퀴 돌고 나자 시간은 금방 10시가 되었다. 내일 훈련도 있으니 이제 슬슬 들어가야지, 하고 연우는 집 방향으로 몸을 돌렸다. 그러나 그 순간 마치 일부러 연우의 발목을 잡듯이 '카톡' 하고 알림음이 들렸다. 핸드폰을 확인해 보니 인경이가 보낸 카톡이 와 있었다.

[연우야, 대박~!!]

연우는 너무 피곤해서 답장을 할까 말까 고민하다가 지금 답장을 하지 않으면 까먹을 것 같아서 답장을 보냈다.

[왜? 뭔데?]

[여기 CGV 앞인데 나나 목격!]

[ㅋㅋㅋ 그게 뭐?]

[나나 꽐라 돼서 어떤 아저씨가 부축해서 데려가고 있어!]

"이 미친…!"

저도 모르게 욕이 치밀었다. 카톡으로 '확실히 나나 맞냐'고 치고 있는데 인경이가 사진을 한 장 찍어 보냈다. CGV 앞 술집 '술독' 앞에서 누가 봐도 술 취한 모양새로 웬 중년 남자에게 고꾸라지듯 기댄, 나나였다.

[야, 대박이지?! 근데 이거 신고해야 되는 거 아니야?]

연우는 곧바로 인경이에게 전화를 걸었다. 신호음이 몇 번 가고 인경이가 격양된 목소리로 전화를 받았다.

"진짜 대박이지! 나 살 거 있어서 잠깐 근처 아트박스 들렀는데, 나오다가 나나 딱 본 거. 야, 이거 원조 아니야? 나나 개 미쳤나 봐!"

"인경아, 내가 거기로 갈게. 나나 어디 다른 데로 새는지 잘 봐 줘. 걔 그대로 두면 안 될 것 같다."

"어? 뭘 그렇게까지? 아니, 것보다 너 얼마나 걸리는데? 벌써 10시라 나도 집에 가야 돼."

연우는 아까 기분이 별로였던 나나를 떠올리며 급히 뛰었다.

"금방 가! 버스 타면 15분이면 도착해!"

그 계집애가 갑자기 안 어울리게 '같이 가자'느니 '혼자 있기 싫다'느니 할 때부터 알아봤어야 했다. 뜬금없이 언제 끝나냐고 물었을 때부터 이상했다. 무슨 일이 있었던 게 분명했다.

'그냥 보내는 게 아니었어.'

괴로워 죽겠다는 그 아이의 사인을 대수롭지 않게 생각했던 것이 무척이나 후회가 되었다.

연우가 CGV 앞에 도착하자 인경이가 초조한 얼굴로 연우에게 손을 흔들었다. 턱 끝까지 차오른 숨을 헉헉 내뱉는 연우에게 인경은 우다다 말을 쏟아 냈다.

"연우야, 나나 걔 진짜 미친 거 같아. 아니, 연예인 준비한다고 소문도 난 애가 이 번화가 한복판에서 아저씨랑 팔짱 끼고 돌아다니는 게 말이 되냐? 그것도 미성년자가 술에 절어 가지고! 진짜 미친 거지. 그렇지 않고서야 지 인생 바닥으로 내모는 짓을 사서 하겠냔 말이야!"

"헉– 헉– 그래서 걔 어디로 갔는데?"

"15분쯤 전에 준코락 노래방으로 들어갔어."

바로 맞은편에 있는 노래방이었다. 연우는 번쩍번쩍 빛나는 간판의 노래방이란 글자를 불길한 것을 보듯 잠시 바라보았다. 나나가 술에 잔뜩 취해서 웬 아저씨와 함께 들어갔다는 것만으로도 그 노래방이 꼭 흉악의 근원지 같았다.

연우는 말리는 인경이를 서둘러 보내고 노래방 안으로 성큼성큼 걸어 들어갔다. 카운터를 지키는 청년이 보던 만화책을 내려놓고 "저기요!" 하고 연우를 불렀으나 연우는 막무가내로 안을 휘저었다. 방마다 돌며 '신곡차트100' 따위가 붙은 유리창 안을 힐끔거리던 연우는 여섯 번째 방 앞에서 주춤했다. 멀끔한 얼굴의 중년 남자가 이미 시대가 지난 오래된 노래를 열창하며 그 올드한 멜로디와 진부한 리듬에 흔들흔들 춤까지 추고 있었다. 조금 더 자세히 안을 살피자 구석 의자에 앉아 있는 여고생이 보였다. 박수까지 쳐 가며 깔깔 웃고 있는 정신머리 없는 그 여고생은 나나였다.

연우는 앞뒤 잴 것도 없이 방문을 열었다. 점잖은 얼굴을 하고서 춤을 추던 아저씨가 당혹스러운 표정을 지었다. 연우는 그런 남자를 향해 눈을 부릅떴다. 나나가 먼저 수작을 부렸든 아니든 간에 여고생을 만취시켜 노래방에 데려온 파렴치한 어른에 대한 경멸의 시선이었다. 어안이 벙벙해진 남자가 뭘 어찌할 새도 없이 연우는 나나의 팔목을 잡아끌었다.

"아이씨~~ 너 뭐야아~~? 이거 안 놔~?"

"지금 내가 너를 니 인생의 마지노선에서 구한 거나 마찬가지니까 입 다물어라."

나나는 집까지 끌고 와서 안에 던져 넣고 억지로 냉수를 먹이고 나서야 조금 조용해졌다. 될 대로 되라는 식인 이 애의 행태가 다시 생각해 보아도 어이가 없었다. 멍하니 바닥을 보는 내리깐 눈과 술기운에 벌건 얼굴을 나무라듯 바라보다가 저도 모르게 쯧, 혀를 찼다. 가식적인 미소로 숨기지 않은 나나의 얼굴이 퍽 피로해 보였던 것이다.

"대체 무슨 일인데? 그사이에 또 뭔 일이 있었길래 그러고 돌아다녀?"

나나는 대답하지 않았다. 대신 무슨 영문인지 천천히 얼굴을 일그러뜨리더니 눈물을 뚝뚝 흘렸다. 별 다른 행패가 없길래 주사는 없구나 했는데 우는 게 주사였던가.

"가지가지 한다. 뭘 잘했다고 우냐?"

나나는 한마디도 하지 않고 계속 울었다. 흑흑 흐느끼며 우는 모양새가 너무 가녀리고 서글퍼 보였다. 평소엔 세상 무서운 것 없는 듯이 굴던 나나가 이토록 무력하게 우는 것을 보는 게 이상하고 불편했다. 아무리 강한 척, 아무렇지 않은 척을 해도 나나의 마음은 저와 같은 열여덟 살이라는 사실이 새삼 다가왔다.

연우는 어찌할 바를 모르고 주춤대다가 나나 옆에 쪼그리고 앉았다. 누군가를 위로해 본 일이 별로 없었고 그마저도 까마득했다. 그런데 나나는 계속 울었다. 저절로 한숨이 나왔다. 연우는 조용히 나나의 등을 도닥였다.

어쩐지 울음소리가 더 커지는 것 같았다. 한참을 엉엉 울던 나나는 시간이 훌쩍 지나고 나서야 서서히 울음을 그쳤다. 연우는 코를 훌쩍이는 나나에게 휴지를 가져다주었다.

"이제 좀 진정이 되냐? 너 그러다 실신한다고. 근육도 하나 없이 비리비리해 가지고."

나나는 아무 말 없이 코를 팽 풀었다.

술을 먹은 데다 울기까지 했으니 내일 머리통이 깨질 듯 아플 게 분명

했다. 드라마나 영화에서 보면 보통은 그러지 않던가. 어쩌면 필름까지 끊길지도 몰랐다.

연우는 잔뜩 인상을 쓰고 냄비에 물을 받았다. 냉장고 구석에 처박아 놓은 오래된 콩나물도 꺼냈다. 아빠가 술을 마시고 들어온 날이면 엄마가 끓이곤 했던 콩나물국을 끓일 요량이었다. 저 성질 사나운 계집애는 맛이 없으면 먹지 않을 테니 간도 신경 써야 할 것이었다.

"아 진짜. 나도 피곤해 죽겠는데 대체 내가 왜…."

"반장아."

연우가 냉동고에서 멸치를 꺼내며 구시렁구시렁 불평을 하던 차였다. 뒤에서 나나가 기운이라고는 눈곱만큼도 없는 목소리로 연우를 불렀다. 지금까지 단 한마디도 않고 울기만 하던 애가 입을 열자 등골이 찌르르 울렸다. 고개를 돌려 바라보자 나나는 한없이 서글픈 눈을 하고 저를 바라보았다.

"왜."

엉엉 운 것은 나나인데 왜 제 목이 쉬었는지 모르겠다. 어쩌면 물에 젖은 연한 갈색빛 눈동자 때문일지 모른다.

"뭐, 왜."

연우가 재촉하자 나나는 제 다리를 감싸 안은 팔에 뺨을 기대며 연약하게 웃었다.

"있잖아, 내가 사람을 죽였대도 말이야."

"뭐?!!"

연우가 버럭 소리를 쳤다. 경악으로 물든 연우의 얼굴을 보며 나나는 손사래를 쳤다.

"아니, 만약에 말이야" 하고 중얼거리는 그 애의 목소리에는 기운이라고 할 게 전혀 없었다.

"그랬대도 날 사랑해 줄 단 한 사람, 누구나 갖고 있는, 그런 부모가 없다는 게 가끔은 죽을 만큼 아파. 괴롭고 외로워."

연우는 귀와 눈을 틀어막고 싶은 충동을 느꼈다. 나나의 아픔을 더 이상 아는 것이 두려웠다. 그러나 그와는 별개로 나나의 말을 듣자 불현듯이 가슴에 치미는 뭔가가 저를 더 불편하게 했다. 나나는 그런 연우의 사정을 전혀 고려하지 않고 피곤에 부르튼 입술을 오물오물 움직였다.

"어떤 상황에서도 사랑으로 울어 주고 웃어 줄 수 있는 그런… 그런 엄마나 아빠가 없다는 게 참, 나는 참…."

나나는 말을 끝내지 못하고 무릎에 얼굴을 묻었다. 다시 촉촉 젖어드는 나나의 말꼬리 속에서 연우도 울고 싶은 기분을 느꼈다. 그러나 한번 울기 시작하면 도무지 쉽게 멈출 수 있을 것 같지 않아서 무심한 척 몸을 돌렸다. 나나는 돌아선 연우의 등에 대고 동의를 구하듯 물었다.

"너는 알지? 반장아, 너는 그게 어떤 마음인지 알지?"

그 순간 가슴에서 일렁거리던 것이 울컥 목 끝으로 치솟았다. 흐윽, 하는 짧은 신음이 잇새로 흘러나오자 연우는 꾹, 입술을 다물었다. 그러나 결국 눈물이 차오르는 것은 어찌할 수 없었다.

17.

룰을 깨 버린 사진작가 아빠를 버리고 김연우에게로 돌아가면서, 또 오랜만에 다시 학교를 나가면서 나나가 강창혁의 호출과 질문 공세를 예상하지 못했던 것은 아니었다. 어쩌면 기합을 동반한 반성문 내지는 절대 무단결석을 하지 않겠다는 서약서를 작성하라고 할지도 모른다고도 생각했다. 그런 우스운 벌칙은 전혀 무섭지 않았다. 나나는 나름대로 무단결석을 할 수밖에 없었던 여고생의 시나리오를 세 개쯤 짜 놓고 있었다. 강창혁은 점심시간에 직접 반에 들러서 무서운 얼굴로 나나를 호출했다. 나나는 당당하게 교무실로 따라갔다. 한숨을 쉬며 자리에 앉은 강창혁은 잠시 눈을 지그시 바라보더니 무거운 목소리로 말했다.

"쌤이 단도직입적으로 물을게. 너희 부모님… 뭐하는 분들이시냐."

호통으로 시작할 줄 알았던 말의 첫머리는 변명을 준비해 온 것이 무색할 만큼 잠잠했다. 나나가 잠시 주춤하자 강창혁은 말투를 한층 누그러뜨렸다.

"쌤이 너희 아버지한테 여러 번 전화했거든? 근데 열에 여덟은 만취 상태시더라."

심장이 찌르르 했다. 만취한 아빠가 전화로 무어라 말했을지, 나나는 보지 않아도, 듣지 않아도 알 수 있었다. 머리가 다 아찔했다.

"집에 찾아가 보기도 했다."

강창혁이 말에 마침표를 찍고 나나를 빤히 보았다. 타고난 인상이 워낙 험악한 그 얼굴은 뭔가를 더 말하고 싶은 듯이 보였다. 아마도 거기서 술에 찌든 인생의 실패자를 보았을 것이다. 동네가 떠나가라 욕설을 내뱉으며 창피한 줄도 모르고 난동을 부리는 그런 술 괴물을.

생각이 거기에 이르자 당장 한강 다리 아래로 뛰어들고 싶어졌다.

"그런데요?"

"오해하지 말고 들어. 쌤 생각에는 이젠 니가 결정을 해야 할 때인 것 같다."

"무슨 결정요?"

강창혁은 아무 말 없이 서랍에서 팸플릿 몇 장을 꺼내어 책상에 늘어놓았다. 나나는 맨 위의 것부터 천천히 훑어 내려갔다.

'가족상담센터', '알코올중독 상담, 입원치료', '꿈을 꾸는 청소년, 꿈땅', '○○청소년 장학', '청소년 위탁가정, 하랑'. 팸플릿을 확인하고 처음 머릿속을 스친 말은 욕이었고 처음 느낀 감정은 분노였다. 나나는 그것을 감추려 하지 않고 담임을 쳐다보았다. 강창혁 역시 한 치의 물러섬 없이 나나를 직시했다. 파직, 하고 보이지 않는 스파크가 튀는 것 같았다.

"나한얼."

별명이 아니라 실명을 부르는 음성은 꾸짖듯이 착 가라앉았음에도 말투만큼은 부드러웠다. 강창혁이 나나의 손을 꽉 잡았다.

"무작정 도망가는 거… 별로 좋은 방법 아니야."

바둑판에서의 예리한 한 수 같았다. 나나는 처음으로 대꾸할 말을 찾지 못하고 입술을 꾹 깨물었다. 그 순간 이상하게도 나나의 머릿속에서는 반장 김연우가 떠올랐다. 그게 너무 이상해서 가슴이 울렁거렸다.

나나는 도망치듯 교무실을 나왔다. 책상 위에 주르륵 늘어선 팸플릿들이 눈앞에 자꾸 아른거렸다. 도무지 교실에 들어갈 기분이 들지 않아서 무작정 아래층으로 내려갔다. 마침 1층 가사실이 비어 있었다. 방금 전까지 수업을 했던 것인지, 고소한 빵 냄새가 풍기는 오븐기 아래에서 나나는 숨을 골랐다. 뜨겁다 차갑다 하는 가슴은 오븐기에 남아 있는 온기와 아직 스며 있는 고소한 냄새에도 쉽게 가라앉지 않고 계속 울렁거렸다. 토하고 싶다고 생각할 즈음, 김영아에게서 카톡이 왔다.

[너 어디임? 땡땡이 중?]

잘됐다 싶었다. 나나는 김영아에게 카톡을 보냈다.

[ㅇㅇ 땡땡이. 나 가사실인데 내 가방 좀 가지고 내려와라. 5교시 시작 전까지.]

학교에 남아 있을 기분이 아니었다.

[가방? ㅇㅋ 알았어.]

나나는 김영아의 답장을 확인하고 무릎에 얼굴을 묻고 가만히 눈을 감았다. 아무것도 생각하고 싶지 않았다. 얼마 후 김영아가 가져온 것은 나나의 가방만이 아니었다. 그 애는 자신의 양 옆에 이현아, 박민진, 최송화까지 주렁주렁 달고 내려왔다. 다들 교실에 있어야 할 가방을 둘러멘 상태였다.

"뭐하는 거야?"

"너 간만에 학교 왔는데 혼자만 땡땡이치게 둘 수는 없지~."

"맞아~! 야, 우리 땡땡이치는 김에 여기 앞에 있는 셀바 가자!"

김영아의 말에 박민진이 맞장구를 쳤다. 무리의 분위기는 이미 다함께 땡땡이를 치고 학교 앞 셀바에 가서 고기를 뜯는 것으로 돌아가고 있었다. 나나는 처음에는 '이것들 봐라?' 싶었지만 가만히 생각해 보니 딱히 나쁠 것도 없었다. 혼자 있는 것보다는 그래도 여럿인 게 기분전환에 낫겠지.

이미 지들끼리 합의를 본 애들이 저를 빤히 바라보았다.

"좋아, 가자."

이 애들과 실없는 농담이라도 주고받다 보면 열혈선생의 주제넘은 참견 따위는 잊혀지려나. 그래, 어쩌면 그럴지도 모른다고 나나는 스스로를 다독였다.

1인 12,900원의 셀바는 3시 30분이라는 애매한 시간에도 사람이 북적거렸다. 다들 겨우 자리가 나서 들어가 앉자마자 다시 우르르 몰려나가 고기를 잔뜩 가져왔다. 배가 고프지는 않았지만 나나도 우삼겹이나 항정살을 구워 야금야금 집어 먹었다.

"나나야, 근데 너 진짜 연예인 해?"

최송화가 그렇잖아도 큰 눈을 더욱 크게 뜨고 물었다. 나나는 자기에게 달라붙던 캐스팅 매니저들을 떠올리며 픽 웃었다.

"헐, 헐! 야 너 뭐야! 진짜로? 진짜로 연예인 해?"

까짓 거 하라면 못할 것도 없었다. 노래나 연기에 소질이 있는지는 모르지만 얼굴로 70퍼센트는 먹고 들어갈 수 있을 거였다. 광고 하나 잘 찍으면 인생 대박의 길에 들어설지도 모르는 일이고. 아주 어릴 때는 예쁘단 말을 하도 들어서 배우나 모델을 하겠다는 생각도 잠깐 했었다.

"뭔 개소리야. 그런 거 안 해."

하지만 공인이 된다면 어느 누구든지, 그 어느 시점에라도 나나라는 여학생의 부끄러운 가정사와 그간의 행적을 멋대로 파헤쳐서 흠집을 낼지 모를 일이었다. 다른 것은 다 소문으로 그치고 묻어질지 모른다고 쳐도 단 하나, 나나가 제일 감추고 싶은 자신의 아빠만큼은 어떤 형태로든 세상에 드러날 것 같았다.

"아~ 왜?? 솔직히 너 정도면 할 만해!"

"맞아, 맞아. 니가 이연희보다 예뻐!"

"난 신민아보다 나나가 낫다고 본다."

예쁘다는 말은 나나에게 있어서 그저 '밥 잘 먹었니?' 하는 식후 인사와도 같은 익숙한 것이었지만 그렇다고 질리거나 시시하지도 않았다. 나나는 적당하게 웃어넘기려 했다. 그러나 최송화가 끈질기게 "왜~ 해라, 응? 해~" 하고 귀찮을 만큼 졸라 대서 나나는 조금 짜증이 났다.

"아빠가 싫어해."

되는 대로 대꾸하고 고기를 뒤집었다.

"아빠가 딸을 너무 아끼시나 보다."

최송화가 말을 했고 이현아가 거들었다.

"우리 아빠도 나 이쁘다고 난린데 나나네 아빠는 오죽하겠냐? 아 진짜 우리 아빠 존나 귀찮음. 10시 넘어서 들어가면 진심 개 혼나. 오빠새끼는 12시 넘어도 암말 안 하면서. 그리고 화장하고 다닌다고 완전 뭐라 그러고. 나 그리고 전에 학교 땡땡이친 기 걸렸다가 진심 맞을 뻔했어."

"너네 아빤 그래도 예쁘다, 예쁘다 해 주면서 잔소리하지? 우리 아빤 그냥 잔소리만 해. 우리 아빠 예전에 직업군인이었잖아. 씨발, 빽하면 정신머리 뜯어고쳐야 된다고, 여군 들어가라고 난리야. 공부 좀 하라고, 공부 안 할 거면 여군 입대해서 삶에 대해 생각 좀 해 보래. 애가 꿈도 없이 산다고 얼굴만 보면 잔소리를 해 대는데…. 와, 사람 돌겠더라."

10시만 넘어가도 연락이 오는 아빠, 공부해라 잔소리를 하고 학교에 빠지면 화를 내는 아빠. 꿈은 있냐고 묻는 아빠….

고기가 가슴께에 턱 걸린 것 같았다. 화끈한 무언가가 아랫배를 짓눌렀다. 찌릿찌릿 통증이 왔다. 나나는 고기를 뒤집던 집게를 가만히 내려놓았다.

"진짜 귀찮아 뒤지겠음. 내 걱정 좀 그만하라고!"

"니가 걱정하게 살잖아. 담배부터 끊어."

이현아가 깔깔 웃으며 대꾸하자 나나를 뺀 모두가 푸하하 웃었다.

"너나 잘해, 이현아! 지도 존나 막장이면서 사위 남 말 하시네."

"무식한 것. 사돈 남 말이지!! 이러니 너네 아빠가 널 걱정하지!"

나나도 따라 웃을 작정으로 입술을 올려 보았다. 그러나 어쩐 일인지 습관처럼 짓던 미소가 지어지질 않았다. 담임에 이어 바로 연타를 당했기 때문일까.

"야, 나 속 안 좋다. 먼저 갈래."

"어? 너 갑자기 왜 그래?"

"나나, 너 괜찮아?"

나나는 서둘러 가방을 메고 자리에서 일어났다. 표정이 안 좋은 게 눈에 보였는지 애들은 두어 번 괜찮냐고 물어왔을 뿐 나가는 것을 크게 말리지는 않았다. 만일 계속 붙잡았더라면 꺼지라고 신경질을 냈을지도 모른다.

처음에 나나는 아빠들에게 연락을 하려고 했다. 그러나 핸드폰을 드는 순간, 김연우가 떠올랐다. 반장을 만나고 싶었다. 왠지 그 애를 봐야 할 것만 같았다. 이상한 마음이라는 생각이 들었지만, 나나는 무작정 김연우가 훈련 중인 체육관으로 쳐들어갔다. 그러나 막무가내로 찾아가서 만난 김연우는 눈썹을 살짝 찡그리고 곤란하다는 듯이 고개를 저었다.

"나 국대 선발전이 얼마 안 남아서 늦게 끝나. 갈 데 없으면 집에 먼저 가 있든지."

그 애는 저를 홀로 돌려보내려 했다. 나나는 은근히 빈정이 상한 데다가 그 텅 빈 집에 홀로 들어가 있기도 싫어서 "됐어. 그 삭막한 집구석에 혼자 있어 봐야 기분만 잡치지. 너 들어갈 때쯤 카톡해" 하고 대꾸하고는 그냥 돌아섰다. 역시 아빠들을 호출해야겠다 싶어서 폰을 확인했는데 안타깝게도 그새 방전이 되어 있었다.

"재수가 없으려니."

나나는 어디선가 들어본 머피의 법칙 따위를 떠올리며 근처 영화관의 뒷골목으로 갔다. 예상대로 많은 애연가들이 모여 있었다. 당당히 교복을 입고 그곳에 낀 사람은 나나 한 명뿐이었지만 전혀 개의치 않았다.

담배를 언제 처음 배웠더라? 중학교 졸업 즈음이었던 것 같다고 나나는 회상했다. 멋있어 보이려, 센 척하느라 피는 애들이 더러 있었으나 나나의 동기는 그렇지 않았다. 나나가 담배를 시작한 이유는 '나를 이렇게 만든 건 당신이야' 하고 아빠를 몰아붙이고 싶어서였다. 우습기 짝이 없지만 그것이 나나가 담배를 피우게 된 동기였다.

한때 나름 잘나가던 야구선수였던 아빠는 어느 날 연습 도중 어깨를 움켜쥐고 마운드에 주저앉았다. 투수가 가장 조심해야 할 어깨에 문제가 생긴 것이었다. 의사는 선수로서의 생명은 사실상 끝났다고 봐야 한다는 경악스런 소릴 담담하게 지껄였다. 아빠는 그 사실을 결코 담담하게 받아들일 수 없었다. 그리고 엄마는 담담히 새로운 살 길을 찾지 못하는, 차라리 그뿐이면 좋았을 텐데 거기에 더불어 주구장창 술만 퍼마시고 물건이나 박살 내는 그런 아빠를 덤덤하게 받아들일 수 없었다. 어릴 적부터 외모가 근사해서 근방 남자들을 여럿 울렸다는 엄마는 미모며 몸매가 처녀 때처럼 훌륭해서 타고난 것들을 잘만 활용한다면 얼마든지 삶의 행보를 바꿀 수 있었다.

늘상 여왕처럼 떠받들어지는 것에 익숙했던 엄마는 자기가 공주를 낳은 왕비가 아니라 일일 연속극에서나 볼 법한 애 딸리고 늙어 가는 매맞는 여자라는 것을 깨닫고는 영영 집을 나가기로 결정했다. 술에 취해 자는 남편을 힐끔 돌아보고, 구석에서 달달 떠는 열 살짜리 어린 딸을 가여운 듯 바라보던 엄마는 어린 나나의 뺨을 쓰다듬었다.

"안녕, 나나."

가물가물하지만 나나의 기억 속에서 엄마는 울고 있었다. 나나는 엄마의 '안녕'이 무엇을 의미하는 것인지를 어렴풋하게 느꼈다. 울듯이 눈을 찡그리며 엄마의 옷자락을 잡으려고 팔을 뻗었다. 그러나 퉁퉁 부은 그 얼굴을 보는 순간 아빠가 술을 마시고 엄마에게 손찌검을 하는 장면이 생생하게 떠올라, 결국에는 엄마를 잡지 못했다. 그러나 엄마가 사라지고 더 정신을 못 차리는 아빠를 보면서 나나는 종종 그날 엄마를 잡지 않은 것을 후회했다.

그때의 어린 여자아이가 지금 영화관 뒷골목에서 교복을 입고 뻐끔뻐끔 담배를 피워 대는 자신이라는 것이 이상하게 느껴졌다.

"후아-."

나나는 다시 한 번 연기를 훅 뿜었다. 스르르 흩어지는 연기를 보면서 나는 아마 폐암으로 50이 되기 전에 죽을 거야, 그때까지 아빠가 살아 있다면 난 당신 때문에 요절을 하는 거라고 퍼부어야지, 따위의 생각을 하고 있는데 돌연 양복을 입은 중년의 남자가 앞을 가로막았다. 이건 또 뭐야, 하는 눈으로 그를 올려다보는데 제법 말쑥한 중년의 그가 인자해 보이는 미소를 짓고 있었다. 무심코 저런 사람이 나의 아빠였으면 하고 생각할 정도로 인상이 좋은 남자였다.

"사는 게 참 그렇지?"

네. 난 고작 열여덟인데 사는 게 참 그렇네요. 나나는 속으로 중얼거렸다. 남자는 불량 청소년을 선도하는 듯한 어조로 한마디 더 덧붙였다.

"아저씨가 술 한잔 살까?"

"저 교복인데요."

"사는 김에 원피스도 한 벌 사지, 뭐."

세상에 더러운 어른들이 많은 건지, 아니면 자신이 그런 분위기를 흘리고 다니는 애인건지 모르겠다. 나나는 담배를 떨구고 그의 곁에 섰다. 남자가 나나의 동그란 어깨를 붙들었다.

무엇이, 어디부터 잘못된 것일까.

나는, 대체, 어디로, 가고, 있는, 걸까.

"술 잘하니?"

"네, 아빠."

수작질을 부리는 것이 분명한 말에 나나는 나긋하게 대답했다. 저 근처에 보이는 술집. 그리고 그 옆에 또 붙어 있는 준코락 노래방. 또 그 뒤쪽으로 쭉 돌아가면 즐비하게 늘어선 모텔. 인상 좋은 아저씨의 수작이 빤히 보여서 나나는 자꾸만 웃음이 나왔다.

'무작정 도망가는 게 별로 좋은 방법이 아니라고? 하, 될 대로 되라지!'

18.

예상대로 다음 날 눈을 뜨자마자 나나는 숙취의 고통을 호소했다. 오만상을 찌푸리고 발갛게 부은 눈을 꾹꾹 누르는 그 애에게 연우는 어제 눈물로 끓인 콩나물국을 던지듯이 내주었다.

자꾸 잔소리가 나올 것 같았지만, 연우는 일부러 입을 꾹 다물고 냉장고에서 김치를 꺼냈다.

"아, 씨바알. 속 쓰려."

황금 같은 토요일 아침부터 저에게 뒤치다꺼리나 시키며 콩나물국을 홀짝거리는 나나의 등짝을 걷어차고 싶었다. 그러나 동시에 연우는 어젯밤 목 놓아 울던 그 모습을 떠올리고는 날카롭게 쏘아보던 시선을 풀었다. "반장아, 너는 알지?" 하고 묻던 말이 여직 가슴에 걸려 있었다.

"야."

콩나물국을 홀짝홀짝 마시던 나나가 연우를 무심히 불렀다. 살짝 목이 메여 대답이 늦자 나나는 다시 한 번 연우를 불렀다.

"반장아."

"뭐."

"아이스크림 먹으러 가자."

다 죽어 가는 얼굴로 이건 또 무슨 소리. 당장 일어나지도 못할 것같이 창백한 주제에.

"잔소리 말고 누워 있어. 몇 걸음 가기도 전에 토할 것 같은 얼굴로 허세는."

"아니야. 나 원래 아이스크림을 먹어야 술이 깨."

"지랄도 가지가지다, 진짜."

"그리고 난 꼭 배스킨 라빈스 '아몬드 봉봉'을 먹어야 된다고."

차라리 말을 못 할 정도로 아픈 게 낫지 않았을까, 하고 연우는 진심으로 생각했다. 나나는 끙끙 앓는 소리를 내면서도 비칠비칠 일어나 옷을 입었다. 기막힌 표정으로 그 꼴을 보고 있던 연우가 결국 얼굴을 와락 구기며 옷을 챙겨 입었다.

"그냥 누워 있어. 내가 사 올게."

"뭐야? 갑자기 웬 배려야?"

"너 가다가 쓰러지기라도 하면 내가 너 업고 들어와야 할 것 같아서 그런다."

나나는 별 걱정을 다 한다는 듯이 픽 웃었다.

"내가 술 한두 번 먹어 보는 줄 아냐?"

와, 얘 정말 골 때리네.

연우는 속마음이 얼굴에 드러나는 것을 굳이 숨기지 않았다. 나나는 이런 경멸을 받아도 싸다고 생각했다. 그러나 한숨처럼 붙어 오는 나나의 뒷말이 자신을 조금 부끄럽게 만들었다.

"아빠가 술을 그렇게 처마시는 걸 보면서 괜한 반항 심리에 나도 좀 일찍 시작했어. 덕분에 지금 내 속이 이 모양이지만."

시니컬하게 웃는 그 애의 얼굴을 똑바로 바라볼 수 없었다. 나나는 통증이 밀려오는 머리를 손으로 꾹꾹 누르며 신발을 신었다.

"이유야 어찌 됐든 내 몸 내가 망친 꼴이니…."

"너 정말 나갈 수 있겠어?"

"어, 집에 있는 게 더 답답해."

씩 웃는 게 억지웃음이라는 걸 알았지만 나나가 진심으로 바람을 쐬고 싶어 하는 것 같아서 더 말리지 않았다. 그러나 바득바득 우겨서 나간 보람도 없이 나나는 몇 걸음 걷다 말고 다시 얼굴을 찌푸렸다. 역한 토기가 올라오는지 걷다 멈추었다 하는 나나의 뒤를 차분히 따라 걷는 연우의 눈에 뒤축을 구겨 신은 노란 스니커즈 운동화가 밟혔다.

나나는 '아몬드 봉봉'을 먹자 정말로 속이 좀 편해지는 것 같았다. 한결 느슨해진 얼굴로 창밖을 힐끔거리는 나나의 시선은 아빠의 손을 잡고 함박웃음을 지으며 매장으로 들어오는 어린 여자애와 그런 딸애를 사랑스러워 못 견디겠다는 시선으로 바라보는 아빠를 향해 있었다. 나나의 시선을 좇던 연우도 본인이 인식하지 못하는 사이 멍하니 그 두 사람을 응시했다.

나나와 연우는 같은 것을 느끼고 있었다. 다정한 아빠와 사랑스러운 어린 딸이 아이스크림 케이크를 들고 가게를 나갔다. 나나와 연우는 잠시간 아무런 말도 하지 않았다. 그 침묵이 부담스러워질 쯤, 나나가 조근조근 말했다.

"저 애기는 좋겠다."

나나가 부럽게 여기는 것이 무엇인지 연우는 알았다. 서로 같은 생각을 하고 있었다. 그래서 대꾸하지 않았다. 그러나 나나는 고장 난 수도꼭지에서 물이 줄줄 새어 나오듯이 제 속마음을 줄줄 쏟아 냈다.

"난 항상 저런 아빠를 갖고 싶었는데. 예쁜 얼굴 같은 거 필요 없으니까 그냥 나 하나 사랑해 줄 가족이 있었으면 좋겠다고 맨날맨날 생각했는데."

나나가 마치 동의를 구하듯이 연우를 쳐다보았다. 그 순간 연우는 저 고고하고 자존심 센 계집애의 어울리지 않는 솔직함의 이유를 짐작했다. 너와 내가 비슷한 처지라는 동질감. 서로의 치부를 알고 있다는 안도감. 그것이 나나로 하여금 제 마음을 터놓을 수 있게 하는 것이었다.

연우는 나나가 저를 같은 처지로 느낀다는 게 어쩐지 불쾌했다. 그러나 나나가 생각한 것을 분명 자신도 생각하고 있었다. 그것을 보면 서로의 상황이 크게 다르지는 않은 것 같기도 했다.

"그러게."

결국 연우는 짧게 동의했다.

우리에게 필요한 것은 그냥 그것이었다. 매일같이 싸우더라도 결국은 사랑으로 한데 뭉치는 그런 가족. 평범한 엄마와 아빠. 그거면 충분했다.

*

'제 버릇 개 못 준다.' 연우는 그 말을 떠올렸다. 요즘의 나나를 보면 매번 그 말이 머릿속을 맴돌았다. 그도 그럴 것이, 나나는 정말 '개 버릇 남 못 주듯' 행동하고 다녔다. 하루, 이틀, 사흘 잘 나오던 학교에도 돌연 발길을 끊었고, 밤이 되면 적당히 술기운이 오른 나른한 얼굴을 하고 연우의 자취방으로 돌아왔다. 이상한 아저씨들의 집으로 가지 않았다는 것을 다행으로 생각하기에는 퍽 위태로워 보였다. 연우는 술로 버린 속을 달래며 벽에 기대어 있는 나나를 가만히 내려다보았다. 고작 열여덟 살인 여자애가 스트레스를 푸는 방법치고는 역시 심하게 과격하다.

"너 말이야…."

괜한 참견일지 모른다는 것을 알면서도 연우는 입을 열었다. 가족을 그리워하던 나나의 얼굴이 연한 수채화처럼 흐릿했던 게 떠올랐기 때문일지도 모른다.

나나는 감은 눈을 찡그리는 것으로 대답을 대신했다.

"그런 식으로 피하는 거 좀 아니다 싶지 않냐?"

나나는 잠자코 있었다.

"니 인생에서 도망가는 것치고는 너무 과격하지 싶다. 너 그러다 영영 못 돌아와."

나나의 입술이 삐딱하게 올라갔다. 몇 번을 보아도 불쾌한 나나식 비꼼이었다. 나나는 감았던 눈을 뜨고 연우를 빤히 쳐다보았다. 나나의 눈동자가 반짝 빛나는 것 같았다.

"사돈 남 말 하시네."

나나는 연우의 표정이 딱딱하게 굳는 것을 보면서도 한마디 덧붙였다.

"무작정 서울로 도망쳐 온 니가 할 말은 아니지."

나나의 말이 옳았다. 나나가 어떻게 제 비밀을 알고 있는지가 여태껏 의문이었으나 어쨌든 자신이 할 말은 아니었다. 연우는 입을 꾹 다물었다. 아직도 아빠의 전화를 제대로 받지 못하는 자신의 모습이 떠올랐다. 연우는… 적어도 연우는 나나에게 무어라 할 수 없었다.

나나는 연우가 아무런 할 말도 찾지 못하고 돌아서자 그제야 조금 누그러진 투로, 그러나 꼭 한탄하듯이 말했다.

"야, 반장아. 요즘 그런 생각이 든다."

"무슨 생각?"

"누군가한테는 너무 당연한 것들이 왜 우리한테는 이렇게 꿈 같은 걸까, 뭐 이런 생각."

연우는 침묵했다. 나나는 아랑곳하지 않고 이야기책을 읽듯이 혼자서 중얼거렸다.

"그런 생각이 갑자기 떠오를 때, 그땐 기분이 정말 더러워. 그냥 당장 일을 치고 멀리 어딘가로 떠나고 싶어져. 근데 진짜 화나는 건 그것도 쉽지가 않다는 거야. 왜 있잖아, 누굴 죽여 버리고 싶은데 다행히도 아직 이성이 남아 있어서 차마 죽이지는 못하는 그런 거. 결국 해결법을 찾지 못하고 소심한 방황만 반복하는 거지. 언젠간 끝나기를 기대하면서."

나나의 말이 단순한 주정인지, 아니면 무언가 조언이나 위로, 공감 따위를 바라는 대화의 시도인 건지 알 수 없었다. 나나는 잠시 말을 멈추었다가 이번엔 또 다른 이야기를 주절거렸다.

"있잖아, 반장아. 사실은 강창 쌤도 너랑 비슷한 말을 했어."

나나는 막 생각났다는 듯이 얘기하고는 꼭 아주 우스운 이야기를 떠올린 사람처럼 킥킥 웃었다. 연우는 이 중구난방식의 이야기에 별로 끼고 싶지는 않았지만 담임이 무슨 말을 했는지는 궁금했다.

"무작정 도망가는 게 좋은 방법이 아니래."

나나는 마치 노려보는 것처럼 연우를 보며 말했다. 그 순간 연우는 마음이 철렁했다. 방금까지 킥킥 웃었던 나나는 그 진심인지 거짓인지 모를 웃음기가 남은 목소리로 말을 이었다.

"그래서 내가 생각을 해 봤는데 아무래도 잘 모르겠더라고."

"뭐가?"

"도망치지 않으면? 그러면 뭘 할 수 있는데? 응? 그걸 모르겠더라고."

똑바로 마주쳐 오는 나나의 눈동자는 술을 마신 사람의 것이라고 하기엔 너무 맑아서 꼭 자신에게 대답을 요구하는 것처럼 느껴졌다. 그러나 나나는 그렇게 잠시 동안 연우를 빤히 바라보다가 한 번 픽 웃고는 "아, 머리 아프다. 난 이만 잔다" 하고 이불 위로 드러누웠다. 연우도 곧 자리에 누웠다. 그러나 잠은 조금도 오지 않았다. 머릿속에서는 '도망치지 않으면 뭘 할 수 있는데?' 하는 나나의 목소리가 밤새도록 앵앵 울렸다.

19.

2학년 8반 출석부에는 유난히 빨간 줄이 많았다. 물론, 80퍼센트가 다 나나네 무리들이 만들어 낸 것이요, 그중 60퍼센트 정도는 모두 나나 혼자 힘으로 이루어 낸 결과였다. 출석부를 가만히 들여다보던 강창혁은 후우— 하고 크게 한숨을 내쉬었다.

"오늘도 결석이네."

나나를 말하는 것이었다. "도망치지 않으면? 그러면 뭘 할 수 있는데?" 하던 나나는 오늘도 역시 열심히 어디론가 도망치고 있을 것이었다.

"네, 결석이네요."

연우는 달리 할 말이 없기도 했고, 유난히 기운도 없어서 그냥 가만히 동조했다. 그간 너무 복잡한 일들의 연속을 지나와서 그런지 머리도 멍하고 지끈거렸다. 강창혁은 의자에 앉은 채로 고개를 뒤로 확 젖혀 연우를 노려보았다.

"반장아. 그 무슨 무책임한 반응이냐."

연우는 저를 나무라는 담임의 얼굴을 곰곰이 뜯어봤다. 역시 험악했다. 산적 같은 이 얼굴로 나나에게 '무작정 도망가는 건 좋은 방법이 아니다'라는 말을 했단 말인가. 아니, 그건 그렇다 치고 도대체 이 사람의 이 뻔뻔함과 염치없음은 천성일까 아니면 편의를 위해 습득한 기술일까?

연우에겐 나나를 졸졸 쫓아다니면서 착실히 등교시킬 만한 여유도, 이유도, 기술도 없었다. 강창혁이 저에게 은근슬쩍 책임을 떠넘기려는 듯해서 연우는 기분이 좋지 않았다. 머리는 계속 지끈거렸다.

"제가 뭘요."

강창혁은 위협적인 태도로 책상에 발을 쿵 올렸다. 그를 받치고 있는 의자 등받이가 부러질 것처럼 뒤로 기울었다.

"반장아, 내가 너에게 나나를 부탁했잖냐."

"네, 네, 그랬었죠. 저에게 직무유기를 하셨었죠."

"뭘 또 그렇게까지 말하냐, 반장아. 네 가슴에 사랑이 없다는 게 쌤은 슬프구나."

"출석부 전달했으니까 이만 가 볼게요, 쌤."

이 실없는 얘기를 그만하고 싶다는 의사표현을 분명히 하자, 강창혁은 어이없는 얼굴을 했다.

"야, 김연우. 얘기 좀 하자고."

"네, 하세요, 얘기."

강창혁은 잠시 망설이는가 싶더니 교무실 안을 한번 휘– 둘러보고는 단도직입적으로 얘기했다.

"나나 요즘 소문이 안 좋던데."

"걔가 소문 안 좋은 게 어디 하루 이틀이던가요."

연우가 빈정댔다. 강창혁은 고개를 저으며 짐짓 심각한 투로 말했다.

"그게 아니라, 나나가 학생에게 부적합한 시간대에 불미스러운 사건이 생길 수 있는 거리를 배회한다는 소문이 들리더란 말이다. 그것도 미성년자가 술주정을 하면서!"

그래, 소문이 안 도는 것이 더 이상했다. 연우는 요즘 나나가 줄기차게 술을 마셔 댄다는 것을 잘 알고 있었다. 그 애는 무슨 소문이 나는지, 누가 자기를 보는지 전혀 상관하지 않고 마치 내일이 없는 것처럼 하루하루를 살았다. 어제만 해도 독한 알코올 냄새를 풀풀 풍기며 드렁드렁 코를 골았다.

연우가 아무런 말을 하지 않자 강창 쌤은 혀를 쯧 찼다.

"정신 멀쩡하게 차리고 있어도 잡아가는 세상에 그러고 돌아다니다 큰일 난다고."

쌤은 내가 맡은 반의 내 학생이 혹여라도 그런 위험에 노출되는 것을 용납할 수 없다며 발꿈치로 책상을 다시 쾅 쳤다. 그러고는 연우에게 계속 추궁을 했다. 나나는 도대체 무슨 요일, 무슨 시간에 그러고 다니더냐, 어디서 그렇게 술을 들입다 마시는 것이냐, 아니 대체 미성년자가 어떻게 술을 구하냐…. 굳이 숨길 필요도 없었기에 연우는 아는 그대로 대답했다.

"보통 저녁 시간에 CGV 있는 사거리 쪽에서 그러고 돌아다니나 보던데요. 집에 들어오면 맨날 엎어져 자기만 하니까 저도 자세히는 몰라요."

강창혁은 연우의 말을 가만히 듣고 있다가 갑자기 눈을 부릅뜨고 연우를 바라보았다.

"너 저번에 나나 나갔다며."

"아, 네. 근데 다시 돌아왔어요."

"오, 그러냐?"

야행성 동물처럼 번뜩 빛나는 강창혁의 부리부리한 눈을 보고서야 연우는 아차 싶었다. 황급히 "아니, 근데 아마 곧 나갈 거예요" 하고 대답했으나 강창혁은 이미 혼자만의 생각에 잠겨서 "그래, 그렇단 말이지" 하고 영문을 알 수 없는 혼잣말을 중얼거렸다. 한쪽 손을 휘휘 내저으며 연우더러 이만 나가도 괜찮다는 사인을 주면서.

연우는 내심 뒤끝이 찝찝했다. 이 학교에서 알아주는 저 열혈쌤이라면 나나를 찾아가겠다며 당장 집으로 쳐들어온다고 해도 이상하지 않았다. 아니, 여태껏 잘 참은 것이 용할 정도였다. 그래도 연우는 설마, 하고 생각했다. 설마 진짜로 그렇게까지 하지는 않겠지. 선생이란 게 얼마나 바쁜 직업인데. 그래, 내가 쌤을 너무 과대평가하는 거야. 차라리 그렇게 생각하는 편이 속이 편했다. 그러나 연우는 미처 떠올리지 못했던 것이다. '설마가 사람 잡는다'는 옛말을.

그날, 연우가 자취하는 허름한 소명빌라 밖에서 시끄러운 소리가 들리기 시작한 것은 늦다면 늦고 이르다면 이른 저녁 9시 30분 즈음이었다. 머리도 여전히 아프고 몸 상태가 영 좋지 않아서 일찍 훈련을 마치고 평소보다 훨씬 이른 시간에 이불 위에 누운 연우는 처음엔 밖에서 들리는 소음을 그저 무시했다. 사실 피곤해서 잘 들리지도 않았다. 어렴풋이 남자애들 몇 명이 낄낄 웃어 대며 떠들고 있구나 하는 정도였다. 그러나 그마저도 아주 희미하게 들릴 무렵에 갑자기 전혀 다른 종류의 괴수 같은 호통 소리가 빌라 전체를 쾅 울렸다.

"학생이 어디 이 시간에 술을 마시고 돌아다니냐!"

그 순간 연우는 눈이 번쩍 떠졌다.

"와, 이런 미친."

순간적으로 훅 욕지거리가 튀어나왔다. 연우는 급히 몸을 일으켜 작은 창문을 더럭 열었다.

"아주 작정하고 술판을 벌이셨네, 벌이셨어. 백세주, 참이슬, 청하, 카스. 종류별로 사다 모으셨구만. 여하간 마실 줄도 모르는 것들이 이렇게 사다 모으고 어디 가서 '나는 다 마셔 봤는데 뭐가 제일 좋더라. 도수가 세서 뿅 간다니까?' 하는 허세나 부리고 앉았지. 쯧쯧, 양주 한 모금 마시면 뻑갈 것들이 말이야. 요즘 가게에서 미성년자 단속 안 하냐? 교복을 입고도 술을 사게 내버려 두니 원. 그렇게 장사하는 놈들은 싸그리 잡아다 쳐 넣어야 돼."

굵직한 목소리와 어떤 상황에서도 여유가 넘치는 저 말투는 틀림없는 담임의 것이었다. 어두워서 형체가 흐릿했지만 창문 틈으로 보이는 우직한 덩치로 보아도 담임이 분명했다.

"와, 대박. 나 정의의 사도 처음 봐~."

껄렁껄렁한 고등학생 한 명이 낄낄 웃으며 말했다. 흥겨운 술판에 찬물을 끼얹은 낯선 이의 덩치가 제법 큰지라 잠시 주춤했던 그 무리는, 한 놈이 나서서 깝죽거리자 너도 나도 한마디씩 보태기 시작했다.

"저기요, 아저씨. 들어가서 발이나 닦고 잠이나 자요, 안 그러면 아저씨 마누라가 화낸다?"

"씨팔, 마누라가 별로 안 죽여주나 보지. 이 시간에 나와서 남 일에 참견하는 거 보면."

"크하하핫, 미친 새끼가 뭐래냐. 그래도 어른인데 공손하게 말해야지, 미친놈아. 아저씨, 뭐하는 사람인데 요즘 같은 세상에 남 일에 참견이에요? 그러다 피 봐요. 조심해요~."

듣기만 해도 귀가 더러워질 것 같은 상스러운 말이 쏟아졌다. 연우는 눈살을 찌푸리며 방바닥에 굴러다니는 모자를 주워 썼다. 한번 나가 볼까, 말까. 저러다 우리 쌤 맞아죽겠다 싶어, 몸이 움찔움찔했다. 하지만 나간다고 딱히 해결책이 있을까. 제가 아무리 태권도 13년 경력이라지만, 일단 중학생 시절만 지나도 남녀의 힘 차이는 놀랍도록 불공평해졌다. 괜히 시비 붙었다가 어디 하나 망가지거나 학교에 싸움질한 것을 들키기라도 하면 문제가 커진다. 연우는 입술을 까득 깨물며 창문 앞에 마냥 서 있었다. 강창혁은 "뭐하는 분이시냐"는 고등학생의 말에 잔뜩 가슴을 펴고 거들먹거리듯이 말했다.

"고등학교 선생이다, 러브 파워가 넘치는 선생."

나 원 참, 러브 파워가 뭐예요. 제 얼굴이 다 화끈거렸다. 시비조로 일관하던 껄렁이들이 잠시 아무 말도 못 하고 서 있다가 푸핫, 웃음을 터뜨렸다.

"와, 이 아저씨 완전 골 때리네. 아저씨, 개그맨 아니에요? 무슨 러브 파워야, 씨팔. 존나 재미있네. 아저씨 웃겼으니까 한번 봐줄게요. 그니까 운

좋은 줄 알고, 그냥 가던 길 가세요."

"야, 인마들아. 선생이 어떻게 그릇된 길을 가고 있는 학생을 그냥 지나칠 수 있겠냐."

하아— 연우가 한숨을 푹 내쉬며 이마를 짚었다. 그래, 내가 생각해도 진짜 골 때리는 선생님이다.

불량한 껄렁이들은 이제 웃음을 그치고 강창혁을 지그시 노려보았다. 위기일발의 상황이었다. 연우는 창문틀을 손으로 톡톡 치며 고민했다. 나갈 것이냐, 말 것이냐.

"아니, 나도 내 학생 아니면 웬만해선 그냥 지나치겠는데, 근데 너희들 중에 한 명 보이거든, 내 제자가. 거기, 키 큰 껄렁이. 니가 함부로 조물닥대고 있는 그 나이스한 여자애 말이다. 정신 못 차리고 널브러진 개."

순간 연우는 머리털이 쭈뼛 섰다. 눈을 찌푸리고 한껏 집중해서 보니, 과연 한 남학생의 품에 안겨 늘어진 자그마한 실루엣이 보였다. 연우는 그 그림자를 발견한 순간, 바로 웃옷을 걸쳤다. 더 고민할 틈도 없이 연우는 우당탕 쿵쾅 집을 나서서 빌라 아래까지 단숨에 뛰어 내려갔다. 연우가 헉헉 숨을 몰아쉬며 빌라 문을 열 때쯤, 강창혁은 우득우득 손을 풀고 있었다.

"상꼬맹이들아. 내가 딱 하나만 진지하게 물어볼게. 너네 혹시 내 제자한테 술에 뭐 타서 먹였니?"

그 순간 움찔하는 그 공기를 연우도 읽었다. 강창혁 역시 마찬가지였는지 "허이구" 하고 기가 찬 한숨을 내뱉었다. 껄렁이들 중 한 명이 "아 씨발" 하고 욕을 하며 훅, 주먹을 휘둘렀다. 아차 싶어 연우가 뛰어들려고 하는 순간, 강창혁의 발이 먼저 움직였다. 산적 같은 덩치와는 전혀 어울리지 않는 날렵한 동작이었다. 태권 소녀 김연우가 이제껏 봤던 그 어떤 발차기보다도 매끄러운 동작이었다.

*

의사는 소량의 알코올과 단순한 수면제 섭취일 뿐이니 링거까지 맞을 필요는 없다고 했다. 그러나 강창혁은 바득바득 우기고 우겨서 나나의 얇은 팔에 링거를 맞혔다. 그리고 나나가 한숨 실컷 자고 일어날 때까지 곁을 지켰다. 나나는 푹 자다 깨서는 영문을 모르겠다는 순진한 얼굴을 해서, 연우를 열 받게 만들었다.

"자알~ 하는 짓이다, 너."

연우가 기어코 한마디 빈정거렸다. 나나가 눈을 찡그렸다.

"뭔 개소리야. 나 왜 여기 이러고 있어?"

나나는 팔에 꽂힌 바늘이 영 거슬리는 듯 팔을 팽팽 당겨 보며 대꾸했다. 연우는 혈압이 쭈왁 오르는 걸 느꼈다. 담임이 아니었으면 지금쯤 이 허여멀건 계집애가 어떤 꼴을 당하고 있을지 눈에 빤했다.

"야! 넌 도대체 무슨 정신머리로 남자애들이 주는 술을 넙죽넙죽 받아먹어? 응? 시커먼 속이 뻔히 보이는데!"

"지들이 사다 나르는 걸 나보고 어쩌라고. 주길래 마셨다, 왜."

나나는 또 삐딱하게 웃었다. 말 같지도 않은 소리를 듣고 있자니 복장이 터질 것 같았다. 연우는 병실 침대를 주먹으로 퍽퍽 내리쳤다. 성질이

뻔쳐서 참을 수가 없었다.

"너 걔들이 술에 수면제 탄 건 아냐? 너, 이번엔 진짜 큰일 날 뻔 했다고! 아니, 지 이쁜 거 알면 더 조심해야 하는 거 아냐? 너 그러다가 인생 훅 가, 진짜!"

분을 못 이겨 우다다 쏘아 댔다. '수면제'라는 말에 나나의 눈이 잠깐 커졌다. 분명 그 눈동자에는 소름이 일순 차올랐다. 그러나 곧 나나는 태연한 척 눈을 깜빡거리며 입을 앙 다물었다.

"내 말 듣고 있는 거야? 인생 훅 간다고!"

혹시나 수면제 기운이 아직 남아 있어서 머리가 잘 안 돌아가나 싶어, 연우는 다시 한 번 정확하게 충고했다. 귀에 피어싱을 한 껄렁이의 품에 정신을 잃고 안겨 있던 이 애의 실루엣이 자꾸만 떠올라서 어떻게든 강력하게 경고를 하게 되는 것이었다. 그러나 나나는 들은 척도 하지 않고 고개를 돌리고 있다가, 한숨과 함께 중얼거렸다.

"이미 훅 갔어, 내 인생. 뭘 더 어떻게 하란 말이야."

가끔 나나가 하는 말은, 그 애의 눈빛과 표정은 사람을 철렁하게 만들었다. 그럴 때는 늘 할 말이 떠오르지 않았다.

"아이구, 내가 못난 제자 때문에 골병든다, 골병들어."

끼어든 것은 강창혁이었다. 그는 적당히 넉살좋게 웃는 낯을 하고는 나나의 머리를 마구 쓰다듬었다. 아니, 쓰다듬었다기보다는 그 투박한 손으로 헝클어 놓았다. 나나가 아 씨발, 하고 상스러운 소리를 찍 내뱉으며 손을 쳐냈다. 탁, 하고 날카로운 소리가 났으나 강창혁은 여전히 허허 웃었다.

"어휴, 쌤은 이제 나나 덕분에 내일 당장 경찰서에 불려갈지도 몰라. 그 껄렁이 놈들이 선생이 학생을 팼네, 어쩌네 하면서 신고를 한다면 이 쌤은 폭력교사로 신문 1면을 장식하고 정직, 해임, 파면, 뭐든 징계를 받게 될 거야. 아이고, 억울해라."

강창혁은 정말 당장이라도 징계 처분을 받을 것처럼 가슴을 퍽퍽 쳤다. 그 모습을 보고, 연우는 단 몇 분 사이에 얌전해진 얼굴로 땅바닥에 무릎을 꿇고 앉았던 4명의 껄렁이들을 떠올렸다. 많이 맞아봐야 주먹 한두 대, 발길질 한 번 정도였는데 그 양아치들은 추풍낙엽처럼 바닥에 주저앉았다. 정작 연우는 주먹 한 번 쓰지 못하고 멍하니 그 광경을 바라보고만 있었다.

'아니 뭐야. 쌤, 설마 전직 권투선수였던 건 아니겠지? 아무리 봐도 복싱인데 저건. 아냐, 발차기도 완벽해. 킥복싱인가?' 따위의 감상을 할 여유마저 넘쳤다. 담임의 과거가 진심으로 의심스러웠다.

강창혁은 갑자기 공손한 자세로 바뀐 껄렁이들을 일렬로 꿇려 놓고 5분간 '사랑'으로 시작해서 '사랑'으로 끝나는 훈계를 늘어놓은 뒤에 'Love is the most important thing to us'라는 그만의 명대사를 끝으로 그 녀석들을 돌려보냈다. 아, 황급히 돌아선 그 녀석들의 뒤통수에 대고 "이 근처에서 이런 일 또 생겼다는 말 들리면 너네부터 찾아갈 테니까, 앞으로는 이런 잘못된 선택 하지 마라! 인생은 아름다운 거야!"라고 협박 같은 충고를 덧붙인 것이 그 일장연설의 폐막이기는 했다.

연우는 그 청춘 드라마 같았던 광경을 곱씹으며 강창혁의 허리를 쿡 찔렀다.

"뭐래요. 여고생한테 수면제 탄 술을 마시게 한 것들이 어떻게 경찰서를 가겠냐며, 내가 당장 경찰을 부르지 않고 손을 쓴 건 다 이유가 있었노라며 큰소리 떵떵 치셨잖아요."

이번엔 강창혁이 연우의 등을 퍽, 쳤다. 연우의 상체가 앞으로 훅 밀렸다. 이 선생님, 진짜로 과거에 주먹 쓰던 사람은 아니었을까, 연우는 그런 생각을 하며 강창혁을 올려다보았다. 강창혁은 아무런 말이 없는 나나를 머쓱한 듯이 보고 있었다.

"여하간, 이번에 쌤이 너 구한답시고 교직 목숨 걸고 정의의 사도 흉내 좀 내 봤으니까, 너도 이제 그런 식으로는 하지 말자, 나나. 누군들 인생에 아픈 경험 없는 사람 있겠냐. 쌤도 그런 적 있었어. 머리가 돌아 버릴 것 같아서 인생 막 살던 그런 때가. 근데 그거 아니야. 내가 전에도 말했잖아. 무작정…."

"도망치는 거 별로 좋은 방법이 아니라구요?"

나나가 눈을 하얗게 뜨고 말을 가로챘다. 위로 치뜬 눈은 몹시도 표독스러웠다.

"그럼 어떻게 해야 하는데요? 제가 그것 말고 뭘 할 수 있는데요?"

사나운 표정과 꽉 쥔 양 주먹에 비해 목소리는 차분했다. 연우는 나나가 소리치지 않는 게 더 안쓰러웠다. 저도 모르게 얼굴이 울상이 되었다. 그 순간 나나는 연우와 눈이 마주쳤다. 나나가 다시 입을 열었다.

"김연우랑, 저. 어떻게 해야 하는 거냐구요."

이번엔 연우의 얼굴이 창백해졌다. 연우는 제 얼굴에서 핏기가 가시는 걸 느꼈다. 갑자기 왜 저를 끌어들이는 것인가. 무슨 말이 나올지 모르는 저 입을 당장에라도 막아야겠다고 생각했으나, 연우는 굳은 듯 움직일 수 없었다.

"아무도, 누구도 우리가 어떻게 살아나가면 좋은지 말해 주지 않는데. 얘랑 저는 그대로 멈춰 있는데 세상은 이미 우리는 잊은 듯이 저만큼 가 있어요. 앞뒤가 꽉 막혀서 옴짝달싹할 수가 없어요. 숨만 쉬어도 아프다구요, 여기가."

나나는 손가락으로 제 가슴께를 짚었다.

"그래서 도망가는 거예요. 그것밖에는 할 수 있는 게 없잖아요."

나나의 목소리는 점점 사그라들더니 이내 입을 연 적조차 없는 것처럼 조용해졌다. 연우는 고개를 푹 숙인 나나의 목덜미가 부르르 떨리는 것을 보았다. 그 순간, 연우는 나나가 얼마나 필사적으로 묻고 있는지 알아차렸다. 더불어 자신도 어느새 온몸에 힘을 꽉 주고 있다는 사실을 알아챘다.

강창혁은 어째서인지 슬픔을 참는 어린애 같은 얼굴을 하고 있었다. 곰 같은 덩치와 산적 같은 얼굴과는 너무도 어울리지 않는 표정이었으나 이상하게도 웃음은 나오지 않았다. 커다랗고 투박한 손이 연우의 머리를 턱턱 쓰다듬더니 침대 시트를 꽉 쥔 나나의 주먹을 가볍게 토닥였다. 툭툭 도닥이는 손짓마다 나나와 연우는 마음에 쩍쩍 금이 가는 것 같았다.

"미안하구나."

별것 없는 한마디가 너무도 크게 들렸다.

"내가 미안하다. 여태 몰라줘서."

"쌤이 뭐가요. 왜 쌤이 사과하는데요." 그렇게 말하는 나나는 마치 사과할 사람은 따로 있는데, 하고 따지는 것 같았다.

"많이… 참 많이 힘들었겠네, 너희. 고맙다, 그래도 어떻게든 견뎌 줘서."

강창혁의 짧은 위로는 허락도 없이 무례하게 가슴을 파고들었다. 연우도, 나나도 그 어떤 말도 할 수 없었다. 입을 열었다가는 훌쩍거리는 창피한 소리가 날 것 같았다.

연우는 억지로 눈을 부릅떴다. 그러나 문득 '지금 이 순간만큼은 강창 쌤이 아빠였으면 좋겠어' 하는 생각이 스치는 순간, 눈물이 후드득 떨어졌다. 언젠가 아빠가 저런 말을 해 주기를 수천 번 바라왔었다. 나나도 틀림없이 그런 생각을 하고 있을 터였다. 연우는 황급히 옷소매로 눈물을 훔쳤다.

"선생님이 살아 보니까 말이다."

덤덤하게 이어지는 음성에 연우는 귀를 쫑긋 세웠다.

"두 가지더라. 도망치든가, 극복하든가. 어느 쪽도 아프긴 하지만 말이야."

강창혁은 마치 오래된 일을 회상하기라도 하듯이 눈을 지그시 했다.

"그래도 무작정, 막무가내로 도망만 치는 건 하지 마. '이 문젠 너무 고통스럽고 아프고 무서우니까 그냥 생각 안 할래. 어차피 답이 없는 문제야.' 이런 식으로 도망가면 평생 움츠러들어. 그리고 갈 때까지 가고 나면 그제야, 아 그때 한번 부딪쳐 보는 건데, 하고 후회가 남는다고."

지금 나나는 대체 어떤 얼굴을 하고 쌤의 말을 듣고 있을까. 연우는 문득 궁금증이 일었다. 순간, 강창혁이 어르고 달래듯이 말했다.

"고통스러운 걸 너무 무서워하지 마."

연우는 뭔가 익숙한 기분이 들었다.

'저런 말, 들어 본 적 있어.'

어떤 기억이 연우의 머리를 탁 치고 지나갔다.

아마도 아빠에게 태권도를 배운 지 3년 조금 지난 여덟 살 무렵의 기억일 것이다. 타고나기를 워낙 모험심 있게 태어나서 그 무렵에도 김연우는 공기놀이보다는 담 넘기를, 소꿉놀이보다는 경찰놀이를 좋아했더랬다. 그런 천성 탓인지 태권도를 배울 때에도 거침이 없었다. 관장 딸이라는 자부심에 언니 오빠들 앞에서까지 우쭐대며 발차기를 해 댔다. 그러다가 그 여덟 살 무렵, 나도 이제 초등학교 1학년생이라는 공연한 자부심에 어린 동생들 보는 앞에서 연우는 무리하게 발차기 격파를 시도했다. 고작 한 장짜리 격파였으나 너무 힘이 들어간 탓인지 빠각, 하고 부러진 것은 나무판자가 아니라 연우의 발가락이었다. 어마어마한 고통은 그렇다 치더라도 살을 찢고 삐죽 튀어나온 뼈는 초등학교 1학년생이 보기엔 너무도 끔찍한 것이었다.

다행히 뼈는 잘 붙었고 혹여나 영영 태권도를 못 하게 되는 것은 아닐까 걱정했던 것과는 달리 태권도를 계속 배우는 일에는 지장이 없었다. 문제는 겨루기를 하거나 샌드백 차기를 할 때에 속도가 자꾸만 느려지고 힘이 약하게 실리는 증상이었다. 품새를 할 때 빼고는 제대로 된 기술이 나오지 않았다. 다치던 당시의 고통과 삐죽 올라온 하얀 뼈가 너무도 생생하게 그려지는 탓이었다. 국기원 시험을 앞두고도 그게 극복이 되지 않자, 아빠가 연우에게 타이르듯이 그런 말을 했다.

"고통을 너무 무서워하지 마라. 그럼 발전할 수 없는 기다."

당시, 연우는 어떻게 그럴 수 있냐고 생각했다. 아빠는 뼈가 튀어나온 적이 없지 않느냐고 항의하고 싶었다. 아빠는 댓 발 삐져나온 딸의 입술을 손가락으로 툭 치면서 말했다.

"연우야, 이 정도는 이기 낼 수 있어야 한다. 원래 살아간다는 거이 아픔을 이기 내는 기다."

연우는 발차기를 못 하는 자신의 괴로움을 이해해 주지 않는 아빠가 야속했지만 '살아간다는 것은 아픔을 이겨 내는 거'라는 그 말이 너무도 멋있다고 생각했다. 그래서 그게 무슨 의미인지 제대로 이해하지도 못했으면서 발차기의 두려움에서 벗어나고자 무던히 애썼다. 아이러니하게도 다시 제대로 발을 쓸 수 있게 된 후로는 그 말을 까맣게 잊어버렸지만.

잊고 있던 어린 시절의 기억은 막상 떠올리기 시작하자 어제의 경험인 것처럼 선명했다. '고통을 무서워하지 마라. 그럼 발전할 수 없는 기다', '원래 살아간다는 거이 아픔을 이기 내는 기다'라는 말이 여덟 살 연우의 머릿속에서처럼 둥둥 떠다녔다. 강창혁은 말을 이었다.

"살다 보면 그래. 어느 쪽을 선택해도 아픈 경우가 종종 있지. 하지만 그걸 제대로 바라보고 감수하겠노라 결단하는 게 중요해. 그럼 그게 바로 지혜롭게 도망치는 방법이자 극복의 실마리가 되는 거지. 살아가는 게 그런 거야."

더없이 진지한 강창혁의 말을 들으며 연우는 이번엔 영화 〈레옹〉의 한 장면을 떠올렸다. 어릴 때부터 그 미모가 가히 수준급이었던 나탈리 포트만이 나이가 들어서도 여전히 섹시한 중년, 장르노에게 유난히도 무심한 표정으로 질문하던 그 장면.

— 사는 게 너무 힘들어요. 어리기 때문인가요?

— 사는 건 언제나 그래.

연우와 나나 그리고 아빠와 강창혁은 어린 나탈리와 영원한 레옹, 장르노보다는 훨씬 희망적이었지만 여하간 연우는 그 장면을 곱씹었다. 그리고 생각했다. '나의 방법'이, '나나의 방법'이 틀렸을지도 모른다고.

20.

나나는 하루 동안 병원에서 푹 쉬고 다음 날 나왔다. 그 애는 큰일을 당할 뻔했던 사람으로는 보이지 않았고, 오히려 뺨에 생기가 넘쳤다. 연우는 내심 나나가 담임의 말에 영향을 받았으려니 기대했으나 겉모습이 털끝만큼도 안 변한 것처럼, 속도 그대로였다. 며칠이 더 지나도 마찬가지였다. 그날 이후로 변한 것은 연우뿐이었다. 적어도 연우 스스로가 느끼기에는 그랬다. 나나는 여전히 바깥으로 나돌았다.

연우는 아까부터 계속 핸드폰 키패드를 만지작거렸다. 액정에는 익숙한 번호가 눌렸다가 지워지기를 반복했다. 아빠의 번호였다. 오늘은 의무적으로 전화를 하는 날이 아니었음에도 연우는 자꾸만 아빠의 전화번호를 눌렀다. 그건 연우로서는 아주 큰 결심이자 변화였다. 강창혁의 말을, 그 옛날 아빠가 했던 그 충고를, 장르노 아저씨의 삶에 대한 감상을 깊이 고찰해 본 결과였다.

'좋아, 간다!!'

그러나 손끝은 마지막 번호 9를 누른 다음 계속 키패드 위를 방황했다. 모든 키패드 중에서도 '통화' 버튼이 가장 큰데도 쉬이 누를 수 없었다. 고통을 피하지 않고 감수하려는 결단은 몹시 두려운 것이었다.

연우는 몇 번 더 같은 번호를 누르다가 갑자기 핸드폰이 드르륵 울리는 바람에 크게 당황했다. 발신자는 놀랍게도 나나였다. 연우는 전화를 받지 않고 액정에 깜빡거리는 별칭을 멀거니 보았다. 제가 하는 연락은 내킬 때만 받고, 저가 아쉬울 때만 집에 드나드는 쥐새끼 같은 행태도 괘씸했고, 담임의 충고를 듣고도 눈곱만큼의 변화조차 없는 게 기막혔지만 무엇보다도 자기가 필요한 순간만큼에는 재깍 연락을 해 오는 뻔뻔함에 화가 났다.

그러나 나는 어째서 이 애의 전화를 받고 마는 걸까. 어째서 나는 나나를 쫓아내지 않는 걸까. 왜 이렇게 이 애가 신경 쓰일까.

연우는 계속 진동하는 핸드폰의 통화 버튼을 누르며 결국은 그 뻔뻔한 행동을 수용하는 자신의 태도에 혀를 찼다.

"여보세요?"

대답은 즉각적으로 들려오지 않았다. 핸드폰을 통해 들리는 것은 억누르고 있는 듯한 숨소리였다.

"뭐야, 안 들려. 말해."

한숨소리가 들렸다. 끄트머리가 부르르 떨리는 것 같은 소리여서 연우는 저도 모르게 최근 일간지 이슈를 도맡고 있는 이런저런 묻지 마 범죄를 떠올렸다. 거기에 며칠 전 있었던 그 수면제 사건이 연상되어 가슴이 더욱 섬뜩해졌다. 설마 납치? 에이, 그럴 리가. 연우는 고개를 가로저으면서도 핸드폰 가까이로 더욱 귀를 붙였다.

"야, 무슨 일 있냐? 어? 뭐 어디 잡혀 있다거나 그런 건 아니지? 설마 그때 그 껄렁한 양아치 놈들이…."

"상상력 한번 스펙타클 하시네."

그러더니 나나가 덧붙였다.

"지랄도 풍년이다, 야."

연우의 얼굴이 확 붉어졌다. 그래, 니가 어디 잡아간다고 쉽게 잡혀갈 그런 성질머리는 아니었지.

"아씨, 대답을 늦게 하니까 그렇지."

"야 반장아, 너 지금 나 좀 데리러 올래?"

"뭐하는 거야? 내가 니 셔틀이냐?"

"성실하게 집 셔틀도 해 주면서 새삼스럽기는."

"너 성격 진짜."

"지금 좀 비상사태라서 그래. 애시앙 상가 쪽으로 와서 전화 줘."

전화는 용건만 간단히. 나나는 마치 그 철칙을 지키기 위해 최선을 다하는 사람처럼 말이 끝나기 무섭게 전화를 끊었다.

'이 가시나가 진짜!'

연우가 사납게 인상을 쓰며 핸드폰을 툭 던졌다. 그러나 창밖으로 보이는 풍경이, 땅거미가 어둑어둑 내려앉기 시작한 그 어스레함이 마음에 걸렸다. 아까 떠오른 그 수면제 사건이 마음속 갈등을 증폭시켰다. 나가자니 자존심이 상하고 모른 척하자니 걱정이 됐다. 나가자니 억울하고 말자니 찝찝했다.

연우는 결국 상스러운 소리를 내뱉으면서 체육관을 나왔다. 코치에게는 한 시간 내로 돌아오겠다고 했지만 사실 그럴 수 있을지 자신이 없었다. 만일 국가대표 선발전에서 떨어지면 나나를 가만두지 않겠다고 생각하면서도 연우는 열심히 발을 놀렸다.

장래의 국가대표 선수를 오라 가라 하는 건방진 가시나는 애시앙 바닥 그 어디에도 보이지 않았다. 도착하면 전화하라고 한 주제에 전화를 받지도 않았다. 연우는 언제부턴가 자꾸만 나나가 휘두르는 대로 휘둘리고 있는 자신이 몹시 못마땅했다. 생각해 보면, 수면제 사건이 있었던 그날도 그랬다. 강창혁만 봤을 때는 나가 볼까 말까 망설였었지만, 양아치의 품에 늘어진 그림자가 나나의 것이라는 확신이 든 순간 앞뒤 안 가리고 달려나가지 않았던가.

애시앙 상가를 두 바퀴 돌고 나자 그 기분은 자기환멸 수준으로 진화하려 했다. 이럴 줄 알았다면, 아까 망설이지 말고 아빠의 마지막 번호를 누르는 건데. 그랬다면 나나의 전화를 받지 못했을 거고, 그럼 내가 지금 여기서 나나를 찾고 있지는 않았을 텐데.

나나는 연우가 속은 게 아닌가, 하는 의심을 할 무렵에서야 연락을 해왔다. 그러나 전화가 아니라 카톡 메시지였다. 연우는 '5층 화장실'이라고 간결하게 써진 메시지에 울컥, 열이 받아 쿵쾅쿵쾅 5층까지 걸어 올라갔다. 4층, 5층은 아직 입주한 가게가 없어 조용했다. 화장실에도 드나드는 사람이 없었다.

'여기에도 없으면 그냥 가 버릴 거야, 진짜.'

연우는 이를 바득바득 갈며 화장실 안으로 들어갔다. 불도 환하게 켜져 있고, 공간도 넓은데 사람이 없어서 어딘지 분위기가 좀 이상했다.

"야, 나나!"

그 애를 부르는 순간, 마지막 칸에서 인기척이 들렸다. 연우는 성큼성큼 그 칸 앞에 섰다. 달그락하는 소리와 함께 문이 열렸다. 나나가 꼭 기대기라도 할 것처럼 불쑥 앞으로 나왔다. 연우가 움찔 놀라 한 걸음 물러섰다. 둘 사이의 거리가 조금 어색했다.

연우는 제 눈을 의심했다. 나나는 그 어느 때보다도 심한 꼴을 하고 있었다. 헝클어진 머리와 부어오른 뺨. 찢어진 입술. 북 뜯어진 상의의 솔기 부분. 볼록 혹이 난 이마. 화려하게 까진 무릎. 단 한 군데도 성한 구석이 없었다. 연우는 멋대로 사람을 불러내 놓고 전화도 받지 않는 무책임한 태도를 꼬집으려던 질책을 삼켰다.

"그 꼴은 대체 뭐냐?"

"일단 좀 가자. 그리고 뭐라도 좀 먹자. 배고프다."

배고프다고 말하는 나나는 어딘지 이상했다. 뭘 줘도 못 먹을 것 같은 얼굴을 하고 있으면서 배고프다고 하는 게 수상쩍었다. 연우는 개나리 가지처럼 얇은 나나의 팔목을 붙잡았다.

"바쁜 사람 나오라고 했으면 자초지종부터 말하는 게 순서 아니냐?"

나나가 한숨을 쉬었다.

"닭발 먹을 줄 알지?"

"어. 근데 그 전에 얘기를 좀 해 보라고."

"아 씨팔, 배고프다고!!"

갑자기 나나가 버럭 소리를 질렀다. 벼락처럼 울리는 목소리의 끝이 아까 통화를 할 때처럼 잔 경련일 듯 떨리는 것을 연우는 놓치지 않았다. 연우는 일부러 더 팔목을 꽉 움켜쥐었다.

"날 불렀잖아!!"

와락 소리치자 나나의 기세가 조금 꺾이는 것도 같았다. 연우는 다시 한 번 말했다.

"니가 날 불렀잖아. 그래서 내가 온 거잖아!!"

그래. 분명 나는 니가 호출해서 여기까지 왔다. 그렇다면 적어도 나한테는 말을 해 줘야 할 거 아니냐. 연우는 그렇게 항의하고 싶었다. 차마 보기 비참한 꼴로 서 있는 나나를 보자 머리가 좀 멍해져서 그런 조리 있는 문장이 나오지는 않았지만, 그런 말이 하고 싶었던 것이다.

나나는 용케도 연우의 속내를 찰떡같이 알아채고는 생선처럼 푸득거리던 몸에서 힘을 뺐다.

"알겠어, 알겠다고. 근데 씨팔, 배고프니까 밥 먹으면서 말하자고. 응?"

평소처럼 입술 끝을 비죽 올리면서 몇 번을 보아도 불쾌할 뿐인 가식적인 미소를 내려놓은 나나는 그만큼 위태로워 보였다. 연우는 결국 더 몰아세우지 못하고 꽉 잡았던 나나의 손목을 놔주었다. 나나가 앞장을 섰다. 연우도 천천히 나나의 뒤를 쫓았다. 코치와 약속했던 한 시간은 이미 훌쩍 넘어 있었다. 핸드폰으로 계속 연락이 왔지만 연우는 흠, 하고 한숨을 쉬면서 핸드폰을 꺼 버렸다. 어차피 지금 상황에서는 다시 체육관으로 돌아갈 수도 없었다.

나나는 아까 꺼낸 닭발 얘기가 진심이었는지 정말로 시장 한가운데에 있는 닭발집에 들어갔다. 막 손님이 몰리기 시작할 시간인지라 테이블이 두어 개 빼고는 다 차 있었다. 사람들은 무례한 줄도 모르고 연우와 나나를 흘깃거렸다. 한 여자가 "어머, 어머" 하고 심상치 않은 탄성을 내뱉더니 맞은편 남자에게 소곤거렸다.

"저거 그건가 봐, 그거. 데이트 폭력."

"쯧, 어린 것들이 까져 가지고."

안 들렸으면 좋았을 이야기를 하는 커플의 목소리는 작지 않았다.

연우는 반사적으로 눈살을 찌푸리면서도 나나와 저의 모습이 오해를 살 만하다는 걸 인정했다. 검정색 트레이닝복을 입은 연우는 키도 훤칠하고 운동부라면 으레 그렇듯 쇼트컷을 하고 있어 남자로 보일 법했고, 엉망진창인 몰골에 똥 씹은 표정까지 한 나나는 남자친구에게 데이트 폭력을 당한 여자애로 보일 법하다는 생각이 들었다.

'살다 살다 참 별스러운 오해도 다 당해 보네.'

오래된 블랙조크를 들은 기분이었다. 연우는 휴우, 한숨을 쉬며 자리에 앉았다. 나나는 주변 사람들이 저를 어떻게 보든 전혀 개의치 않는 듯, 태연하게 무뼈 닭발에 주먹밥과 감자전을 주문했다.

나나는 음식이 나오자 무서운 기세로 먹기 시작했다. 한마디 말도 없이 멍하니 식탁을 바라보며 꾸역꾸역 음식을 밀어 넣는 행동은 꼭 배가 고파서라기보다는 일종의 시위 내지는 무언가에 대한 항변 같았다. 닭발을 두어 개 집어 먹던 연우는 걱정이 될 정도로 음식을 밀어 넣는 나나를 질렸다는 듯 바라보았다.

"맵지도 않냐. 물이라도 마시면서 먹어라, 좀."

분명 입안이 화닥화닥 할 것인데 공연한 고집으로 물마저 마시지 않는 것 같아 한 말이었다. 나나는 제 앞으로 밀어진 물컵을 잠시간 바라보다가 꿀꺽, 닭발을 삼켰다. 보기만 해도 매울 만큼 입가가 벌겠다. 나나는 물을 벌컥벌컥 들이켜고는 탁 소리 나게 컵을 내려놓았다. 물을 술처럼 마시는 모양새가 좀 우스웠지만 연우는 웃을 수 없었다. '탁' 소리 뒤에 찾아온 적막함이 마치 폭풍전야의 고요같이 느껴진 탓이었다.

나나는 한동안 물컵 끝을 매만지다가 고개를 들었다. 눈가가 입가만큼 붉었다.

"배때기를 칼로 확 쑤셔 버리고 싶었어."

배때기를 뭘 어쩐다고? 연우는 반사적으로 눈을 확 치떴다. 나나는 꼭 공포영화의 억울한 원혼이 할 법한 말을 지껄여 놓고는 마치 슬프디슬픈 로맨스 영화의 주인공인 양 구슬픈 얼굴을 하고 있었다.

"누구 배때기에 그런 끔찍한 일을 하고 싶었던 거냐?"

나나가 젓가락으로 닭발을 콱 찔렀다. 설마 나는 아니겠지. 아니, 혹시 강창 쌤? 문득 그런 찝찝한 생각이 들었다. 나나는 말하기도 싫다는 듯이 인상을 썼다.

"…아빠."

"어느 아빠?"

"진짜 아빠."

생각만으로 끝내서 다행이구나 싶었다. 나나가 순간적인 충동을 이기지 못했다면 자신은 희대의 패륜아와 동거했던 룸메이트가 돼서 국민적 관심에 휘둘릴 뻔했다.

"왜?"

이유를 묻는 것은 이야기의 흐름상 당연한 것이었는데 나나는 어쩐 일인지 마치 허를 찔린 듯한 표정이었다.

"그 사람은 살아서 숨 쉴 자격도 없어. 그 사람 코와 입으로 들어가는 공기마저도 아까울 지경이야."

나나는 세상에서 가장 더럽고 비천한 것을 조롱하듯이 말했다. 연우는 제 아빠를 그렇게 얘기하는 나나에게 그 어떤 말도 건넬 수 없었다. 부산에 계신 아빠가 떠올랐기 때문이다.

아빠의 전화번호를 끝까지 누르지 못했던 것은 나나가 자신의 아빠를 보듯이 아빠가 나를 볼 것 같았기 때문이다. 혹시나 아빠가 내 목소리를 들을 때마다 치미는 역겨움을 눌러 참고 있는 것은 아닐까, 하는 마음이 번호를 누르는 손가락을 꾹 붙들었다. 엄마의 장례식에서 아빠의 모습은 아버지라기보다는 피해자에 가까웠다. 그 순간 부녀간의 부정은 온 데 간 데 없이 사라지고 원망과 비통만 있을 뿐이었다. 연우는 그때 처음으로 부모라도 자식을 진심으로 미워할 수 있다는 것을 깨달았다.

"그 인간 에미는 저런 자식을 낳고도 좋다고 미역국을 끓여 먹었겠지!!"

그 인간의 에미라면 너한텐 할머니야. 알고 있냐? 하고 묻고 싶었다. 나나는 한번 터져 나온 불만을 주체하지 못하고 쏟아 냈다.

"미친 새끼. 차라리 뒈져 버리지!! 술이나 처마시고 한강에라도 뛰어들면 속이 다 시원하겠네!!"

말은 점점 더 거칠어졌다. 간신히 사라졌던 주변 사람들의 시선이 다시 슬금슬금 쏠리기 시작했다.

"대체 무슨 일이 있었던 건데? 앞뒤 사정을 얘기를 해 줘야 나도 이해를 할 거 아냐."

"지 자식을 개 패듯이 패잖아, 그 인간이!!"

아니, 복날에 개를 때려잡는대도 그렇게 무식하게 패지는 않을 거다, 하고 나나는 덧붙였다. 울분이 잔뜩 쌓인 큰 소리에 누군가가 "에이씨, 시끄러" 하고 자신들의 심경을 전해 왔지만 나나는 목소리를 줄이지 않았다. 평소라면 좀 조용히 말하라고 할 법한 연우도 잠자코 있었다. 나나에게 있었던 일이 궁금했기 때문이다. 조용히 말하라는 한마디에 기분이 상해 입을 다물 수도 있지 않은가.

"오늘 원래 아빠를 만나기로 했었단 말이야. 아, 진짜 아빠 말고, 있잖아, 그거."

나나는 새끼손가락을 흔들어 보였다. 그 제스처가 너무 천박스러워서 기분이 상했다. 강창혁의 말은 도대체 이 애의 가슴 어디로 떨어진 것일까. 그때 나나는 분명히 저와 같은 것을 느끼고 있었던 것 같은데.

"그래서 중앙상가 쪽으로 가고 있는데 갑자기 누가 뒤에서 팔을 확 잡아당기더니 땅바닥에 날 처박는 거야. 아 씨팔, 뭐지? 하고 고개를 드는데 그 새끼가 있는 거야. 술 때문에 눈이 시뻘개져서."

아니나 다를까, 손에는 집에서도 보기 지긋지긋했던 술병이 들려 있었다고 했다. 나나의 아빠는 아마도 집에서 또 혼자 습관처럼 술을 들이켜다가 돌연 치솟는 화를 참지 못하고 밖으로 나와 어슬렁거리던 모양이었다. 딸을 찾겠다는 아비의 마음이라기보다는 화풀이 대상을 찾던 차였을 테고, 그때 마침 참 우연히도 발견한 나나를 화풀이 제물로 삼았던 것이다.

"그 인간은 나만 보면 불에 기름이 붙나 봐. 눈에서 불똥이 튀는데, 진짜 잘못 걸렸구나 싶었다. 도망가려고 바닥에서 일어나는데 어찌할 틈도 없이 손바닥이 날아오는 거야. 팔로 막았는데도 머리가 띵하더라."

나나는 사람들이 다 보는 곳에서 마구 두드려 맞았다고 했다. 생각해 보면 그렇게 많이 맞지는 않은 것 같은데 한 대 한 대의 충격이 어찌나 혹독한지 맞는데 이골이 났음에도 비명이 나왔다고 했다. 주변 사람들은 경악스러운 얼굴을 하고 어디론가 바삐 전화를 걸었지만 아무도 나서지 않았다. 아마 "이년이 지 에미도 나가게 하더니 애비마저 혼자 두고 집을 나가? 이 어린 년이 벌써부터 발랑 까져 가지고!" 하는, 가족관계를 명시하는 그 말 때문이었으리라.

흙투성이의 더러운 운동화 코가 나나의 마른 배를 걷어찰 즈음에서야 어떤 청년 두세 사람이 달려들어 말리기 시작했다. 나나는 그 틈을 타서 죽기 살기로 도망쳐 화장실에 숨은 것이었다. 도망가야 살겠구나 싶어 이를 악물고 몸을 일으켰을 테고 신기하게도 그 순간에는 아픔보다 절박함이 몸을 지배했던 모양이다.

"화장실에 들어가서 문을 잠그고 나니까 미친 듯이 아프더라고. 이제 맞을 때 뼈가 안 상하게 자세를 취하는 요령 정도는 있는데도 진짜 죽을 것 같았어. 근데 그 인간이 아직도 상가에서 어슬렁거릴까 봐 못 나가겠는 거야. 뱃속이 찢어질 것 같았는데 그냥 몸을 수그리고 잠자코 있었어. 한참 지나니까 좀 괜찮아지더라. 근데 도저히 나갈 용기는 또 안 생겨서 무작정 누구라도 부른다는 게…."

너를 불러 버렸네, 하고 나나가 중얼거렸다. 갑자기 힘없이 식탁으로 떨구는 시선은 마치 왜 너였을까 하고 묻는 듯했다. 그런 나나의 얼굴은 이젠 더 이상 도망칠 힘조차 남지 않은 사람처럼 돌연 모든 기운을 잃어버린 듯이 피로해 보였다.

21.

새벽녘, 나나는 끙끙 앓았다. 신음소리는 가늘고 희미했으나 밤새 뒤척이다 겨우 잠이 든 연우를 깨우기에는 충분했다. 연우는 몸을 웅크리고 헉헉거리는 나나를 보는 순간, 어째서 어제 이 애를 바로 병원에 데려가지 않았는가 하는 자책감이 들었다. 닭발도 잘 먹고, 생각보다 괜찮아 보이길래 정말 괜찮은 줄 알았던 제 바보 같은 머리통을 쥐어박고 싶었다.

"야, 야! 정신 좀 차려 봐!!"

나나는 대답도 하지 못했다. 땀이 줄줄 흐르는 이마를 대충 물수건으로 닦아 주고 응급차를 불렀다. 실려 가는 중에도 나나는 말 한마디 하지 못했다. 차라리 비명이라도 지르면 좋겠는데, 목에서는 색색거리는 가냘픈 소리만 새어 나왔다. 얼굴이 곧 죽을 것처럼 창백했다. 치료를 하기도 전에 어떻게 될까 싶어서 조급증이 드는데 문득, 수술을 해야 하면 어쩌지 하는 생각이 들었다. 보호자의 동의가 필요할 터였다. 나나의 핸드폰까지 챙기지 못한 게 몹시 후회가 되었다. 연우는 급한 대로 강창혁에게 연락을 했다. 끈질기게 연락한 끝에 강창혁은 구급차가 병원에 도착할 즈음, 전화를 받았다.

"쌤!!! 나나가 지금 많이 아파요! 응급실 가는 중인데…."

강창혁은 자다 깬 탓에 이야기가 귀에 잘 들어오지 않는지 두어 번 뭐? 뭐? 하고 되묻고 나서야 상황을 파악했다.

"무슨 병원이야? 쌤이 나나 아버지께 연락 드리고 그리로 갈게."

"저번에 나나가 입원했던 병원이에요. 쌤, 빨리 오세요."

연우는 나나가 어떻게 될까 봐 너무 무서웠다. 나나는 분명 제멋대로에 염치도 없고 여러모로 괘씸한 구석이 있지만, 그래도 어쨌든 이 애는 몇 날 며칠씩이나 저와 함께 밥을 먹고 한 이불을 덮고 잤다. 나나와 연우 사이에 보통의 여고생과 같은 달콤한 우정의 시간은 없었지만 나나는 벼랑 끝에 몰릴 때 연우를 생각해 냈고, 연우는 처음부터 쭉 이 애가 신경 쓰이지 않았던가. 나나가 아버지에게 당한 구타로 잘못될지도 모른다고 생각하니 연우의 심장이 쿵쿵 울렸다.

간호사의 도움을 받아 접수를 마치고 나나의 침대 옆에서 한 시간쯤 기다리자 의사가 왔다. 의사는 나나의 열을 재고, 배를 몇 번 눌러 보고 하면서 무뚝뚝한 태도로 연우에게 언제부터 어디가 어떻게 아팠는지를 물었다.

"새벽에 앓는 소리가 들려서 깼어요. 어디가 어떻게 아픈지는 저도 정확히 잘 모르겠어요. 아, 그리고 이 애가 어제 오후에 성인 남자한테 무차별 구타를 당했는데, 아마 그때 맞다가 어디가 잘못된 것 같아요."

무차별 구타, 라는 말에서 의사의 눈썹이 꿈틀했다. 그는 나나의 옷을 걷어 올려, 복부에 생긴 시퍼런 멍과 이곳저곳을 채운 요란한 상처들을 살폈다. 의사가 손가락으로 배를 살짝 누르자 나나는 흐윽, 하고 숨이 턱 막히는 소리를 냈다.

"열상, 타박상이 많고, 열도 있네요. 일단 복부타박상으로 인한 통증이 가장 견디기 힘들 겁니다. 복강내출혈이나 장파열 가능성도 있고요. 일단 피검사 하고 CT촬영부터 할게요. 보호자분 동의가 필요한데…."

의사가 미심쩍은 눈으로 연우를 쳐다보았다. 아무리 보아도 또래의 친구로밖에 보이지 않는 학생의 동의가 필요한 게 아니라는 눈빛이었다.

"담임선생님이 곧 오실 거예요!"

연우가 변명이라도 하듯이 소리쳤다. 그러나 의사는 보호자의 동의 없이는 검사가 불가능하다고 말했다. 덕분에 하얗게 질린 채 몸을 떠는 나나의 검사는 30분이나 더 뒤로 미뤄졌다.

강창혁은 목이 다 늘어난 셔츠에 삼선 슬리퍼를 신고 자다 깬 흔적이 역력한 얼굴로 응급실에 들이닥쳤다. 얼굴이 밤중에 귀신이라도 본 사람처럼 창백했다.

"쌤!!!"

"연우야, 나나는? 나나는 지금 좀 어떠냐?"

산적 같은 담임을 보는 순간 눈물이 왈칵 났다. 연우는 눈을 벅벅 문지르며 나나가 누워 있는 침대를 가리켰다. 강창혁은 안쓰러울 만큼 헉헉 대는 나나를 보고는 더욱 하얗게 질렸다. 그가 의사와 몇 마디 말을 주고받은 다음에 나나는 CT촬영실로 옮겨졌다. 그때까지도 나나의 진짜 보호자인 그 애의 아빠는 나타나기는커녕 연락조차 받지 않았다.

'진짜 아빠 맞아?'

연우는 처음으로 나나가 '물주 아빠'들을 찾아다니는 것이 이해가 되었다. 저런 아빠보다는 차라리 가짜 아빠를 곁에 두고, 목적이 있는 보살핌이라도 받고 싶을 수 있겠다는 생각이 들었다.

"나나가 어쩌다가 저렇게 됐다고?"

강창혁이 물었다. 갑작스러운 난리에 목이 많이 쉬어 있었다.

"아빠한테 맞았대요."

하아, 강창혁은 깊은 한숨을 내쉬며 손에 얼굴을 묻었다. 손 틈 사이로 "저 애가 때릴 데가 어디가 있다고" 하고 중얼거리는 소리가 들렸다. 잠시 후에 얼굴에서 손을 뗀 강창혁의 눈가가 촉촉했다.

연우는 담임의 눈물을 보기가 민망해서 시선을 떨궜다. 격자무늬가 새겨진 하얀 바닥타일을 멍하니 보고 있자니 자연스럽게 나나의 하얀 피부가 떠올랐다. 그 애의 하얀 피부를 떠올리고 나니 이번엔 그 애의 상처가 떠올랐다. 그러자 견딜 수 없을 만큼 마음이 아팠다.

'나나도 나도 이대로는 안 돼.'

연우는 생각했다. 인생에는 터닝 포인트라는 것이 있고, 인생의 흐름을 바꿀 수 있는 때가 있다면 그게 바로 지금일 거라고. 어쩌면 나나와 내가 서로를 만나게 된 것은 이제 둘 다 그만하고 새롭게 일어서라는 조물주의 뜻일지도 모른다고.

*

나나는 꿈을 꿨다. 아주 오래전의 일이자, 나나가 종종 수시로 떠올리는 기억이었다. 엄마가 집을 떠나기 전의 일. 아빠가 부상을 당하기 전의 일. 하도 많이 떠올려서 이젠 그것이 진짜 기억인지 아니면 과거를 그리워하는 자신의 상상인지조차 명확하지 않은 그런 오래된 일이 꿈에 나타났다. 특별한 내용은 아니었다. 가족과 함께 어딘가에 놀러갔다가 집으로 돌아오던 길에서 호떡을 사 먹는, 그런 평범한 내용이었다.

호떡을 굽는 아주머니가 나나를 보면서 "어머, 딸이 엄마랑 붕어빵이네~. 너무 이쁘네, 딸이!" 하며 호들갑을 떨었고, 엄마는 "한얼아, 감사합니다– 해야지" 하고 시켰다. 그 옆에서 아빠는 지금의 현실에선 절대 보여 주지 않는 밝은 미소를 지으며 "우리 한얼이가 엄마 닮아서 다행이죠. 그래도 우리 딸이 다리나 팔이나 이런 데는 저를 쏙 닮았어요. 그러니까 아직 어린데도 이렇게 팔다리가 길고 늘씬하죠" 하고 말했다. 호떡을 굽는 아주머니는 덤으로 호떡 하나를 더 구워 내면서 시원스럽게 웃었다. "아유– 애 아빠가 딸 바보네, 딸 바보야." 그럼 아빠는 더욱 환하게 웃는 얼굴로 고개를 열심히 끄덕이는 것이었다.

"짜증 나."

분명 소소하고 따뜻한 꿈인데도 나나는 화가 났다. 수시로 떠올리는 기억이었음에도 유난히 짜증이 났다. 아마 자신이 꿈을 꾸고 깨어난 곳이, 그 다정한 꿈과는 너무 반대되는 병실이었기 때문일지도 모른다.

정신을 차렸을 때 나나는 복부타박상을 비롯하여 곳곳의 타박상 및

염좌 등으로 인해 전치 3주의 진단을 받은 상태였다. 그간 식사도 엉망으로 하고 다닌 데다가 술도 진탕 마시고 돌아다녀서 전체적으로 몸 상태가 엉망이었다.

그날, 아빠에게 흐드러지게 맞고 난 뒤 일시적으로 잦아들었던 고통은 닭발을 먹는 순간부터 다시 불쑥불쑥 배를 들쑤셨다. 맞는 데 이골이 난 만큼 아픈 것에도 익숙했기에 참아 넘길 수 있으려니 하고 견딘 것이 잘못이었다. 정신을 차린 후에도 온몸이 뻐근하고 속이 아팠다. 어쩌면 이렇게 살다가 정말 골로 갈 수도 있겠구나 하는 생각이 다시 나나의 신경을 곤두서게 만들었다.

'이제 어떡하지?'

나나도 이제 이런 건 싫었다. 아니, 사실은 진작부터 싫었다. 아빠를 피해 도망 다니는 것도, 아무렇게나 거리를 떠돌고, 가짜 아빠들을 만들어 그 집을 전전하는 것도 모두….

'싫어, 이젠. 진짜 지긋지긋해.'

차라리 죽어 버리는 게 나을까. 그럼 좀 편할까. 그런 유혹은 늘 있었다. 그러나 차마 그럴 용기는 없어서, 그 정도로까지 자신을 놔 버리는 짓은 또 하지 못해서 나나는 살아 있었다. 생각하면 괴로우니 생각도 하지 않고, 보고 들으면 아프니까 보고 듣는 것도 하지 않았다. 그냥 피하고 피해서 더 다치지 않도록, 마음이 더 이상 무너지지 않도록 붙드는 것이 나나에게는 최선이었다. 그러나 이젠 도망칠 기운조차 모두 사그라든 기분이었다. 아무것도, 그 무엇도 하고 싶지 않았다. 이대로 병실에 누워 평생을 살았으면 좋겠다는 생각뿐이었다.

아까부터 느꼈던 갈증이 심해졌다. 손을 뻗어 침대 옆 서랍 위의 컵을 잡았으나 물이 없었다.

“반장아.”

나나는 무심코 김연우를 찾았다. 부르고 나서야 그 애가 학교 체육관에서 아직 돌아오지 않았다는 것을 알았다.

“어쩔 수 없지.”

나나는 잠시 동안 더 가만히 누워 있다가 하는 수 없이 아픈 몸을 일으켜 세웠다. 정수기는 복도로 나가야 있었다. 온몸이 삐걱거렸지만 걷지 못할 정도는 아니었기에 나나는 조심조심 땅에 발을 내렸다. 앗, 소리가 나올 정도로 몸이 아팠다. 바닥에 주저앉을 뻔했는데, 강한 힘이 팔을 붙잡는 게 느껴졌다.

“아프면 간호사를 불러. 니가 움직이지 말고.”

언제 돌아왔는지 김연우가 제 팔을 붙들고 있었다. 나나는 희미하게 웃었다. 언제부턴가 김연우를 보면 마음이 보드라워졌다. 표현하지는 못했지만 나나는 반장이 점점 더 마음에 들었고, 그 애는 자신의 막무가내의 행동을 어이없어하면서도 늘 받아들였다. 우리 사이에 즐거운 추억이나 새콤달콤한 우정의 교류는 전혀 없었으나 우리는 어느새 닮은 사람들끼리 서로를 붙들고 있었다. 적어도 나나는 그렇게 느꼈다. 그래서 나나는 이 순간, 반장이 자신의 앞에 있다는 것만으로도 마음이 놓였다.

“물 마시려고 했어.”

“내가 떠다 줄 테니까 누워 있어. 곧 강창 쌤도 오실 거야.”

“쌤이? 야자 감독 안 서고?”

"그래."

짧게 대답하는 반장의 눈빛이 어딘가 비장하게 느껴졌다.

김연우는 물을 뜨러 나갔고, 다시 문이 열렸을 때 들어온 것은 강창혁이었다. 강창혁이 들고 온 서류봉투의 끝으로 삐죽 삐져나온 종이는 일전에 보여 주었던 팸플릿과 비슷했다. 강창혁의 표정엔 김연우의 눈빛에서 본 것과 같은 종류의 비장함이 어려 있었다.

*

시끄러운 고성이 몇 번이나 오갔다. 엄밀히 말하면 오고간 것은 아니었다. 병실 밖으로 새어 나오는 목소리는 나나의 목소리뿐이었다. 연우는 울부짖는 듯한 나나의 목소리를 들으며 복도 벽에 기대서 초조한 심정으로 무언가 결단이 나기를 기다렸다. 강창혁은 한참 만에 고개를 흔들며 나왔다.

"나나가 뭐래요?"

얼굴에 심란한 기색이 역력했지만 묻지 않을 수 없었다. 강창혁은 어떤 표정을 지어야 할지 몰라서 우는 사람처럼 웃었다.

"그 녀석 자꾸만 괜한 고집을 부리는구나."

"쉽지 않아요, 선생님. 뭔가 새로운 걸 시도하는 것은 언제나 불안하고 두려운 거니까요."

자신도 그랬다. 자꾸만 자기를 망치는 길로 도망가는 나나를 보면서 이건 정말 아니다 싶었고, 그래서 내린 결단이 담임의 조언을 받아들이는 것이었지만 사실 쉽지 않은 일이었다. 아빠에게 먼저 전화를 걸겠다는 시도조차 숨이 막힐 지경이었으니까. 아마 나나에게는 더 어려운 일일 것이었다.

"그래, 그러니까 일단은 스스로 차분히 생각해 볼 시간을 주자."

강창혁이 연우의 머리를 벅벅 쓰다듬었다. 연우는 가만히 고개를 끄덕였다. 어차피 자신에게도 마음을 정리하고 확실히 결단을 내릴 시간이 필요했다. 변화를 준비할 시간이었다.

연우는 쿵쿵거리는 긴장된 심장박동을 손으로 눌렀다. 벌써부터 겁먹고 있는 자신을 무시하고 싶어서 연우는 일부러 아무렇지도 않은 듯 말을 걸었다.

"쌤, 근데 나나한테 뭐라고 하셨어요?"

강창혁은 연우의 물음에 말없이 빙긋 웃었다.

*

"몸은 좀 어떠냐?"

강창혁은 먼저 몸 상태를 물었다. 그제야 나나는 쌤이 자신을 위해 새벽에 병원으로 뛰어왔었다는 사실을 기억해 냈다. 정말이지 시대에 맞지 않는 열혈쌤이었다.

"많이 괜찮아졌어요."

"그래, 다행이구나."

표정과 말투가 따뜻했다. 걱정이 진심이라는 게 느껴졌다. 하지만 그렇다고 해서 막 병실로 들어섰을 때의 비장함이 사그라든 것은 아니었다. 강창혁은 의사가 어찌어찌 하라더라, 하고 몇 마디를 더 하고 나서 몹시 진지하고 낮은 목소리로, 그러나 부드러움만은 간직한 투로 말했다.

"근데 나나야."

말투에서 느껴지는 심상치 않은 기색에 나나는 일부러 생긋 웃었다.

"네, 쌤."

"내가 며칠 전에 이 병원에서 너랑 반장한테 했던 말들 기억나냐?"

"기억이야 나죠."

"그래, 그렇구나."

강창혁은 고개를 끄덕였다.

"그럼 이제 그만 도망가. 내 생각에는 너희 아버지도 너도 방향을 바꿀 필요가 있는 것 같다."

"무슨 뜻이에요?"

그 순간의 목소리가 제법 날카로웠다는 걸 나나도 느꼈다. 감추고 싶은 치부. 생각하고 싶지 않은 문제. 할 수만 있다면 끝까지 도망가고 싶은 현실. 그것이 건드려지는 건 아주 많이 두렵고 불쾌했다. 그러나 강창혁은 나나의 기분 따위는 아무렇지도 않다는 듯이 묵묵히 말했다.

"너희 아버지는 치료가 필요해. 넌 아버지가 제대로 회복될 때까지 안전하고 평범하게 보호받을 수 있는 곳이 필요하고. 너희 아버지는 더 이상 아프지 않도록 치료받아야 하고, 넌 네 삶을 사랑할 수 있어야 한다."

강창혁은 나나가 앉아 있는 침대 위로, 서류봉투 안의 내용물을 쏟아냈다. 일전의 그 팸플릿이었다. 그게 왜 그렇게 마음에 들지 않는 것인지 나나는 스스로도 잘 이해가 되지 않았다. 그냥 기분이 나쁘고 속이 거북했다. 그 조언이 상식적이라는 것은 알았지만, 나나는 저가 어느 기관으로 들어가서 생판 모르는 남들과 부대끼며 가식적인 사랑을 받아야 한다는 게 마냥 싫었다.

"저는 제 삶을 사랑하는데요."

"너의 어디가 네 삶을 사랑하는 사람의 모습이냐."

강창혁은 조금 화내듯이 대꾸했다. 그 바람에 나나도 조금 화가 났다.

"제가 그렇다는데 왜 쌤이 멋대로 판단해요?"

언성이 높아졌다. 강창혁은 더 노골적으로 말했다.

"너는 너를 미워하는 사람처럼 살고 있어."

"아니라고요! 아니라고 했잖아요!!"

술 마시고, 담배 피우고, 싸움과 시비와 폭력과 구타와 가출과 원조교제. 어쩐지 그 모든 것을 적나라하게 비판받는 기분이 들어서 화가 났다. 나나는 되는 대로 마구 소리를 질렀다.

"쌤이 뭔데 나한테 이래라 저래라 해요?? 왜 겪어 보지도 않았으면서 그렇게 쉽게 얘기하고 지적하는데요?!"

나나가 버럭버럭 소리를 지르자 강창혁은 잠시 동안 아무 말도 하지 않았다. 나나는 더 쏘아붙였다.

"말이야 쉽죠, 어차피 자기가 감당할 고통이 아니니까! 선생님은 아빠한테 허구한 날 걷어차인 적도 없을 거고, 엄마가 집을 나간 적도 없겠죠. 정부 보조금이 술값으로 다 나가는 걸 멍하니 보고만 있던 적도 없을 거고, 배고파서 사람들 등쳐 먹으며 배 채운 적도 없을 거야. 안 그래요? 그러니까 그렇게 쉽게 도망가지 말라느니, 방향을 바꾸라느니 말할 수 있는 거라고요!!"

나나의 말이 끝나자 강창혁은 조용히 나나의 눈을 바라보았다. 차분하고 따뜻한 시선이었다. 너무 노골적인 애정이 담겨 있어서 그것을 눈치채지 못하는 것이 더 말이 안 될 정도의 그런 눈빛이었다. 강창혁은 나나가 부담스러워서 먼저 눈을 피할 즈음에서야 다시 입을 열었다.

"그래, 나는 너를 몰라. 아무리 이해한다고 말해도 아마 너의 아픔을 다 이해할 수는 없을 거다. 하지만 나나야, 나도 40년 인생 동안, 산전수전 다 겪으며 살아왔다. 내 인생도 그리 녹록치는 않았어. 그리고 그건 누구의 인생도 마찬가지고. 우리 모두는 각자 삶의 무게를 안고 살아가는 거야. 상황을 어떻게 받아들이고 해석하느냐에 따라서 각자의 짐은 아무리 큰 보따리여도 깃털처럼 가벼울 수 있고, 아무리 작은 보따리여도 철근처럼 무거울 수 있는 거지. 그러니까 나나야, 아무리 어렵고 힘들대도 말이다."

더 듣고 싶지 않았다. 나나는 신경질적으로 귀를 막았다. 하지만 말은 어떻게든 흘러들어 왔다.

"네가 너를 사랑한다면 일단 지금처럼 막무가내로 살면 안 돼. 이런 말을 하면 너는 날 싫어할지도 모르겠지만, 어쩌면 너희 아버지도 아프다고 도망만 치다가 더 이상 빠져나올 수 없게 된 걸지도 몰라. 안 그러냐?"

귀를 틀어막은 손 틈 사이로 새어 드는 말은 순간 나나를 멍하게 만들었다. 내 아빠. 매일 같이 술이 취해 패악을 부리는 그 사람. 그 사람도 어쩌면 제정신을 차리고 있는 것이 괴로워서 도망을 가다가 영영 그렇게 되어 버린 것일지도 모른다는 그 말이 불현듯 머리를 후려쳤다. 그간 저도 그렇게 술을 마시지 않았던가.

강창혁은 귀를 막은 채 바르르 떠는 나나의 손 위로 큼지막한 제 손을 덮었다. 손등부터 아릿하게 퍼져 가는 온기가 서러웠다.

"나나야. 네가 네 행복을 그리기 위해서 어떻게 하면 좋을지 생각을 해 봐라. 그걸 생각하는 게 어렵다면, 내일 당장 네가 하고 싶은 게 뭔지, 1년 후 너는 어땠으면 좋겠는지, 5년 후에는 어떤 사람이 되길 바라는지, 그런 것부터라도 생각을 시작해. 그럼 네가 앞으로 어떻게 하면 좋을지 조금씩 조금씩 답이 나올 거다."

뭐라고 말을 해야 할지 알 수가 없었다. 대꾸할 말을 찾으려 했지만 떠오르지 않았다. 평소에는 자연스럽게 비꼴 말들이 생각났지만 이번엔 머리가 텅 비어 버린 것 같았다. 속에서 끓어오르는 것은 어떻게든 반박하고 싶은 오기뿐이었다.

나나는 침대 시트를 와락 움켜쥐었다. 술을 먹은 것처럼 가슴께가 일렁거렸다. 강창혁은 웅크린 나나의 등을 차분하게 도닥여 주고는 빨리 나오라는 말을 남기곤 병실을 나갔다. 나나는 그가 있던 자리를 가만히 바라보았다. 한참 뒤에 툭, 하고 눈물이 떨어졌다. 그 순간에 나나는 반장이 생각났다.

'반장아, 너무 어렵다.'

입에서 픽 하고 쓴웃음이 나왔다.

22.

아침까지만 해도 나나는 아무런 말이 없었다. 연우가 넌지시 "어제 쌤이 뭐랬어?" 하고 물어도 보았지만 나나는 그냥 무시했다. 까슬까슬하게 마른 입술은 굳게 다물려 있었고 내려뜬 갈색 눈동자는 그 애답지 않게 차분했다. 화가 난 것 같기도 했고, 우울한 것 같기도 했으며 또 한편으로는 무언가를 골똘히 생각하고 있는 것 같기도 한 표정이었다.

연우는 결국 나나에게 대답을 듣는 것을 포기하고 병실을 나섰다. 편치 않은 마음으로 학교에 가던 중 문득, 어지간해서는 웃는 낯이었던 이 애의 미소를 – 그게 설사 가식이거나 비꼬는 것이라고 할지라도 – 한동안 보지 못했다는 것이 떠올랐다. 처음엔 불편하기만 했던 나나의 미소가 그리워지는 날이 오리라고는 꿈에도 생각지 못했었다. 언젠가 나나가 다시 웃는다면, 그때는 아무런 가식도 티끌도 없는 솔직한 웃음이었으면 좋겠다는 생각이 들었다.

23.

[얘기 좀 해.]

한 시간 전쯤 나나가 보낸 카톡이었다. 그 메시지가 너무 신경 쓰여서 연습이 제대로 되지 않았다. 그도 그럴 것이 나나는 최근, 연우와 별로 말을 하지 않았다. 수시로 병원에 들르는 연우에게 나나가 먼저 말을 건네는 것이라고는 생존에 필요한 요구, 이를테면 물, 밥, 화장실 따위의 것이었다.

연우는 결국 코치의 눈치를 보다가 슬쩍 체육관을 빠져나왔다. 지난주에 혹독하게 연습을 했으니, 오늘은 조금쯤 일찍 나가도 되지 않을까. 연우는 그런 변명을 스스로에게 늘어놓으며 서둘러 병원으로 갔다. 조심스럽게 병실 문을 열자, 나나가 반듯한 자세로 침대에 앉아 있었다. 얼굴에 오른 멍은 아직 흔적이 남아 있었지만 붓기가 많이 가신 얼굴은 이전과 같이 예뻤다. 병실이라는 장소와 환자복에서 풍기는 분위기가 더해져 뭔가 묘한 느낌마저 났다.

"갑자기 무슨 일이야?"

연우가 짐짓 태연한 듯이 물었다. 나나 역시 평범하게 대답했다.

"얘기하고 싶다고 했잖아."

또렷하게 마주쳐 오는 시선에서 당돌함 같은 것이 느껴졌다.

"무슨 얘기?"

나나는 바로 대답하지 않고 조금 뜸을 들였다. 내용을 기대하도록 부추기기 위해서가 아니라 정말 말하기가 망설여지는 것 같았다. 연우는 좀 답답했지만 재촉하지는 않았다. 나나는 몇 번이나 입술을 달싹거리다가 결심한 듯이 말했다.

"내가 어떻게 살면 좋을지 생각해 봤어."

"그런데?"

"근데 처음엔 갈피가 잘 안 잡히더라고. 그런 생각은 너무 오랜만이라서 너무 막막하더라. 그래서 내일 당장 뭘 하고 싶은지부터 시작을 했지. 그랬더니 나 여행이 엄청 가고 싶었어. 특히 스위스가."

스위스와 나나. 제법 어울리는 광경이었다. 연우는 저도 모르게 작게 고개를 끄덕였다.

"근데 내일 당장 스위스에 갈 수는 없잖아. 그래서 웃기게도 이런 생각이 들더라. 대관령에 있는 양떼목장에라도 가자, 하고. 하지만 언젠가 스위스에 가려면 역시 이대로는 안 되겠다는 생각이 들었어. 물론 아빠들을 잘 꾀면 오늘 밤에라도 갈 수 있을지도 모르지만, 그렇게 해서 가고 싶지는 않았어. 스위스의 자연에 대한 모독처럼 느껴졌거든. 그리고 그 사람들과 함께 가고 싶은 건 아니야."

스위스의 자연에 대한 모독이 대체 뭐지, 하는 생각이 들었지만 연우는 잠자코 고개를 끄덕였다. 나나는 말을 이었다. 그건 연우에게 들려주기 위해서 하는 말이라기보다는 스스로를 위한 독백 같았다

"그러고 나서는 좀 더 먼 미래의 일도 생각해 봤어. 내 행복을 어떻게 하면 찾을 수 있을까, 하고. 그랬더니 뭐든 일을 하고 있으면 좋겠다는 생각이 들더라고. 지금처럼 아빠들 등쳐 먹는 짓을 하는 게 아니라, '내 일'을 하면서 살아가고 있으면 좋겠다는 생각이 들었어. 그리고 더 더 먼 미래에는 한 번쯤 엄마를 만나 봤으면 좋겠다는 생각도 했고, 만약에 가능하다면 단 한 번이라도 행복했던 우리 가정을 되살려 보고 싶다는 생각도 했어. 되게 기분 좋은 상상이었어. 하지만 역시 이대로 산다면 절대 맛볼 수 없는 망상이 되겠다는 게 깨달아지더라고."

거기까지 말하고 나나는 연우를 보았다. 나나의 연한 갈색 눈동자는 어딘지 조금 불안해 보였다. 어쩌면 살짝 찡그린 눈썹 탓이었을 것이다.

"나 퇴원하면 3개월 정도 위탁가정에 있을 거야."

위탁가정. 그 단어가 유난히 귀에 꽂혔다. 조금 당황스럽기도 하고 일견 감격스러운 것 같기도 했다. 아빠에게서 벗어나 '다른 아빠들'에게로 가는 것이 아니라 평범한 부모의 역할, 가정의 역할을 담당해 줄 위탁가정으로 들어가기로 했다는 것은 나나가 이제까지와는 다른 방법으로 문제에 접근해 보겠다는 것이었다.

"정말 결심이 섰구나."

"심리치료도 받을 거야."

"응."

"아빠는 둘 중 하나를 선택해야 할 거야. 경찰서나 아니면 알코올중독 치료기관."

아빠 이야기를 하면서 나나는 손끝을 만지작거렸다. 아빠. 그것이 저나 나나에게는 무척 어렵고 힘든 것이었다.

나나는 여전히 제 선택이 의심스러운 듯 한숨을 길게 쉬었다.

"그래서 내일 아빠를 만나기로 했어. 강창 쌤이 아빠를 병원에 데려온다고 했어. 어쩌면 옆에 경찰이 딸려서 올지도 몰라."

아빠와의 만남. 그 말이 연우의 가슴을 섬뜩하게 내리쳤다. 우리의 모든 시도 중에서 가장 어려운 것은 그것이었다. 나의 아빠와 제대로 마주하는 일.

"나, 아빠한테 전부 다 말할 거야. 엄마가 집을 나간 건 내 탓이 아니라고. 나는 지금부터 내 인생을 살아 나갈 거라고. 더 이상 당신 때문에 아프지도 않을 거고, 시간을 낭비하지도 않을 거라고."

연우는 나나에게로 더 가까이 다가섰다. 불안한 듯이 꼼지락거리는 그 애의 작은 손에 자신의 손을 대었다. 당연한 일이었지만 나나의 손은 따뜻했다. 그러나 연우에게는 그것이 뜻밖의 온도로 느껴졌다. 항상 그랬다. 나나의 몸에 닿을 때마다 이 애의 체온이 저와 같다는 게 늘 이상하게 느껴졌었다.

"같이 있어 줄까?"

나나는 분명 고개를 끄덕이려고 했다. 하지만 갑자기 감정에서 이성으로 돌아온 사람처럼 입술을 꽉 다물더니 천천히 고개를 저었다.

"너는 부산으로 가."

예상치 못한 나나의 말이 가슴을 짓눌렀다. 심장에 작은 생채기가 났는데 거기에 굵은 소금을 끼얹은 것 같은 아픔이 밀려들었다. '나나가 결단을 내리면.' 연우는 어느새 그렇게 자신의 결단을 미루고 있었다는 것이 번뜩 깨달아졌다.

연우가 아무런 말도 못하고 있자 이번엔 나나가 제 손에 닿은 연우의 손을 꽉 붙잡았다.

"난 여기서 내 행복을 위해서 노력할 테니까, 넌 부산으로 내려가서 네가 끝내야 할 일을 끝내고 와."

연우는 저항하고 싶었다. 저를 붙든 나나의 손을 차갑게 내리치고 쿵쾅쿵쾅 병실을 나가고 싶었다. 문득 나나가 어째서 담임에게 그토록 격렬하게 반항했는지 알 것 같았다. 그것은 이성적인 판단이나 그저 그런 반항심에서 나오는 저항이 아니라 일종의 반작용 같은 현상이었다. 고무줄을 달고 한계까지 달려가면 고무줄이 너무 팽팽해져서 반대로 확 잡아당겨지는 것처럼.

연우가 아무런 말도 하지 못하자 나나는 손에 더욱 힘을 주었다.

"왜 인생은 아프지 않고서는 행복하지 않은 걸까?"

글쎄, 하고 연우는 중얼거렸다. 담임이라면 뭐라고 대답했을까. 언젠가 다가올 고통 속에서도 행복을 그릴 수 있도록, 또 찾아온 행복에게 고마워할 수 있게 하려고 그런 거라고 하지는 않을까.

"그러게 말이다."

연우는 그렇게 대꾸했다. 나나는 오랫동안 손에 힘을 풀지 않았다. 나나의 체온이 손으로 스며들다가 나중에는 심장을 끌어안는 것 같았다. 연우는 그 따뜻함에 조금씩 안정을 찾아가고 있었다. 그건 나나도 마찬가지였다.

24.

차창으로 햇빛이 비쳐들었다. 예보대로 날씨는 아주 좋았다. 연우는 그게 너무 다행이라고 생각했다. 만일 오늘 같은 날 날씨가 흐리고 비가 내린다면 마음이 더욱 싱숭생숭했을 것이었다. 연우는 햇살이 스며드는 창문에 이마를 기댔다. 이마는 유리 때문에 잠깐 차가웠다가 햇빛 때문에 금세 따뜻해졌다. 아빠와 자신도 그랬으면 좋겠다는 생각이 들었다. 아빠와 나도 잠깐 차가웠다 서서히 따뜻했으면 좋겠다. 그것이 연우의 바람이었다.

오늘 오전 연우가 아빠에게 전화를 걸었을 때, 아빠는 통화 연결음이 한참 들리고 나서야 전화를 받았다. 그날이 아닌데도 전화를 했기 때문인지 많이 당황한 기색이 느껴졌다.

"어, 어, 연우야. 니 갑자기 무슨 일이고?"

묵직하지만 당황한 아빠의 목소리에 간신히 굳게 다잡은 마음이 들썩였다. 연우는 당장에 전화를 끊고 싶은 것을 꾹 눌러 참고 수십 번 연습한 말을 천천히 내뱉었다.

"저 오늘… 부산 가요."

머릿속에서는 엄마의 장례식 장면이 끊임없이 되풀이되고 있었다. 붉은 눈으로 저를 노려보며 왜 엄마를 불렀느냐고 고래고래 소리치던 아빠의 얼굴이 하늘로 솟았다가 땅으로 꺼졌다. 연우는 갑자기 현기증이 일어 이마를 꾹꾹 눌렀다. 아빠는 그때까지도 아무런 말이 없었다. 핸드폰 너머로 아빠의 복잡한 심경이 전해지는 것 같았다.

"니 진짜 무슨 일 있나?"

"아뇨. 그냥요. 그냥."

"그래. 조심해서 와라. 밥은 뭇나?"

밥은 뭇나? 하고 묻는 목소리에서는 쇳소리가 났다. 연우는 아빠가 보지 못하는 걸 깜빡하고 고개를 젓다가 황급히 대답했다.

"아뇨."

아빠는 딸의 대답에 "와 밥도 안 뭇고 돌아댕기노?" 하고 말하고는 몇 마디 더 물었다. 대답을 하긴 했으나 그 뒤로는 무슨 말이 오갔는지 기억이 나지 않았다.

전화를 끊은 후 연우는 손에 땀이 흥건하게 배어났다는 것을 알았다. 자신이 얼마나 긴장하고 있었는지 새삼 느껴졌다. 연우는 손을 바지에 벅벅 닦았다. 그러고 보니 다리도 달달 떨고 있었다. 지금이야 한결 편안해진 마음으로 – 그렇다고 두렵지 않은 것은 아니었다. – 창문에 기대어 이것저것 생각하고 있지만 잔뜩 힘이 들어가 있는 몸에서 천천히 긴장이 풀리기까지는 사실 제법 시간이 걸렸다.

긴장이 풀리고 나니 갑자기 허기가 몰려왔다. 연우는 가방을 뒤적였다. 손에 잡힌 것은 은박지에 잘 싸인 토스트와 주먹밥이었다.

'아 맞다. 이거.'

부산행 기차를 타기 전, 강창혁이 전해 준 것이었다. 기차역까지 데려다준 것도 강창혁이었다. 담임은 자신이 부산에 내려가는 것을 어떻게 알고 – 나나의 언질이었겠지만 – 이번 토요일은 당직이 아니니 기차역까지 데려다주겠다며 소명빌라 앞에서 이른 아침부터 대기를 하고 있었다. 황급히 짐을 싸들고 내려온 연우는 집 앞에 버티고 선 담임을 보고 몹시 놀랐으나, 조금 늦은 감이 있어 감사한 마음으로 옆자리에 올라탔다.

연우는 강창혁의 재미없는 농담, 이를테면, "야, 여자는 쌤처럼 잘 챙겨주는 사람을 만나야 행복한 거다. 응?"이라거나 "부산 가면 아버지만 뵙고 오지 말고, 남자친구도 만들어서 와, 인마. 국가대표 되면 너 연애할 시간도 없어" 등의 실없는 이야기에 대충 대꾸를 하면서 가던 도중, 문득 그런 생각을 했다.

'쌤은 피곤하지도 않나. 어떻게 이렇게까지 하지?'

그리고 무심코 쳐다보는데, 제대로 정리도 하지 못한 부스스한 머리와 지저분해 보이는 수염이 눈에 들어왔다. 부리부리한 눈 아래로 늘어진 다크서클도 새삼 눈에 띄었다. 그 순간 연우의 머릿속에는 이제까지 담임의 행적들이 시간별로 좌르륵 펼쳐졌다. 소심한 범생이 김주현을 위해서 제게 반장을 권유하던 모습, 종종 나나를 교무실로 불러서 다독이던 일, 나나 때문에 소명빌라를 찾아왔던 일, 제게 몇 번이고 나나에 대해서 묻던 모습, 술과 수면제에 취해 있는 나나를 멋지게 구해 내던 일이며 갑작스러운 호출에도 병원으로 달려왔던 모습, 또 오늘 저를 기차역까지 데려다주겠다고 차를 끌고 온 것까지.

"뭐야. 쌤이 오늘 급히 나오느라 면도를 좀 못 했기로서니, 어떻게 제자가 선생을 그렇게 한심한 눈으로 보냐? 엉?"

강창혁이 멋쩍은 듯이 웃으며 연우의 뒤통수를 살짝 툭, 쳤다. 전혀 아프지 않았지만, 연우는 순간 눈물이 핑 돌았다.

"쌤…."

"뭐 인마."

"감사합니다."

처음으로 담임에게 공손하게 말을 해 본 것 같았다. 강창혁은 너무 의외의 말을 들은 까닭인지, 잠시 아무런 대꾸도 하지 않다가 얼마 뒤에야 픽 웃었다.

"아이고, 참 일찍도 말한다. 그래 인마. 제자, 기차역까지 데려다주겠다고 아침부터 차 끌고 나오는 선생 별로 없어."

"아뇨, 그게 아니라, 전부 다 감사해요. 나나 일도 그렇고…."

"야, 야, 너 원래 그런 캐릭터 아니잖아. 간지러우니까 그만해."

낄낄 웃는 강창혁의 목소리는 그러나 따스했다. 생각해 보면 항상 그랬다. 강창혁은 늘 항상 따듯한 사람이었다. 쌤은 어떻게 우리에게 그럴 수 있었을까. 나도 나나도 살가운 학생이 아니었는데.

"쌤은 어떻게 그래요? 어떻게 그렇게 신경 쓰고, 챙겨 줄 수가 있어요?"

신호가 걸렸다. 강창혁은 잠시 차를 세우고 여전히 전방을 주시한 채,

뭐 그런 당연한 걸 묻느냐는 듯이 대꾸했다.

"사랑이지, 사랑."

Love is the most important thing to us. 그러고 보니 담임의 모토가 그러했다. 어울리지 않게 영어로 늘어놓아서 처음엔 그게 퍽 재미있다고 생각했었다. 연우는 그 느낌을 떠올리며 작게 웃었다. 강창혁은 농담을 하는 것처럼 가벼운 어조로 말을 이었다.

"사랑이야말로 한 사람의 인생을 뒤흔들 수 있는 가장 강력한 파워지."

"쌤은 그런 사랑, 받아 보셨나 봐요."

가벼운 말투에 맞춰 별로 대수롭지 않게 대꾸한 것이었는데, 반응이 의외였다. 늘 호탕하게 웃고 소리치던 모습과는 달리 조용히 깊게 미소 짓는 표정에 이번엔 연우가 할 말을 잃었다. 강창혁이 능숙하게 핸들을 꺾었다. 창문 밖으로 KTX 기차역이 보였다.

"사람은 자기가 보고 배운 것만 줄 수 있거든. 그니까 쌤의 이 강력한 러브 파워도 누군가의 헌신의 결과지."

강창혁은 주차를 하며 마저 덧붙였다.

"그러니까 다음은 너랑 나나가 그걸 전달할 차례다. 알겠냐?"

연우 자신에게 있어서 강창혁은 늘 귀찮고 험상궂은 열혈쌤이었다. 그래, 좀 더 후하게 쳐서 사명감이 넘치는 선생님 정도라고 하는 것이 정확할 터였다. 그러나 오늘, 바로 지금에서야 연우는 그의 본질을 본 기분이었다. 그 자리에서 연우는 나나의 몫까지 고개를 끄덕일 수밖에 없었다. 강창혁이 건네주는 주먹밥과 토스트를 받으며.

연우는 여전히 따뜻한 주먹밥을 입에 밀어 넣었다. 마음은 심란했고,

머리는 복잡했지만 기분은 나쁘지 않았다. 어쩌면 간을 잘 맞춘 주먹밥 덕일지도 모른다. 연우는 입을 오물거리며 핸드폰을 확인했다. 기차에 탈 때 나나에게 카톡을 보냈었다.

[지금 출발. 끝나면 연락할게. 아, 강창 쌤한테 나 부산 가는 거 니가 말했어?]

나나는 [응. 저번에 니가 쌤 병원까지 호출했잖아. 너도 좀 귀찮아 보라고. 복수.] 하고 답장을 보냈다. 어떤 표정을 하고 답장을 했는지 알 것 같아서 픽 웃음이 나왔다.

'나나는 어쩌고 있을까?'

연우가 창밖을 훌쩍 내다보며 생각했다. 아마 나나도 아빠를 만나기 위해 각오를 다지고 있지 않을까. 어쩌면 지금 아빠를 대면하고 있을지도 모른다. 저처럼 바들바들 떨면서, 등을 덮는 두려움을 애써 이겨 내면서 도전을 하고 있을지 모른다.

나나를 떠올리자 가슴에 선선한 바람이 드는 것 같았다. 연우는 부산에서 아빠를 만난 뒤, 다시 서울로 올라가는 상상을 했다. 다시 서울로 올라와 나나를 만날 때 어쩌면 처음 보여 주는 환한 미소를 지으며 인사할 수 있을지도 모른다.

"안녕, 나나."

그러면 그 애는 파르스름한 멍이 모두 가신 얼굴로 해처럼 반갑게 웃으며 이렇게 말해 주었으면 좋겠다.

"안녕, 반장아."

작가의 말

글을 쓰고, 책을 출간하면서 새롭게 알게 된 것이 있습니다. 바로 이 작가의 말을 쓰는 것이 참 어려운 일이라는 겁니다. 하고 싶은 말이 너무나 많기 때문이 아닐까 싶습니다. 그걸 다 풀어냈다가는 에세이가 한 권 나올지도 모르니, 적당히 골라내어 적어야 합니다. 그 과정이 『안녕, 나나』의 작가의 말에서도 여전히 힘겹습니다. 특히 『안녕, 나나』는 제가 상담심리를 공부하면서 실마리를 풀어낸 소설이기 때문에 얘기할 거리가 더욱 많습니다. 그러나 그중에서 골라 얘기하자면 역시 이 글을 쓰게 된 가장 큰 동기, 그 마음에 대해서 말하는 것이 좋겠네요.

상담심리 공부를 시작한 지도 3년이 지났습니다. 사람의 아픔을 치유하고, 예수님의 사랑을 전하고 싶다는 막연한 생각으로 일단 시작했는데 막상 공부를 시작하니, 이게 또 입맛에 딱 들어맞은지라 여태 글과 병행하며 공부를 하고 있습니다. 학부도 채 졸업하지 않은 풋내기가 말하기에는 퍽 민망한 감이 있지만, 그래도 이 짧은 기간 동안 보고, 듣고, 배우고, 실습을 하면서 느낀 게 있다면 그건 이 세상 모든 사람들이 끊임없이 불안을 경험하며 살아간다는 것입니다. 어느 날은 감당할 수 있는 작은 불안이 비교적 작은 파문을 일으키며 찾아오지만 또 어느 날은 도저히 감당할 수 없을 것만 같은 큰 불안이 폭풍을 몰고 옵니다. 상대적이지만 누구나 경험하는 일입니다.

소설 속 나나와 연우는 각자의 인생에서 큰 불안, 거대한 폭풍우에 맞닥뜨린 소녀들입니다. 그것도 아직 미성숙하고 민감한 여고생 시절에 말입니다. 아마, 이 책을 읽는 여러분들 중 누군가는 나나와 연우처럼, 아니면 이 두 소녀보다 더 큰 시련을 겪고 있는 중일지도 모릅니다. 가난, 왕따, 가정폭력, 범죄, 약물, 배신 등 나를 아프게 하는 일들에 지칠 대로 지쳐서 어디로든 도망가고 싶은 그런 상태일지 모릅니다. 세상이 나를 아프게 하는 일에 최선을 다하는 것처럼 느껴지고, 도대체 뭘 어떻게 해야 할지 모르겠는 그런 속 터지는 상황에 빠져 있을 수도 있겠지요. 지금이 아니라면 언젠가 그런 일을 경험할 수도 있을 것입니다. (저 역시 가난, 왕따, 폭행을 직간접적으로 경험하며 어려운 학창시절을 보냈습니다. 또, 제가 상담심리를 공부하면서 만난 친구들과 다양한 사례들은 그 사연이 나나와 연우보다 심하면 심했지, 결코 덜하지 않습니다.) 그런 어려움에 부딪힌 사람들 중 누군가는 앞뒤좌우를 살피지 못하고 무작정 도망치기만 하다가 자기도 모르는 새 너무 멀리까지 가 버리고 맙니다. 굳이 가지 않아도 될 곳까지, 아득하게 멀리 가 버립니다. 아무도 여러분에게 알려주지 않았기 때문이라고, 아무도 여러분의 손을 잡아 주지 못했기 때문이라고 저는 생각합니다.

소설 속에서는 강창 쌤이 나나와 연우를 붙잡아 주었고, 이 두 소녀는 서로가 서로를 붙들었습니다. 너를 바라보라고, 어떻게든 네 행복을 찾으라고, 너를 사랑하라고 말입니다. 저는 이 소설을 쓰면서 이 이야기를 만나는 모든 사람들이 자기 곁에 있는 나나와 연우를 붙들어 주었으면 하고 바랐습니다.

모든 사람들은 귀하고 아름답게 창조되었고, 모두 행복할 권리가 있습니다. 모두가 불안을 경험하며 살아가지만, 그 누구도 그 안에 먹혀 버려서는 안 됩니다. 무궁무진한 가능성을 가진 우리 청소년들은 특히나요. 사실은 이러한 마음이 『안녕, 나나』를 쓰게 한 가장 큰 동기입니다. 조금만, 아주 조금만 눈을 돌려서 다른 누군가가 정말 행복할 수 있는 길을 찾아보길 바라는 마음 말입니다. 나나와 연우가 새로운 도전을 했듯이, 이 책을 읽은 여러분도 그러길 바랍니다. 여러분이 매일 아침 맑게 웃는 얼굴로 자신에게 '안녕' 하고 인사하길 바랍니다. 모두 그럴 자격이 충분한 분들이니까요.

끝으로, 저를 인도해 주시는 하나님 아버지께 감사를 드립니다. 주님만이 저의 자랑이십니다. 감사합니다.

나윤아